모든 것은 편지에서 시작됐다···

미나리마의
마법

WIZARDING
WORLD.

Harry Potter | FANTASTIC
BEASTS
AND WHERE
TO FIND THEM

미나리마의
마법

✳

해리 포터 & 신비한 동물사전
영화에 참여한
그래픽디자인 스튜디오를 축하하며

✳

넬 덴턴이 전하는
미라포라 미나와 에두아르도 리마의 이야기

스튜디오 미나리마 디자인
공보경 옮김

♋ 문학수첩

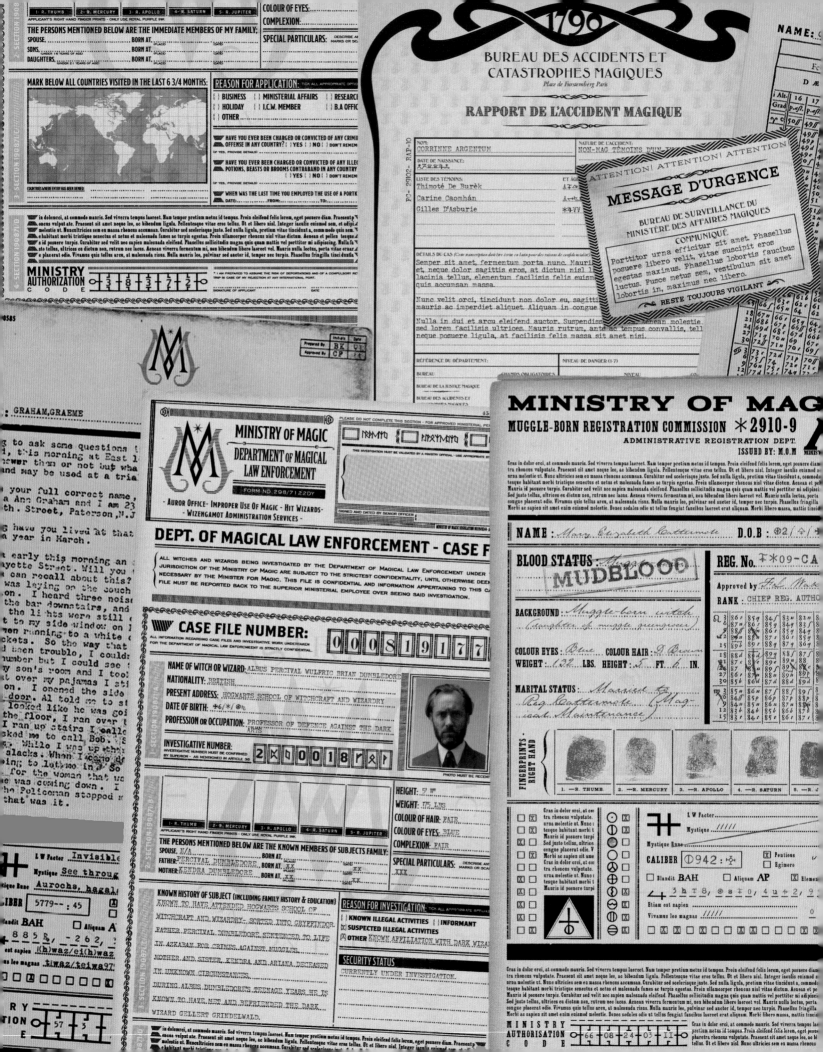

SECTION 1908

1 - R. THUMB 2 - R. MERCURY 3 - R. APOLLO 4 - R. SATURN 5 - R. JUPITER
APPLICANT'S RIGHT HAND FINGER PRINTS - ONLY USE ROYAL PURPLE INK

COLOUR OF EYES:
COMPLEXION:
SPECIAL PARTICULARS: DESCRIBE ANY MARKS OR SCARS

THE PERSONS MENTIONED BELOW ARE THE IMMEDIATE MEMBERS OF MY FAMILY:
SPOUSE: .... BORN AT.
SONS: UNDER 16 YEARS OF AGE .... BORN AT.
DAUGHTERS: UNDER 21 YEARS OF AGE .... BORN AT.

NAME:

MARK BELOW ALL COUNTRIES VISITED IN THE LAST 6 3/4 MONTHS:

COUNTRIES WHERE ENTRY HAS BEEN DENIED:

REASON FOR APPLICATION: TICK ALL APPROPRIATE OPTIONS
☐ BUSINESS ☐ MINISTERIAL AFFAIRS ☐ RESEARCH
☐ HOLIDAY ☐ I.C.W. MEMBER ☐ B.A OFFIC
☐ OTHER

HAVE YOU EVER BEEN CHARGED OR CONVICTED OF ANY CRIMI OFFENSE IN ANY COUNTRY? ☐ YES ☐ NO ☐ DON'T REMEM
IF YES, PROVIDE DETAILS:

HAVE YOU EVER BEEN CHARGED OR CONVICTED OF ANY ILLE POTIONS, BEASTS OR BROOMS CONTRABAND IN ANY COUNTRY ☐ YES ☐ NO ☐ DON'T REMEM
IF YES, PROVIDE DETAILS:

WHEN WAS THE LAST TIME YOU EMPLOYED THE USE OF A PORTK ☐ DATE: FROM: TO:

In dolomrci, at commodo mauris. Sed viverra tempus laoreet. Nam temper pretium metus id tempus. Proin eleifend felis lorem, eget posuere diam. Praesent ut ancus vulpat ate. Praesent sit amet neque leo, ac bibendum ligula. Pellentesque vitae eros tellus. Ut et libero nisl. Integer iaculis euismod sem, et adipi d molestie ut. Nuncultricies sem ac massa rhoncus accumsan. Curabitur sed scelerisque justo. Sed nulla ligula, pretium vitae tincidunt a, commodo quis sem. d habitant morbi tristique senectus et netus et malesuada fames ac turpis egestas. Proin ullamcorper rhoncus nisl vitae dictum. Aenean et pellen tesque d posuere turpis. Curabitur sed velit nec sapien malesuada eleifend. Phasellus sollicitudin magna quis quam mattis vel porttitor mi adipiscing. Nulla fa sto tellus, ultrices an dictum non, rutrum nec lacus. Aenean viverra fermentum mi, non bibendum libero laoreet vel. Mauris nulla lectus, porta vitae eraar z e placerat odio. Vivamus quis tellus arcu, at malesuada risus. Nulla mauris leo, pulvinar sed auctor id, tempor nec turpis. Phasellus fringilla tinci duntia.

MINISTRY AUTHORIZATION CODE | 3 | 3 | 0 | 5 | 7 | 4 |
SIGNATURE OF APPLICANT .... DATE

1796

BUREAU DES ACCIDENTS ET CATASTROPHES MAGIQUES
Place de Furstemberg Paris

RAPPORT DE L'ACCIDENT MAGIQUE

NOM: CORRINNE ARGENTUM
DATE DE NAISSANCE:
F0-29102-RAP-10

NATURE DE L'ACCIDENT:
NON-MAG TÉMOINS D'UN

LISTE DES TÉMOINS:
Thimoté De Burèk
Carine Caomhán
Gilles D'Asburie

ET ÂGE

DÉTAILS DU CAS *(Cette transcription doit être écrite en latin pour des raisons de confidentialité)*

Semper sit amet, fermentum porta nunc. Mauris et, neque dolor sagittis eros, at dictum nisl li lacinia tellus, elementum facilisis felis euism quis accumsan massa.

Nunc velit orci, tincidunt non dolor eu, sagitti mauris ac imperdiet aliquet. Aliquam in congue

Nulla in dui et arcu eleifend auctor. Suspendiss sed lorem facilisis ultrices. Mauris rutrum, ante ac tempus convallis, tell neque posuere ligula, at facilisis felis massa sit amet nisi.

RÉFÉRENCE DU DÉPARTEMENT:
NIVEAU DE DANGER (1-7)
BUREAU
BUREAU DE LA JUSTICE MAGIQUE
BUREAU DES ACCIDENTS ET CATASTROPHES MAGIQUES

ATTENTION! ATTENTION! ATTENTION!

MESSAGE D'URGENCE

BUREAU DE SURVEILLANCE DU MINISTÈRE DES AFFAIRES MAGIQUES

COMMUNIQUÉ

Porttitor urna efficitur sit amet. Phasellus posuere libero velit, vitae suscipit eros egestas maximus. Phasellus lobortis faucibus luctus. Fusce metus sem, vestibulum sit amet lobortis in, maximus nec libero.

- RESTE TOUJOURS VIGILANT -

: GRAHAM, GRAEME

g to ask some questions t, this morning at East 1 nower then or not but wha and may be used at a tria

your full correct name a Ann Graham and I am 23 th. Street, Paterson, N.J

g have you lived at that a year in March.

early this morning an ayette Street. Will you can recall about this? was laying on the couch on. I heard three nois the bar downstairs, and the lights were still t to my side window: on running to a white ckets. So the way that d been trouble, I could number but I could see my son's room and I too t over my pajamas I sti on. I opened the side door. Al told me to st looked like he was goi the floor, I ran over I ran up stairs I calle sked me to call Bob. s. While I was up ther slacks. When I came d ing to listen in: So for the woman that wa ho Policeman stopped that was it.

LW Factor Invisible
Mystique Rune See throug
Aurochs, hagal
LIBBR 5779-- : 45
Blandit BAH ☐ Aliquam A
885 ₹, - 262,
sapien (h)waz/ei(h)waz
s leo magnus tiwaz/teiwa97
☐ ☐ ☐ ☐ ☐ ☐ ☐ ☐

RY TION E | 5 | 7 |

MINISTRY OF MAGIC
DEPARTMENT of MAGICAL LAW ENFORCEMENT
FORM NO. 298/7122DY

- AUROR OFFICE - IMPROPER USE OF MAGIC - HIT WIZARDS -
- WIZENGAMOT ADMINISTRATION SERVICES -

PLEASE DO NOT COMPLETE THIS SECTION - FOR APPROVED MINISTERIAL PE
☐ ᛗᚱᚨᛗᚤᚩ ☐ ᛗᚱᚨᛗᚤᚩ
THIS INVESTIGATION MUST BE VALIDATED BY A MINISTRY OFFICIAL - USE APPROPRIATE
SIGNED AND DATED BY SENIOR OFFICER

DEPT. OF MAGICAL LAW ENFORCEMENT - CASE F

ALL WITCHES AND WIZARDS BEING INVESTIGATED BY THE DEPARTMENT OF MAGICAL LAW ENFORCEMENT UNDER JURISDICTION OF THE MINISTRY OF MAGIC ARE SUBJECT TO THE STRICTEST CONFIDENTIALITY, UNTIL OTHERWISE DEEM NECESSARY BY THE MINISTER FOR MAGIC. THIS FILE IS CONFIDENTIAL AND INFORMATION APPERTAINING TO THIS CA FILE MUST BE REPORTED BACK TO THE SUPERIOR MINISTERIAL EMPLOYEE OVER SEEING SAID INVESTIGATION.

CASE FILE NUMBER:
ALL INFORMATION REGARDING CASE FILES AND INVESTIGATIVE WORK UNDERTAKEN FOR THE DEPARTMENT OF MAGICAL LAW ENFORCEMENT IS STRICTLY CONFIDENTIAL
| 0 | 0 | 0 | 8 | 1 | 9 | 1 | 7 | 7 |

NAME OF WITCH OR WIZARD: ALBUS PERCIVAL WULFRIC BRIAN DUMBLEDORE
NATIONALITY: BRITISH
PRESENT ADDRESS: HOGWARTS SCHOOL OF WITCHCRAFT AND WIZARDRY
DATE OF BIRTH: *6/*/8%
PROFESSION or OCCUPATION: PROFESSOR OF DEFENCE AGAINST THE DARK ARTS

INVESTIGATIVE NUMBER:
INVESTIGATIVE NUMBER MUST BE CONFIRMED BY SUPERIOR - AS MENTIONED IN ARTICLE 35
| 2 | X | L | 0 | 0 | 1 | 8 | r |

PHOTO MUST BE RECENT

HEIGHT: 5' 11"
WEIGHT: 175 LBS
COLOUR OF HAIR: FAIR
COLOUR OF EYES: BLUE
COMPLEXION: FAIR
SPECIAL PARTICULARS: DESCRIBE ANY MARKS OR SCAR

1 - R. THUMB 2 - R. MERCURY 3 - R. APOLLO 4 - R. SATURN 5 - R. JUPITER
APPLICANT'S RIGHT HAND FINGER PRINTS - ONLY USE ROYAL PURPLE INK.

THE PERSONS MENTIONED BELOW ARE THE KNOWN MEMBERS OF SUBJECTS FAMILY:
SPOUSE: N/A .... BORN AT.
FATHER: PERCIVAL DUMBLEDORE .... BORN AT. XX
MOTHER: KENDRA DUMBLEDORE .... BORN AT. XX

KNOWN HISTORY OF SUBJECT (INCLUDING FAMILY HISTORY & EDUCATION)
KNOWN TO HAVE ATTENDED HOGWARTS SCHOOL OF WITCHCRAFT AND WIZARDRY. SORTED INTO GRYFFINDOR. FATHER, PERCIVAL, SENTENCED TO LIFE IN AZKABAN FOR CRIMES AGAINST MUGGLES. MOTHER AND SISTER, KENDRA AND ARIANA, DECEASED IN UNKNOWN CIRCUMSTANCES. DURING ALBUS DUMBLEDORE'S TEENAGE YEARS, HE IS KNOWN TO HAVE MET AND BEFRIENDED THE DARK WIZARD GELLERT GRINDELWALD.

REASON FOR INVESTIGATION: TICK ALL APPROPRIATE
☐ KNOWN ILLEGAL ACTIVITIES ☐ INFORMANT
☒ SUSPECTED ILLEGAL ACTIVITIES
☒ OTHER KNOWN AFFILIATION WITH DARK WIZAR

SECURITY STATUS
CURRENTLY UNDER INVESTIGATION.

MINISTRY OF MAGIC
MUGGLE-BORN REGISTRATION COMMISSION ✳ 2910-9
ADMINISTRATIVE REGISTRATION DEPT.
ISSUED BY: M.O.M

Cras in dolor orci, at commode mauris. Sed viverra tempus laoreet. Nam temper pretium metus id tempus. Proin eleifend felis lorem, eget posuere diam tra rhoncus vulpatate. Praesent sit amet neque leo, ac bibendum ligula. Pellentesque vitae eros tellus. Ut et libero nisl. Integer iaculis euismod s urna molestie ut. Nunc ultricies sem ac massa rhoncus accumsan. Curabitur sed scelerisque justo. Sed nulla ligula, pretium vitae tincidunt a, commode tesque habitant morbi tristique senectus et netus et malesuada fames ac turpis egestas. Proin ullamcorper rhoncus nisl vitae dictum. Aenean et pe Mauris id posuere turpis. Curabitur sed velit nec sapien malesuada eleifend. Phasellus sollicitudin magna quis quam mattis vel porttitor mi adipisci Sed justa tellus, ultrices an dictum non, rutrum nec lacus. Aenean viverra fermentum mi, non bibendum libero laoreet vel. Mauris nulla lectus, porta congue placerat odio. Vivamus quis tellus arcu, at malesuada risus. Nulla mauris leo, pulvinar sed auctor id, tempor nec turpis. Phasellus fringilla Morbi ac sapien sit amet enim euismod molestie. Donec sodales odio ut tellus feugiat faucibus laoreet erat aliquam. Morbi libero massa, mattis tincid

NAME: Mary Elizabeth Cattermole **D.O.B:** *2/4/*

BLOOD STATUS: Muggle
MUDBLOOD

REG. No. ₹*09-CA
Approved by J.L. Mac
RANK: CHIEF REG. AUTHO

BACKGROUND: Muggle-born witch (daughter of muggle greengrocer)

COLOUR EYES: Blue **COLOUR HAIR:** D. Brown
WEIGHT: 132 LBS. **HEIGHT:** 5 FT. 6 IN.

MARITAL STATUS: Married to Reg Cattermole (Magical Maintenance)

FINGERPRINTS - RIGHT HAND
1. - R. THUMB 2. - R. MERCURY 3. - R. APOLLO 4. - R. SATURN 5. - R.

LW Factor ///////
Mystique Rune
CALIBER ◊942:⚚ ☐ Penilous ☐ Egimoro
☐ Blandit BAH ☐ Aliquam AP ☒ Elemen
⌐ 3 h ᛏ 8, ⊛ ᛋ ᛏ 0, 4 u ᛏ 2, 9
Etiam est sapien
Vivamus leo magnus ///////

Cras in dolor orci, at commodo mauris. Sed viverra tempus laoreet. Nam temper pretium metus id tempus. Proin eleifend felis lorem, eget posuere diam tra rhoncus vulpatate. Praesent sit amet neque leo, ac bibendum ligula. Pellentesque vitae eros tellus. Ut et libero nisl. Integer iaculis euismod d urna molestie ut. Nunc ultricies sem ac massa rhoncus accumsan. Curabitur sed scelerisque justo. Sed nulla ligula, pretium vitae tincidunt a, commode tesque habitant morbi tristique senectus et netus et malesuada fames ac turpis egestas. Proin ullamcorper rhoncus nisl vitae dictum. Aenean et p Mauris id posuere turpis. Curabitur sed velit nec sapien malesuada eleifend. Phasellus sollicitudin magna quis quam mattis vel porttitor mi adipisci Sed justo tellus, ultrices an dictum non, rutrum nec lacus. Aenean viverra fermentum mi, non bibendum libero laoreet vel. Mauris nulla lectus, porta congue placerat odio. Vivamus quis tellus arcu, at malesuada risus. Nulla mauris leo, pulvinar sed auctor id, tempor nec turpis. Phasellus fringilla Morbi ac sapien sit amet enim euismod molestie. Donec sodales odio ut tellus feugiat faucibus laoreet erat aliquam. Morbi libero massa, mattis tincid

MINISTRY AUTHORISATION CODE | 66 | 08 | 24 | 03 | 11 |

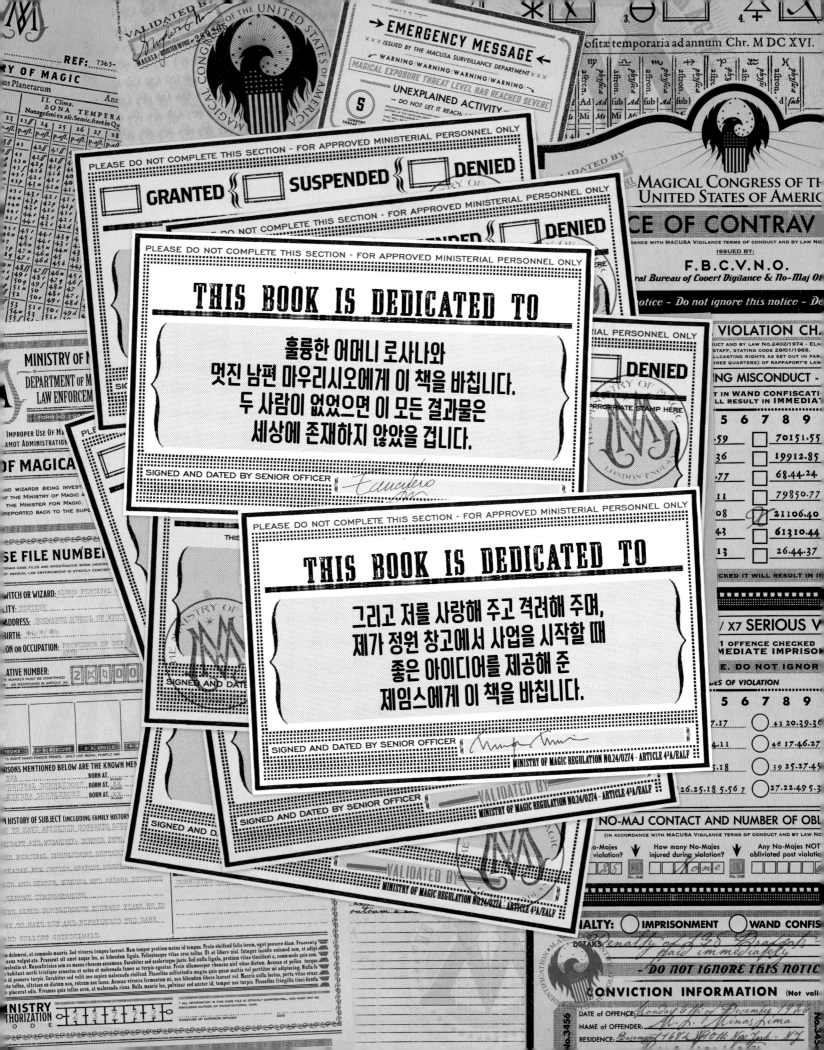

THIS BOOK IS DEDICATED TO

훌륭한 어머니 로사나와
멋진 남편 마우리시오에게 이 책을 바칩니다.
두 사람이 없었으면 이 모든 결과물은
세상에 존재하지 않았을 겁니다.

THIS BOOK IS DEDICATED TO

그리고 저를 사랑해 주고 격려해 주며,
제가 정원 창고에서 사업을 시작할 때
좋은 아이디어를 제공해 준
제임스에게 이 책을 바칩니다.

차례

VOLUME I
호그와트에 온 것을 환영합니다

VOLUME II
마법사 세계

W

VOLUME III
스크린 너머

주의!

특별한 정보 제공을 위해 책 곳곳에 사용된 상징들:

교체 표시
예전 디자인을 좀 더 마법적인 느낌이 있는 다른
디자인으로 교체했음을 나타내는 표시.

추가 정보 표시
여러분이 모르고 있을 것 같은 정보.

서문

〈해리 포터〉나 〈신비한 동물사전〉 같은
마법사 세계 영화를 준비할 때마다 나는 미라와
에두아르도와 함께한 그래픽 소품 관련 회의를 가장
기대했다. 그들의 사무실을 방문하면 늘 눈이 즐거웠다.
마법사 세계의 핵심인 마법과 관련된 멋지고 창의적인
이미지들이 사무실 벽에 가득했다.
마법 신문, 포스터, 표, 미합중국 마법 의회와
프랑스 마법 정부를 나타내는 상징 및 깃발 등
무척이나 섬세하고 작품에 대한 애정이 넘치도록 담긴
디자인들이었다. 관객들이 작품에 오롯이 몰입해 즐길 수
있도록 영감을 불러일으키는 핵심적인 자료들이었다.

미라와 에두아르도는 뛰어난 재능을 지닌
스튜어트 크레이그와 처음부터 함께 작업을 해왔다.
그들은 늘 장난기로 가득하면서도
무한한 창의성과 에너지를 보여준다.

—데이비드 예이츠

미나가...

기억으로는 2001년 7월에 에두아르도가 나를 만나 업무 경험에 관한 얘기를 나누려고 리브스덴 스튜디오를 방문했다. 그때 나는 〈해리 포터〉 영화 시리즈 2편인 〈해리 포터와 비밀의 방〉 그래픽디자이너로 일하고 있었고, 그 전해에 〈해리 포터와 마법사의 돌〉 작업을 한 상태였다. 그날 만남에서 무슨 말이 오갔는지는 정확히 기억나지 않지만, 영화와 디자인에 대한 에두아르도의 열정에 깊은 인상을 받았던 기억이 난다. 당시 그는 해리 포터에 대해 들어본 적도 없는 상태였다! 어쩐지 서로를 이미 알고 있는 것 같은, 묘하게 익숙한 느낌을 받았다.

에두아르도에게 일주일 동안 일해보겠냐고 제안했다. 에두아르도에게는 마법 세계에 첫발을 내딛는 어린 해리 포터 같은 면이 있었다. 나는 헤르미온느, 미술 감독 스튜어트 크레이그는 덤블도어, 세트 장식가 스테퍼니 맥밀런은 맥고나걸 같은 역할이었다. 일주일 동안 일하고 나서 에두아르도는 상근 그래픽디자이너로 일하게 됐고 그 후로 쭉 팀의 일원으로 작업하고 있다. 안타깝게도 스테퍼니가 2013년에 세상을 떠났지만 스테퍼니의 창의성과 캐릭터, 가치는 여전히 우리 모두에게 영감을 주고 있다.

내게 영화 스튜디오는 언제나 집 같았다. 미술 감독이었던 아버지는 나를 일터에 자주 데리고 가셨다. 어머니가 보석 디자이너여서인지 나는 세부 사항을 무척 중요시하는 편이다. 부모님은 미니어처 잡지와 책을 만들며 즐거워하는 나를 격려해 주셨다. 나는 센트럴 예술 디자인 학교(Central School of Art and Design)에서 연극학 학위를 받았는데, 이 학위는 그 후 갖게 된 직업과 직접적인 관계는 없지만, 연극 공부를 한 덕분에 이야기를 시각적으로 구현하는 방법에 대해 좀 더 깊게 생각해

보게 됐다. 나는 국립 영화 및 텔레비전 학교(National Film and Television School)에서 영화 제작 디자인을 공부한 후 자연스럽게 영화계에서 미술팀 보조로 일하게 됐다. 기술 도안을 보조하고, 모형을 만들고, 차를 잔뜩 끓이는 일이었다!

1995년에는 제인 캠피온(Jane Campion) 감독의 영화 〈여인의 초상(The Portrait of a Lady)〉과 관련한 그래픽디자이너 일을 넘겨받아서 해보라는 뜻밖의 제안을 받고 보조로 작업에 참여했다. 그 일을 하면서 나는 내가 그래픽 소품을 만드는 일에 재능이 있다는 걸 알게 됐다. 그 작업을 계기로 미술 감독 스튜어트 크레이그, 세트 장식가 스테퍼니 맥밀런과 돈독한 업무 관계를 맺게 되어, 영화 〈전쟁 그리고 사랑(In Love and War)〉, 〈어벤져스(The Avengers)〉, 〈노팅힐(Notting Hill)〉에서도 협업할 수 있었다.

현재 에두아르도와 나는 마법사 세계의 모습과 감정을 만들어 내는 일을 하면서 두루 인정받고 있지만, 초기에는 우리가 함께 진행해야 할 일의 규모가 어느 정도인지조차 파악하지 못했다. 차라리 다행이었다. 아무 예상도 못 하는 상태라, 우리는 자유롭게 실험하고 마음껏 장난기를 발휘할 수 있었다. 우리가 하는 일은 이야기에 생명을 불어넣는 것이었다.

배우가 맡은 배역을 속속들이 파악해야 하듯 우리도 캐릭터의 마음을 들여다보는 것에서부터 일을 시작해야 한다. 예를 들어, 스네이프처럼 재능 있는 마법사가 《고급 마법약 제조》 책을 갖고 있다면 어떻게 행동할까? 책 여백에 메모를 끄적거릴까? 필체는 어떻고, 메모 내용은 무엇일까? 소품은 스네이프라는 인물이 별나고 화를 잘 내는 성격임을 드러내는 장치다. '누가 혼혈 왕자인가?'라는 의문에 답을 줄 수 있는 장치이기도 하다. 해리와 친구들은 그 책의 원래 주인이 스네이프라는 사실을 한동안 알아채지 못한다.

2001년만 해도 그래픽디자인은 요즘처럼 첨단 기술 분야가 아니었다. 당시 우리가 가진 최첨단 장비는 사무실 한쪽 구석에서 윙윙거리며 작동하다가 툭하면 과열되거나 고장 나던 복사기가 고작이었다. 복사기 외에 우리가 주로 사용한 도구는 가위와 풀이었다. '도둑 지도' 같은 초기 소품들에는 특별한 점이 있다. 직접 가위로 자르고 풀을 붙여서 만들어서인지, 우리가 아낌없이 쏟아낸 관심이 소품에 배어 있는 것처럼 느껴졌다. 세월이 흐르면서 기술이 개선되고 발전했지만, 우리는 손으로 직접 소품을 만들 때의 감각을 잃지 않고 있다. 점점 더 기계화되어 가는 세상에서 우리가 내놓는 작업물을 눈에 띄게 만드는 것이 바로 그 감각이기 때문이다.

우리는 해리 포터 세계를 만들기 위해 영감을 얻고자 런던 거리에서 과거의 흔적을 찾아다녔다. 중고 물품 가게, 벼룩시장, 기록 보관소, 박물관 등을 두루 돌아다녔는데 운 좋게도 원하는 자료들을 찾아낼 수 있었다! 스튜어트 크레이그는 현실을 20퍼센트 정도 비틀면 답이 나올 거라고 조언했다. 이야기의 배경은 현재지만, 현대 기술

대신 마법이 있는 것이다. 우리는 이야기에 맞춰 다양한 역사적 스타일들을 참고했다. 빅토리아 시대의 영국의 물건들부터 시작해서, 손으로 직접 쓴 중세 시대 필사본이나 팝아트 포장, 볼셰비키 선전 포스터의 타이포그래피로 확장해 가며 연구했다. 주제에 맞는 책을 비롯해 제본이나 책등, 모양, 페이지 마감 등 물건 자체만으로 의미가 있는 오래된 책들을 모았다. 이런 책들은 《음유시인 비들 이야기》 같은 주요 소품(영화 화면에 상세하게 등장하는 소품)을 만드는 데 영감을 주었다.

〈해리 포터와 마법사의 돌〉과 관련해 내가 한 첫 번째 작업은 해리 포터의 입학 통지서를 손으로 써서 만드는 것이었다. 손 편지로 시작하는 게 적합하다고 판단했기에 우리는 어울리는 폰트와 필체를 만들고자 강박적으로 작업에 매달렸다. 소품을 만들면서 우리는 적절한 디자인의 폰트를 '오디션'하듯 찾아내기를 즐겼는데, 마법사에게 마법 지팡이가 필요하듯이 완벽한 폰트가 있어야 원하는 효과를 볼 수 있기 때문이다.

...리마를 만났을 때

나는 브라질 미나스제라이스주의 작은 마을 카삼부에서 태어났다. 창의력을 키워줄 만한 환경은 아니었다. 아버지는 회계사였고 어머니는 가정주부로 나와 형제들을 돌보셨다. 남자 형제가 밖에 나가 축구를 할 때 나는 집에 머물며 상상의 세계를 구축하는 걸 더 좋아했다. 나는 영화를 사랑했고 언젠가 할리우드에서 영화감독이 되고 싶다는 꿈을 꿨다. 이 꿈에 가까이 가기 위해 리우데자네이루로 건너가 가톨릭 사제 대학교에서 영상 통신을 전공했고, 그래픽디자인 전공으로 학위를 받으며 졸업했다. 리우데자네이루에 머무는 동안 학생 영화를 편집한 덕분에 영화 보조 편집자로 일할 기회를 잡았다. 브라질에서 영화 제작에 관해 많이 배우고 있었지만 할리우드에 가서 일하고 싶은 꿈은 늘 간직하고 있었다. 미국으로 여행이라도 가보려고 조언을 얻기 위해 여행사를 찾아갔더니 여행사 직원은 차라리 런던 히드로 공항으로 가는 비행기표를 사는 게 낫다고 나를 설득했다.

2001년 7월, 드디어 미라를 만났다. 런던에 도착했을 때 나는 그래픽디자인과 관련해 프로로 일한 경력도 없는 상태였다. 하지만 미라를 만나자마자 모든 게 맞아떨어졌다. 미라는 일주일 동안 일해볼 기회를 주었다. 일주일이 한 달이 되고 6개월이 되더니 나는 드디어 상근으로 일할 수 있게 됐다. 나를 영국으로 보내준 여행사 직원이 아무래도 마법을 부렸던 것 같다! 미라는 우리 둘 다 타이포그래피에 대한 열정을 갖고 있다고 말했다. 나는 《예언자일보》의 편집장으로서 그 열정을 마음껏 발휘할 수 있었다. 《예언자일보》에 〈해리 포터〉 영화와 관련된 온갖 기사가 실렸는데 나는 그 작업을 해낸 게 지금도 무척 자랑스럽다. 돌이켜 생각해 보면, 《예언자일보》의 스타일 변화를 통해 점점 커지는 마법 정부의 영향력을 보여줄 수 있었다. 《예언자일보》와 마찬가지로 미라와의 우정도 점점 깊어져 갔다. 우리는 이야기에 대한 열정은 물론이고 특이한 유머 감각도 서로 잘 맞았

다. 그런 의미에서 우리는 수백 년에 걸쳐 여러 번 생을 거듭 살아오는 동안 '오피스 배우자'가 아니었을까, 하는 농담을 하기도 한다. 우리가 처음 만났을 때 미라에게 어쩐지 익숙한 느낌을 받았던 것도 그래서가 아닐까. 해리 포터 시리즈가 끝난 후에도 우리는 따로 떨어져 일하고 싶지 않아서 함께 사업을 해보려고 2010년에 '미나리마 스튜디오'를 세웠다. 우리 스튜디오가 맡은 첫 번째 프로젝트는 '개미 군대(Army of Ants)'에서 '얼룩말의 열정(Zeal of Zebras)'까지 알파벳순으로 명사들을 표현한 한정판 인쇄물을 만드는 것이었다. 이 작업을 통해 우리는 〈해리 포터〉 영화를 위해 디자인한 우리의 그래픽 아트를 다시금 활용할 수 있었다.

우리는 일단 이미지 몇 개를 만들어 2012년 시카고에서 열린 해리 포터 팬 대회에 가져갔다. 팬들의 관심이 어찌나 높은지 압도될 정도였다. 팬들은 작품 자체뿐만 아니라 그래픽 소품 디자인 제작에도 많

은 관심을 보여주었다. 여기서 이대로 돌아갈 수는 없었기에 우리는 사업가로 변신하기로 했다! 웹사이트를 만들고 미라의 정원 창고에서 인쇄를 시작했다. 그렇게 우리 사무실 벽에 붙여놓을 고품질의 인쇄물을 만들었다.

2011년에 마법 같은 기회가 찾아왔다. 올랜도 유니버설 스튜디오의 해리 포터 마법사 세계 구역에 사용할 그래픽 요소를 디자인하고, 워너브라더스 영화 제작 당시 만든 소품들을 전시해 달라는 요청을 받은 것이다. 그리고 2015년에 우리는 다시 영화 제작 관련 업무로 돌아가 〈신비한 동물사전〉 영화 시리즈의 그래픽 소품 디자인을 맡게 됐다. 〈신비한 동물사전〉 시리즈 덕분에 우리는 마법사 세계를 상상하면서 디자인을 계속할 수 있었다. 이번에는 1920년대에서 1930년대의 파리와 뉴욕 등을 배경으로 하는 작업이었다.

빠르게 늘어나는 그래픽 작업물을 보관할 곳이 필요하다고 판단한 우리는 2016년에 '하우스 오브 미나리마'를 열었다. 하우스 오브 미나리마는 런던 그릭 스트리트, 즉 〈해리 포터와 저주받은 아이〉 연극 공연장인 '팰리스 극장' 모퉁이에 위치한 팝업 갤러리 및 상품 판매점이다. 구불구불한 계단과 삐걱거리는 바닥을 지닌 이 건물에서 영감을 받아, 우리는 당장 다이애건 앨리에 갖다 놔도 어울릴 만한 공간을 만들어 냈다. 그곳에 최고의 마법사들을 배치하고 우리가 만든 디자인으로 공간을 채웠다. 팬들의 반응은 엄청났다. 수백 통의 손 편지와 수십 개의 직접 만든 선물이 쏟아져 들어왔다. 팝업 갤러리를 닫을 때쯤, 팬들이 이곳을 영구적인 관광 명소로 유지해 달라는 청원을 했다. 그렇게 해서 이곳은 런던에서 가장 인기 있는 여행지가 되어 백만 명 이상의 방문객들을 맞아들이게 됐다.

2020년, 기존의 하우스 오브 미나리마가 초만원이라 우리는 워더 스트리트로 자리를 옮겼다. 워더 스트리트 하우스에는 계속 가짓수가 늘어나는 인쇄물, 문구류, 선물, 책 등을 배치했다. 그곳에 우리 디자인 스튜디오도 자리를 잡았다. 우리는 영화 소품을 제작할 때처럼 세밀한 부분까지 하나하나 신경 써서 물건을 디자인하고 만들어 그곳에 배치했다. 전 세계에서 많은 분들이 갤러리와 판매점을 방문해 주셨다. 일본 오사카에도 하우스 오브 미나리마를 열었고, 작년에는 뉴욕 해리

포터 스토어에 미국 최초의 하우스 오브 미나리마를 개장했다. 미라와 나는 모조 소품 책을 만들면서 얻은 교훈을 바탕으로 실제 책 디자인에 나서기로 했다. 하퍼콜린스 출판사에서 출간한 《해리 포터 필름 위저드리(Harry Potter Film Wizardry)》가 바로 우리가 처음 시도한 상업 출판물이다. 그 후로 우리는 하퍼콜린스와 협업해 컬러 일러스트와 종이 공예 요소를 담은 고전 동화 시리즈를 계속 출간하고 있다.

2019년, 스콜라스틱 출판사가 《해리 포터와 마법사의 돌》, 《해리 포터와 비밀의 방》을 새롭게 해석한 책을 내자고 제안해서 우리는 예전에 했던 작업을 다시 하게 됐다. 소장 욕구를 강하게 자극하는 이 작품들은 비평가들의 절찬을 받았고 수십 개 언어로 번역 출간됐다.

미라가 리브스덴 스튜디오의 미술팀에서 일주일 동안 일해보라는 제안을 한 이래 우리는 오랫동안 함께 일을 해왔다. 지금 우리는 미나리마 스튜디오에서 일하는 차세대 디자이너들을 위해 덤블도어와 맥고나걸 같은 역할을 하고 있다. 이 자리를 빌려 그 디자이너들, 그리고 수년 동안 우리와 함께 작업한 멋진 분들에게 경의를 표하고 싶다.

앞으로 또 무슨 일이 일어날지 알고 싶지만 괜한 궁금증에 시간을 허비하지는 않을 것이다. 어떤 모험을 하게 되든 받아들이고 계속 나아가려 한다. 어떤 길로 가게 되건 우리는 마법 세계에 늘 한 발 걸쳐놓을 것이다. 우리는 이야기를 만들어 내고, 새롭게 전달하는 방법을 찾는 걸 좋아한다. 그 과정에서 우리 작품이 누군가에게 감동을 주고, 현실에서 잠시 벗어날 기회를 마련해 주고, 자기만의 열정을 찾도록 도울 수 있다면 그것만으로도 너무나 멋진 일일 것이다.

20년에 걸친 미나리마의 마법 같은 세월을 축하하는 의미를 담은 이 책에는 〈해리 포터〉 영화 시리즈 1편에서부터 현재에 이르기까지 우리의 여정을 매력적으로 보여주는 일러스트와 해설이 담겨 있다.

호그와트에
온 것을 환영합니다

호그와트 입학 통지서부터
덤블도어의 유언장까지

VOLUME I

HARRY POTTER and The Order of the Phoenix - GRAPHICS Breakdown - 18/01/2006

Scene No.	Set	Script Page	Hero Graphics	Dressing Graphics	
95/95B 95D	Int. Snape's Office	77		* Misc. Dressing	(?)
96	Int. Marble Staircase	79	* Another notice	* Misc. Dressing	(?)
97A	Int. Azkaban	80	* DAILY PROPHET (DP6) - Headline: "Mass Breakout from Azkaban" (page turns - Fudge pic)	* Misc. Dressing	15 MAR 10 MAR 17 MAR
99 100	Int. Room of Requirement	81	* Marauder's Map * DAILY PROPHET (as Sc. 97A) DP6	* Misc. Dressing	25 APR. 27 APR MAR
101	Int. Dumbledore's Office	83	* D.A parchment * Percy's notebook >	* Misc. Dressing (09/AUG) AUG	
102	Int. Entrance Hall	85	* Notice - educational Decree no.119	* Misc. Dressing (18/AUG) AUG	
102A	Shots/Great Hall	85	* Parchments/quills/ink	* Misc. Dressing	
109/ 109B	Int. Snape's Office	91		* Misc. Dressing 26/JULY	(?)
111B	Hogwarts Corr.	92	* Snape's scholbooks	* Misc. Dressing	19 AP
112	Ext. Lawn	92	* Snape's Book	* Misc. Dressing	
113	Int. Snape's Off.	94		* Misc. Dressing	16/MA
117A	Int. Common Ro.	95		22/SEPT.	3 A
118	Int. Entrance Hall	96	* Proclamations in flames	FIREWORKS GRAPHICS ECUTS: * Misc. Dressing	
125	Int. Umbridge's Classroom	98			

Int. Room Req. | 77 | * Notice Board

★ aqua fortis gii ★ caty of mercury ★ inverteo ho

★ sphera saturni ★ ammonia ★ inverteo ho

★ venus jaspingo ★ antimony ★ majo ★ basi

First MinaLima exhibition London, June 2013

date		sc.	set	graphics
wed	27-Sep	68	int. hogwarts express	framed illustrations of hogwarts castles
sun	30-Sep	68	int. hogwarts express	candy packaging inc. choc frog
sun	30-Sep	165	int. hogwarts express	harry's wizard photo album
sun	30-Sep	165	int. hogwarts express	hermione's books & bookmarks
sun	30-Sep	49	ext. street	harry's letter
sun	30-Sep	49	ext. street	door sign "the leaky cauldron"
sun	30-Sep	79A	int. transfiguration class	school books & bookmarks
sun	30-Sep	79A	int. transfiguration class	ll charts & dr...
sun	30-Sep	79	int. hogwarts stairway	s timetable...
mon	2-Oct	82	int. courtyard (& ot...	e noticeboa...
fri	20-Oct	162	int. hogwarts ho...	packagin...
fri	20-Oct	162	int. hogwarts ho...	rds
sat	21-Oct	48	int. hut on rock	ter...
sun	22-Oct	114	int. library	book...
sun	22-Oct	123	int. library	k
sun	22-Oct	113	int. library	
wed	25-Oct	84B	int. hog. trophy staircas...	
thur	26-Oct	99	int. proff. Flitwick's class	
thur	26-Oct	99	int. proff. Flitwick's class	
sun	29-Oct	62	int. kings cross	
sun	29-Oct	62	int. kings cross	
tues	31-Oct	64	ext. platform 9 3/4	labels
mon	6-Nov	50	int. leaky cauldron	ottle labels
tues	7-Nov	53	int. gringotts	bank ephemera
tues	7-Nov	53	int. gringotts	hagrid's letter
mon	13-Nov	24	int. reptile house	zoo map
mon	13-Nov	24	int. reptile house	sign: BRAZIL-...
wed	15-Nov	22	int. dursley's kitchen	packaging for
thur	16-Nov	27	int. dursley's front hall,	letters: bill, p...
fri	17-Nov	30	int. dursley's kitchen	harry's letter
fri	17-Nov	32	int. dursley's front hall	harry's letter...
mon	20-Nov	37	int. dursley's front hall	harry's letter...
mon	20-Nov	41	int. dursley's living room	bundle of po...
mon	20-Nov	43	int. dursley's kitchen	harry's letter...
tues	21-Nov	44	int. dursley's kitchen	flying letters
tues	21-Nov	45	int. dursley's front hall	flying letters
	22-Nov	48	int. hut on the rock	harry's lette...
	4-Dec	129	int. hagrid's hut	dragon bree...
	8-Dec	73	int. great hall	roll of parch...
	12-Dec	74	int. hogwarts great hall	parchment
	18-Dec	110	int. boys' dorm	tags for chr...
	18-Dec	110	int. boys' dorm	note for ha...

DUMBLEDORE'S ARMY.

Hermione Granger
Ron Weasley
Harry Potter
George Weasley
Fred Weasley
Ginny Weasley
Luna Lovegood
Neville Longbottom
Padma Patil
Parvati Patil
Cho Chang
Zacharias Smith
Seamus Finnigan
Alice Tolipan
Luca Caruso
Marietta Edgecombe
Katie Bell
Hannah Abbott
Susan Bones
Ernie Macmillan

Dean Thomas
Michael Corner
Dennis Creevey
TERRY BOOT
Alicia Spinnet
Lee Jordan
Nigel Wolpert
Justin Finch-Fletchley

Homework - monday 20th

Explain transfiguration of worms → picture frame. With mathematical diagrams.

① Retrieve 4 worms of the same size from approx. 3cm deepth into the earth.

② Produce this formula $\frac{(\text{⫿} \times \odot \times \text{⫿})}{(\text{⫿} \times \text{Ⱥ} =) \text{⫿}} = \text{Ⱥ}$ (Homulus!)

③ you must concentrate and wave wand from right to left while saying the spell → 2 of the worms will shorten and turn into sticks.
$\frac{(\text{⫿} \times \text{⫿})}{\text{⫿}} (\wedge \times \text{⫿} - \text{⫿}) \frac{\text{⫿}}{\text{⫿}} \quad \frac{lee}{\text{⫿}} \quad \frac{e'}{\odot} = \text{Ⱥ} \quad |||\ ||$

④ Wave wand twice in your left hand chanting poculus 5 times.
the frame should be finished. you can use different colored worms if you like.

호그와트
마법학교

★

"호그와트에 온 것을 환영합니다. 잠시 후 여러분은 이 문을 통과해 같은 학년 친구들을 만나게 될 거예요. 대연회장에 자리를 잡기 전에 모두 기숙사를 배정받게 됩니다."

—〈해리 포터와 마법사의 돌〉에서 미네르바 맥고나걸의 대사

맥고나걸 교수가 환영사를 마치자 학생들은 신나게 대연회장으로 들어가고 관객들의 시선도 그 뒤를 따라간다. 부엉이 한 마리가 해리 포터에게 전달할 특별한 물건(호그와트 입학 통지서)을 가지고 프리빗가 4번지에 도착한 후로 점점 흥분이 고조되는 분위기다. 해리의 이모부 버넌은 해리가 입학 통지서를 받지 못하게 하려고 온갖 짓을 다 하지만 부엉이들의 맹렬한 습격과 단단히 결심한 해그리드를 당해내지 못한다. 해그리드는 해리를 데리고 다이애건 앨리로 가서 입학에 필요한 교복 로브와 마법 지팡이, 빗자루를 갖추도록 도와준다. 얼마 후 해리는 9와 4분의 3 승강장에서 호그와트 급행열차를 타고 호그와트로 떠난다. 열차 안에서 론을 만난 해리는 개구리 초콜릿을 비롯해 열차 간식 수레에서 파는 온갖 재미난 먹거리들을 사준다. 개구리 초콜릿 포장 안에는 호그와트 마법학교의 교장 덤블도어를 비롯한 마법사들의 모습이 담긴 마법사 카드가 들어 있다. 헤르미온느는 그 두 사람이 앉아 있는 객실로 찾아와 마법 지팡이를 휘둘러 해리의 망가진 안경을 말끔하게 고쳐준다. 학교에 도착할 때쯤 그들 셋은 이미 친구가 되어 있다.

신입생들은 배를 타고 안개 자욱한 호수를 가로질러

간다. 이 장면에서 우리는 달빛을 받은 호그와트 마법학교를 처음 보게 된다. 밤하늘을 배경으로 고딕풍의 탑들이 솟아 있는 학교의 모습은 너무나 멋지다. 이어서 현관 홀에서 맥고나걸 교수 주변에 모여 있는 학생들의 모습이 보인다. 호그와트 마법학교는 영국식 기숙학교에 동화 속 성의 모습을 합쳐놓은 것 같은 분위기다. 론 위즐리의 빨간 머리와 형들에게 물려받은 로브를 놀려대는 드레이코 말포이의 모습은 우리의 학창 시절을 떠올리게 하는 면이 있다. 하지만 말하는 마법사들의 초상화 같은 것들은 전혀 익숙한 풍경이 아니다. 끊임없이 움직이는 기숙사 계단만 봐도 호그와트가 감춰진 통로와 비밀스러운 방들이 가득한 예측 불가능한 곳임을 알 수 있다. 시리즈 후반에서 건물 관리인 필치는 마법 정부가 발행한 온갖 교육 법령들을 현관홀에 건다. 그건 나중 일이고, 지금 학생들과 교수들은 촛불이 환하게 켜진 대연회장에 모여 있다. 대연회장 천장은 마법의 힘 덕분에 진짜 하늘처럼 보인다. 이 장면을 위해 우리 디자이너들은 무대 뒤에서 마법 구현에 쓰일 소품들을 열심히 만들었다.

호그와트가 오래전, 그러니까 수백 년 전 배움의 전당 같은 분위기를 풍기도록 만드는 게 중요했다. 호그와트의 문장은 그리핀도르, 슬리데린, 래번클로, 후플푸프라는 기숙사 네 곳의 전통적인 상징들을 하나로 모은 것이다. 맥고나걸은 학생들에게 각 기숙사가 최고로 인정받기 위해 경쟁하고 있음을 은연중에 내비친다. 각 기숙사는 학교 생활 전반에 걸쳐 경쟁하고 있는데 가장 치열한 경쟁이 벌어지는 게 바로 퀴디치 경기다. 그런 만큼 다들 퀴디치 경기에 어마어마한 열정을 갖고 임한다. 그리핀도르의 수색꾼으로 뽑힌 해리도 슬리데린과 시합을 하면서 그 열정을 느끼게 된다. 미술 팀은 교내 퀴디치 경기와 트라이위저드 대회, 크리스마스 무도회 장면을 준비하면서 익숙한 호그와트의 여러 장소들을 새로이 상상하고, 특별한 의상들을 디자인하고, 티켓과 초대장, 포스터 같은 다양한 종이 소품들을 만들어 냈다. 호그와트 학생들은 마법을 배우기 위해 어둠의 마법 방어법, 마법약 수업 같은 것을 듣는다. 마법약 수업 교실 벽에는 먼지가 내려앉은 유리병들이 즐비한데, 그중 일부에는 치명적인 독성이 있는 약물이 들어 있다. 손으로 직접 쓴 라벨이 붙은 유리병은 각별히 신중하게 다뤄야 한다. 도서관에는 찻잎 점부터 폴리주스 마법약제조법에 이르기까지 세상에 존재하는 모든 마법 주제에 관한 책들이 빼곡하다. 위험한 주제를 다루는 책들도 있으니 신중하게 골라야 한다. 덤블도어가 해리에게 "우리의 진정한 모습을 보여주는 건 말이다, 우리가 가진 능력이 아니라 우리가 하는 선택이란다"라고 말한 이유도 그래서다(《해리 포터와 비밀의 방》). 덤블도어는 불청객들을 물리치고 학생들을 안전하게 보호하려고 최선을 다하지만 누구를 믿어야 할지 쉽게 파악할 수 없다. 덤블도어 교장의 연구실은 무척 흥미로운 곳인데, 캐비닛 안에 소중한 기억들을 비롯해 무수한 보물들이 보관돼 있다.

영화가 진행되면서 해리와 친구들은 해그리드의 오두막부터 후려치는 버드나무, 금지된 숲에 이르기까지 호그와트 곳곳을 누빈다. 해리는 투명 망토를 뒤집어쓰고 호그스미스를 방문하기도 하고, 허니듀크스 과자 가게에서 이런저런 과자들을 맛보거나 스리 브룸스틱스 주점에서 버터맥주를 마시기도 한다. 위즐리 쌍둥이 형제에게 도둑 지도를 선물받은 해리는 한밤중에 호그와트 성을 몰래 돌아다니는 게 그와 친구들뿐만이 아니라는 사실을 알게 되고 호그와트 성의 진정한 모습을 밝혀낸다. 이 장면에서 관객은 이야기에 몰입한 나머지 화면에 등장하는 물건들에는 시선이 가지 않을 수도 있다. 해리의 입학 통지서나 도둑 지도 같은 소품 말이다. 각 소품은 호그와트를 생생하게 표현하기 위해 우리가 직접 디자인하고 만든 것이다.

To: MR HARRY POTTER
The Cupboard Under the Stairs,
4 Privet Drive,
Little Whinging,
SURREY.

Dear... *Mr Potter*...

We are pleased to inform you that you have been accepted at Hogwarts School of Witchcraft and Wizardry.

Students shall be required to report to the Chamber of Reception upon arrival, the dates for which shall be duly advised.

Please ensure that the utmost attention be made to the list of requirements attached herewith.

We very much look forward to receiving you as p~ generation of Hogwarts' heritage.

Yours Sincerely,

M. McGonagall

~~~ McGonagall

RTS SCHOOL of WITCHCRAFT & WIZARDRY
r: Albus Dumbledore, D.Wiz., X.J.(sorc.), S.of Mag.Q.

FIRST-YEAR STUDENTS WILL REQUIRE:

1. Three sets of plain work robes
2. One plain pointed hat for day wear
3. One pair of dragon-hide gloves

AND THE FOLLOWING SET OF BOOKS:

1. 'The Standard Book of Spells' by Miranda Goshawk
2. 'One Thousand Magical Herbs and Fungi' by Phyllida Spore
3. 'A History of Magic' by Bathilda Bagshot
4. 'Magical Theory' by Adalbert Waffling
5. 'A Beginner's Guide to Transfiguration' by Emeric Switch
6. 'Magical Drafts and Potions' by Arsenius Jigger
7. 'Fantastic Beasts and Where to Find Them' by Newt Scamander
8. 'The Dark Forces: A Guide to Self-Protection' by Quentin Trimble

ALL STUDENTS MUST BE EQUIPPED WITH:

1. One Wand
   ~ standard 'Size 2' pewter cauldron
   ~ring, if they desire, either an owl, a cat, or a toad.

L. Thomsonicle-Pocus

Lucinda Thomsonicle-Pocus,
Chief Attendant of Witchcraft Provisio~

f WITCHCRAFT & WIZARDRY
~ore, D.Wiz., X.J.(sorc.), S.of Mag.Q.

MR H. POTTER
The Cupboard under the Stairs,
4 Privet Drive,
Little Whinging
SURREY.

해리의
호그와트 입학 통지서

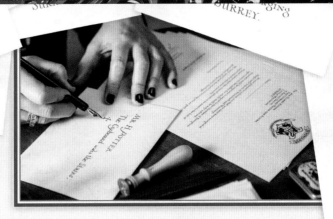

《해리 포터》 영화 시리즈에서 우리가 가장 처음 만든 소품은 바로 해리의 호그와트 입학 통지서다. 화면에 제일 처음 등장하는 마법 물품이라 아주 잘 만들어야 했다. 이 소품은 세 가지 요소로 이루어져 있었다. 봉투, 편지, 그리고 입학에 필요한 준비물 목록. 우리는 봉투부터 작업을 시작했다. 다행히 J.K. 롤링이 책에 봉투에 관해 잘 묘사해 놓았다. "그런데 여기에 편지가 와 있었다. 주소가 너무도 명확하게 적혀 있어 실수라고 할 수도 없었다. '서리주 리틀 윈징 프리빗가 4번지 계단 밑 벽장 H. 포터 군 앞.' 두껍고 무거운 봉투는 누런 양피지로 만들어졌으며, 주소는 에메랄드빛 초록색 잉크로 적혀 있었다. 우표는 없었다. 떨리는 손으로 봉투를 뒤집자 어떤 문장(紋章)이 찍혀 있는 보라색 밀랍 봉인이 나타났다. 사자와 독수리, 오소리와 뱀이 커다란 'H'자를 휘감고 있는 문장이었다."
《해리 포터와 마법사의 돌》)

계단 밑 벽장이라니, 재미있는 주소였다. 해리가 계단 밑 벽장에 살고 있다는 건 누군가 해리를 감시하고 있다는 뜻이었다.

미라는 전통적인 캘리그래피 펜을 이용해 에메랄드빛 초록색 잉크로 봉투에 주소를 적었다. 그 편지를 보낸 사람은 미네르바 맥고나걸 교감이다. 공식 편지지만, 맥고나걸이 굳이 그 색깔 잉크를 고른 것도 그렇고 편지 내용에도 개인적인 감정이 담겨 있음을 알 수 있다. 편지를 쓸 때 가장 어려운 부분은 아무래도 서명이었던 것 같다. 서명을 작성하느라 약간의 연습이 필요했다.

호그와트의 공식 편지는 호그와트 문장이 찍힌 밀랍으로 봉인돼 있다. 이 부분도 디자인에 신경을 썼다. 그 외에도 호그와트가 실제로 있는 장소인 것처럼 보이게끔 편지 하단에 알버스 덤블도어 교장의 이름을 넣는 등 세세한 부분까지 완성도를 높였다.

입학에 필요한 준비물 목록은 한 페이지로 만들고 싶었는데 담아야 할 정보가 많아서 글씨를 깨알같이 작게 적어 넣어야 했다. 하지만 어린 시절 미니어처 책을 만들며 놀았던 미라에게 이 작업은 귀찮기는커녕 즐겁기만 했다.

원본 소품을 디자인하고 나서 우리는 클로즈업 장면에 쓸 소품 스무 개 정도를 추가로 수작업해 만들었다. 진짜 부엉이들이 봉투를 날랐는데, 우리는 부엉이들이 들고 나르기엔 이 봉투가 너무 무겁다는 사실을 간과하고 말았다! 부랴부랴 새로 가벼운 봉투를 만들었다. 거실로 편지들이 쏟아져 들어오는 장면 촬영에는 더 가벼운 종이(지폐와 같은 종류)에 인쇄해서 만든 봉투 수천 개를 준비했다. 특수효과 팀은 편지들이 거실로 쏟아져 들어오도록 특별한 기계를 만들었다.

지금 하우스 오브 미나리마에 오시면 미라에게 맞춤 편지 제작을 요청할 수 있다. 누구에게든 원하는 대로 편지를 부칠 수 있는 것이다. 우리는 세베루스 스네이프 교수에게 보내는 편지를 쓴 적도 있다! 소품에 필요한 편지를 하도 많이 쓰다 보니 미라는 에메랄드빛 잉크를 찍은 깃펜을 손에 쥐고 당장 맥고나걸 교수로 변신할 수 있을 정도가 되었다!

MR H. POTTER
The Cupboard ... RS,

MR H. POTTER
The Cupboard under the Stairs,
4 Privet Drive,
Little Whinging
SURREY.

호그와트 공책

◆━━━◆＊◆━━━◆

해리, 헤르미온느, 론은 호그와트 마법학교에 다니는 동안 늘 공책을 한 권씩 가지고 다녔다. 각 등장인물은 공책 앞면에 자기 이름을 써두는데, 우리는 그들이 각각 어떤 필체를 갖도록 해야 하는지를 놓고 고민했다. 호그와트 학생들이니 깃펜과 잉크로 써야 할 텐데, 아무래도 볼펜보다는 지저분하게 써질 수밖에 없었다! 주요 등장인물들을 위한 필체를 만들고, 시리즈 진행에 맞춰 인물들이 성장함에 따라 조금씩 필체를 바꿔나가는 작업이 꽤 재미있었다.

〈신비한 동물들과 그린델왈드의 범죄〉에서 호그와트 마법학교 시절을 회상하는 장면이 나오는데, 그 장면을 위해 우리는 기숙사별 공책을 디자인했다. 1910년 분위기에 맞도록 대담한 아르데코(1920~1930년대에 유행한 장식 미술의 한 양식으로, 기하학적 무늬와 강렬한 색채가 특징이다—옮긴이) 스타일을 살리되 '호그와트(Hogwarts)'의 머리글자인 'H'를 금색으로 강조하는 디자인이었다. 그 라벨은 좀 더 빈티지 느낌이 강한 현대적 호그와트 공책의 디자인을 연상시켰다. 기숙사마다 고유의 색깔로 된 공책을 쓰기 때문에 후플푸프 기숙사 출신인 어린 뉴트 스캐맨더는 학교에서 진한 노란색 공책을 썼을 것이다.

《신비한 동물 사전》

〈해리 포터〉 영화 시리즈 1편에 쓸 교과서를 디자인하는 동안 우리는 《신비한 동물 사전》 교과서가 다음 영화에서 얼마나 중요하게 쓰일지 알지 못했다. 그저 해리 포터가 호그와트에서 공부하기 위해 구매한 여러 권의 책 중 하나라는 정도로만 생각했다. 그런데 이 책은 결국 J.K. 롤링이 쓴 새로운 영화 시리즈, 즉 온화하고 순진한 마법동물학자 뉴트 스캐맨더와 그가 관여한 세상 곳곳의 마법 생명체들에 관한 영화 시리즈에 영감을 주었다.

호그와트의 교과서들

호그와트 관련 작업을 하는 동안 우리는 광범위한 마법 주제에 관한 멋진 교과서 소품들을 만들었다. 한때 스네이프의 것이었던 《고급 마법약 제조》 책처럼 원작에서 직접 언급된 중요하고 특이한 교과서도 있고, 1학년 학생들이 준비해야 할 교과서 목록에서 지나가듯 언급된 교과서들도 있었다. 우리는 교과서 대부분을 직접 제작했다.

몇몇 책들은 헤르미온느 그레인저가 나타나기 전까지 호그와트 마법학교 도서관의 제한구역에 꽂혀 있기만 하면 되었다. 그곳에는 페이지 가장자리를 금박으로 처리하고, 두툼한 가죽으로 제본한 오래된 책들이 마치 고대 무덤처럼 꽂혀 있었다. 책벌레 헤르미온느는 자기만의 소중한 잭들을 갖고 있었는데, 그중 일부는 자기 방에 놓아두었고, 일부는 호크룩스를 좇는 해리의 모험에 합류하면서 마법 가방에 넣고 다녔다. 한편으로 우리는 리타 스키터가 쓴 덤블도어 평전처럼 서점에 잔뜩 쌓아두고 파는 용도인 소품 책들도 만들었다. 얇은 종이에 조악하게 인쇄해서 만든 소품들이었다.

책 제본에 열정을 쏟던 우리는 와이번 바인더리와 협업하면서 책 만드는 방법도 즐겁게 익혔다. 《마법 상형문자와 기호》 책 표지에 금속 같은 재료를 실험적으로 사용해 보기도 했고, 《룬문자 사전》의 표지에는 비단을 써 보기도 했다.

Phyllida Spore's

Healing at Home
with Herbs

Lima Press

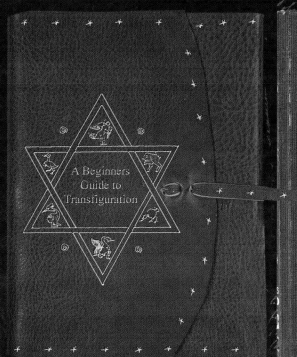

A Beginners
Guide to
Transfiguration

THE HEALER'S
HELP
MATE

COMPILED BY:
H. Pollingtonious

Yuri Slishen

ADVANCED
RUNE
RANSLATION

8 4 5 8
8 9 0
1 5 3 4 5
9 0
NU 3
ME
RO 4
LOGY
3 7 5 6
8 9 0
L. WAKEFIELD

UNFOGGING THE FUTURE

Cassandra Vablatsky

Guide to Advanced
OCCLUMENCY

MAXWELL BARNETT

ANCIENT RUNES
MADE EASY

of Spells

WATER PLANTS
of the
MEDITERRANEAN

Hadrian Whittle

Prof. Garius Tomkink

HOGWARTS HISTORY

TRI WI ZARD TRA GE DIES

TRIWIZARD TRAGEDIES

MOSTE POTENTE POTIONS

PHINEAS BOURNE

The DECLINE of

PAGAN Magic

BY BATHILDA BAGSHOT

Phyllida Spore's

1000 Magical Herbs & Fungi

UNFOGGI the FUTURE

Cassandra Vablatsky

MOSTS POTENTE POTIONS

FLESH-EATING TREES OF THE WORLD

NUMEROLOGY

GRAMMATICA

A HISTORY OF MAGIC

BATHILDA BAGSHOT 2ND EDITION

RUNE DICTIONARY

2nd. EDITION

에드아르두스 리마의 《괴물들에 관한 괴물 책》은 해그리드가 '마법 생명체 돌보기' 수업을 진행할 때 쓰는 놀라울 정도로 사나운 책이다. 우리는 〈해리 포터〉 영화 3편인 〈해리 포터와 아즈카반의 죄수〉를 위해 이 책의 콘셉트를 디자인했다. 이 책에는 유용한 정보가 많이 담겨 있지만, 여러분이 책을 펼치려면 책등을 쓰다듬으면서 조심스럽게 펼쳐야 한다.

영화 전반부에서 해리는 조심스럽게 펼쳐야 한다는 조언을 잊고 이 책을 불쑥 펼치고 만다. 그 결과 미친개처럼 발꿈치를 물어대는 책에 쫓기며 온 방 안을 뛰어다닌다!

책 내부가 보이게 될 예정이라 마법 생명체들을 만들어 내고 그려 넣어야 했다. 하지만 페이지 대부분은 갈가리 찢겼다! 마법 생명체들의 이름은 촬영 팀원들 이름에서 영감을 받아 지었는데, 촬영 팀원과 마법 생명체 사이에 어떤 닮은 점이 있는지는 노코멘트하겠다.

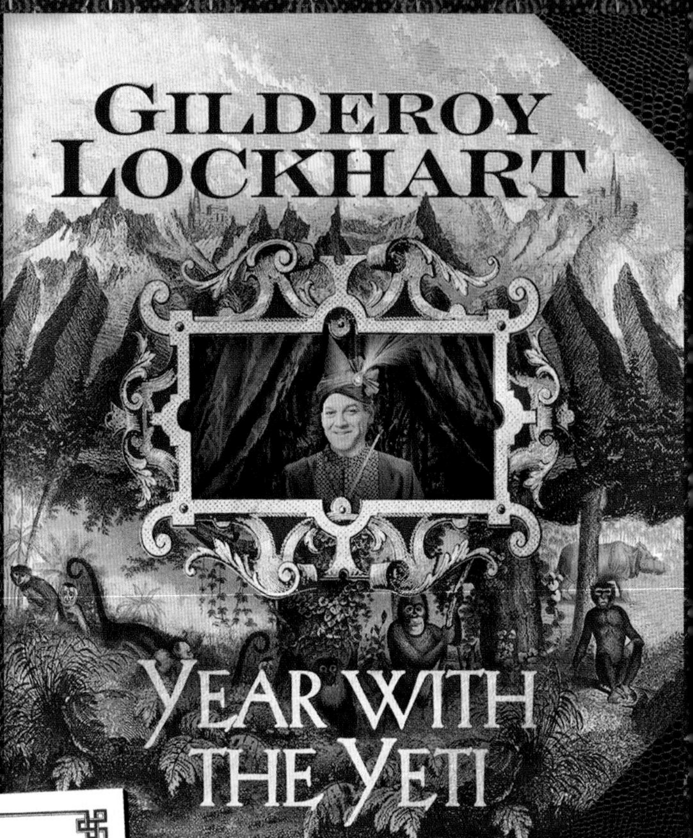

GILDEROY LOCKHART

GILDEROY LOCKHART

YEAR WITH THE YETI

MAGICAL ME

Travels with TR⊙LLS

록 하트의 책 표지는 전부 화려한 금테두리 안에 록하트 본인의 움직이는 사진이 담겨 있다. 소품의 움직이는 이미지를 형상화하기 위해 우리는 사진 담당자가 그 부분을 복제할 수 있도록 레이아웃을 디자인한다. 그러면 특수효과 팀이 후반 작업을 하면서 초록색으로 된 부분에 움직이는 이미지를 추가하는 식이다.

GILDEROY LOCKHART'S

GUIDE TO HOUSEHOLD PESTS

DEFENCE against the DARK ARTS
Second Year Essential Knowledge Test

1. What is GILDEROY LOCKHART'S favourite colour? *Lilac*

2. What is GILDEROY LOCKHART'S secret ambition? *To rid the world of evil*

3. What, in your opinion, is GILDEROY LOCKHART'S greatest achievement to date? *There are many, chronicled in the bracey is ghouls*

4. When is GILDEROY LOCKHART'S birthday and what would his ideal gift be? *1st of a flower on 12th Decem*

5. How many times has GILDEROY won Witch Weekly's Most *Gilderoy has one it least j*

6. In his book "Break with a GILDEROY LOCK Break Banon Banshee? *He used*

7. Which is GILDEROY for photographs? *He is do han*

8. Has GILDEROY LO timetable Pulling Cham been pipped at the post?

9. Which product does GIL clean his teeth with to white smile? *Fairy Spark*

록하트를 위한 디자인

길더로이 록하트는 본질적으로 허세가 있는 인물이다. 우리는 록하트가 쓴 책 디자인에도 그런 특성을 반영하고 싶었다. 그의 책 표지는 하나같이 금테두리 안에 록하트 본인의 이미지가 담겨 있는데, 죄다 빈틈없이 옷을 차려입고 머리를 매만진 모습이다. 얼핏 보면 고품질의 재료로 만들어진 책 같지만, 좀 더 면밀하게 들여다보면 저자만큼이나 가짜라는 걸 알 수 있다.

해리 포터는 다이애건 앨리의 플러리시 앤 블러츠 서점에서 록하트를 처음 만난다. 록하트는 외국 여러 곳에서 마법 생명체들을 쫓아다니며 겪은 모험을 담은 《마법 같은 나(Magical Me)》의 출간 행사를 위해 그 서점에 와 있었다. 위즐리 부인은 록하트의 열성 팬이다. 록하트가 해리에게 그동안 출간된 자기 책들을 선물로 주자 위즐리 부인은 몹시 기뻐하면서 그 책에 저자 사인을 받아주겠다며 줄을 선다. 위즐리 부인은 록하트가 자기보다 재능 있는 마법사들의 공적을 슬쩍슬쩍 훔쳐서 책을 냈다는 걸 모르고 있다. 록하트가 가진 가장 큰 재능은 바로 사기였다.

Most Charming Smile

This is to testify that Gilderoy Lockhart's an Associate Ladies League Formed May 9th 1899

Witch We

Gilderoy

This is to Certify

Gilderoy Lockhart

Dunstable Duelling Championship held every year in the furthest most field from the Town Hall has been won this year by G. Lockhart It is the British Wizard Duelling Association's great pleasure to award this certificate to this year's winner

Nota bene et ut nemini nisi examinato prius d

The Travel Trilogy

GILDEROY LOCKHART

GILDEROY LOCKHART
Gadding with Ghouls
Break with a Banshee

Molly Weasley

DARK ARTS DEFENCE
Basics for Beginners

D.A.D.A. 572   MINISTRY ISSUE VOLUME ONE

CHAPTER NINETEEN
RUDIMENTARY HOCUS POCUS for UNSTINKING SINISTER SOCKS

There are some fundamental and distinguishing factors which will help you to determine SINISTER from HUNKYDORY.

"But how can I tell?" I hear you say...

1. In the first instance one must examine the presentation of the said Article and make a swift assessment ... black or white? Dark or Light? Pungent or Perfumed?

Tip? COLOUR can reveal the inner Darkness or Light.
Dear Student....Remember the Golden O.A.P. rule from Chapter Seven?
Observe, Assess, Prescribe...

WHAT IS A VEXING HEX?

The HEX ZAPPER wards off and destroys negative energies then attracts positive energies. This clears your spiritual path from all hexes, curses, jinx, blockages, and any bad luck. Some times you may feel and notice that all was going so smoothly but then suddenly every thing stops, things don't work for you every thing good that you may try to do becomes opposite. Now some times you may wonder that why is this happening and the answer is that you are attacked by some type of evil affects like a curse, witchcraft, black magic, hexes, evil eyes and so when you may realize this it is too late to come out of it. But by this great and powerful talisman everything is possible.

68d

---

1. FAVOURED POSITIONS FOR A LEFT-HANDED HEX-BREAKER

CHAPTER TWENTY
Symbols - their friends and foes...

1. ANTI SPOOKY SYMBOL BREAKER
Incantation unknown

Charm which creates an innocent looking symbol which hangs above the ground. If a person steps into this symbol they immediately find that up and down have swapped places and they are spontaneously reversed, hanging precariously in a limbo mist.

Upon identifying this eary, fiendish vapour one must engage in the follow?

CAUTION! Remove all long scarves, accessories, high heels & other hindring articles (e.g. small pets, food parcels etcetera) in order to exercise this anticharm successfully. Refer to APPENDIX 119 for suggested dress codes in Spell Execution.

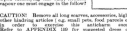

69

CHAPTER EIGHTEEN
Charmbreaking Against all Odds

1. ANTI GRAVITY MIST BREAKER
Incantation unknown

Charm which creates an innocent looking mist which hangs above the ground. If a person steps into this mist they immediately find that up and down have swapped places and they are spontaneously reversed, hanging precariously in a limbo mist.

Upon identifying this eary, fiendish vapour one must engage in the follow?

CAUTION! Remove all long scarves, accessories, high heels & other hindring articles (e.g. small pets, food parcels etcetera) in order to exercise this anticharm successfully. Refer to APPENDIX 119 for suggested dress codes in Spell Execution.

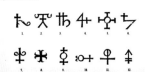

63

CHAPTER NINETEEN
Magic...Distinguishing Dark from Light

DARK?   LIGHT?

There are some fundamental and distinguishing factors which will help you to determine good from evil.

"But how can I tell?"

1. In the first instance one must examine the presentation of the said Witch or Wizard or Beast and make a swift assessment ... black or white magic?

Tip Clothing colour can reveal the inner Darkness or Light.

Observe, dear Student.

67

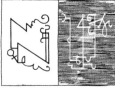

SECRETS of the DARKEST ART

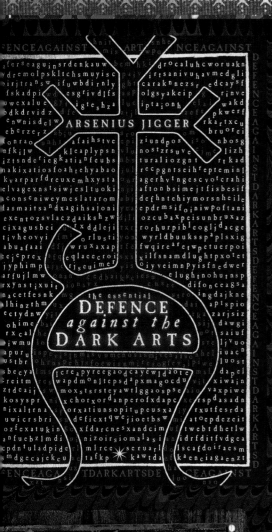

어둠의 마법 방어법 교과서

호그와트 학생들에게 어둠의 마법 방어법은 늘 중요한 과목이었다. 하지만 영화 제작진은 그 교습 방법을 직접 본 적이 없었다. 〈해리 포터〉 영화 시리즈 3편 〈해리 포터와 아즈카반의 죄수〉에서 루핀 교수는 어둠의 마법 방어법이란 과목과 관련해 매우 실용적이고 진보적인 접근 방식을 보여주었다. 루핀 교수는 아시니어스 지거의 《어둠의 마법 핵심 방어법(The Essential Defence Against the Dark Arts)》이라는 책을 교과서로 지정했다. 초록색 가죽 표지에 커다란 은색 잎사귀 문양이 새겨진 그 책의 표지는 품질도 훌륭하거니와 전통적인 분위기를 물씬 풍긴다.

〈해리 포터와 불사조 기사단〉에 나오는 《어둠의 마법 방어법: 초보자를 위한 기초 교과서(Dark Arts Defence: Basics for Beginners)》를 만들기 위해 우리는 1950년대 교과서에서 영감을 얻어, 만족스러운 얼굴로 책을 들여다보는 아이들의 이미지로 표지를 만들었다. 영화에서 엄브리지 교수가 이 교과서를 사용하는데 이는 엄브리지가 훨씬 어린 아이들을 대상으로 하는 교과서로 학생들에게 대충 수업을 하고 있음을 보여주는 장치다. 이 디자인은 '드로스테 효과'라고 알려진 반복적인 이미지를 사용한다. 이미지가 무한 반복되는 이런 디자인에 드로스테라는 이름이 붙은 것은 드로스테 코코아 파우더 광고에 사용된 적이 있는 디자인 방식이기 때문이다. 책을 들여다보는 두 아이, 그리고 그들이 들고 있는 책의 표지에서도 똑같이 두 아이가 책을 들고 들여다본다. 이렇게 무한히 되풀이되는 것이다. 이런 이미지는 엄브리지의 진짜 의도가 학생들을 영원히 끝나지 않는 이론 공부의 사이클에 붙잡아 두려는 것임을 은근히 보여준다.

〈신비한 동물들과 그린델왈드의 범죄〉 영화 작업을 위해 우리는 알버스 덤블도어 교수가 학교 수업 과정을 책임졌던 20세기 초 호그와트에서 어둠의 마법 방어법 수업이 어떤 식으로 이루어졌을지를 다시 한번 상상해 보았다. 우선 이 시기에 덤블도어의 동료이자 호그와트의 전설적인 교수 갈라티아 메리소트가 쓴 교과서 두 권을 만들기로 했다. 그 시대의 아르데코와 아르누보(19~20세기 초에 유럽 및 미국에서 유행한 장식 양식으로, 식물적 모티프에 의한 곡선의 장식 가치를 강조했다—옮긴이) 이미지에서 영감을 얻어 표지를 디자인했다.

《고급 마법약 제조》 교과서

〈해리 포터와 혼혈 왕자〉에서 마법약 수업을 맡은 슬러그혼 교수가 해리에게 빌려준 교과서다. 새로 나온 제4판 교과서를 가지고 있는 다른 학생들과 달리, 해리는 자기만 낡아빠진 제2판 교과서를 갖게 되자 화가 나지만 책을 펼쳐보고는 곧 강한 흥미를 보인다. 책 앞쪽 내지에 누군가가 진한 검은색 잉크로 "이 책의 주인은 혼혈 왕자다"라고 적고 그 밑에 줄을 죽죽 그어놓은 것이다. 그 글귀를 적어놓은 사람은 책의 페이지 곳곳에 이런저런 필기를 해놓았다. 가령, 소포로러스 콩은 자르지 말고 칼날로 짓눌러야 한다는 팁도 적어놓았다. 해리는 처음에 그 필기를 대수롭지 않게 여겼는데, 막상 그대로 따라 해보니 마법약 수업에서 두각을 나타내고 '행운의 물약'도 차지하게 된다. 행운의 물약은 그 뒤에 유용하게 쓰인다. 해리는 이 책에 적힌 필기를 따라 한 덕분에 이득을 보지만, 우리는 혼혈 왕자가 어떤 종류의 마법사인지 의심할 수밖에 없다. 해리가 그 책에 써 있는 대로 만든 마법약은 한 방울이면 그 수업을 듣는 학생 전부를 죽일 수도 있는 강한 독성을 갖고 있기 때문이다. 해리는 영화 시리즈가 끝날 무렵까지 혼혈 왕자의 정체를 모르다가 결국 세베루스 스네이프임을 알게 된다.

책의 안팎이 화면에 등장할 예정이라 우리는 심혈을 기울여 이 소품을 만들었다. 사용감이 많아 보이도록 책등을 망가뜨리고 표지를 너덜너덜하게 처리했다. 표지에는 보라색 배경에 검은 솥의 윤곽이 그려진 이미지를 담았다. 솥에서 피어오르는 연기 속에 룬 문자와 수치를 나타내는 숫자들을 집어넣었다. 이 책의 저자 리바티우스 보리지는 엄청 유명한 마법사아니 책 제목보다 그의 이름을 앞에 넣었다. 신판에는 저자의 이름을 책 제목의 일부로 넣어《보리지의 고급 마법약 제조》로 만들고, 솥의 이미지도 더 간소하게 처리했다.

이 교과서의 페이지에 손으로 쓴 필기를 담아내기 위해 우리는 어린 시절 세베루스 스네이프의 마음을 탐구했다. 어렸을 때 그의 필체는 어땠을까? 어떻게 해야 필기에 그의 성격을 담아낼 수 있을까? 필기 내용은 대부분 스네이프가 직접 고안한 마법들에 관한 것인데 그의 명석함과 폭넓은 지식, 무조건적 순응을 거부하는 성격을 드러내야 했다. 스네이프는 마법약을 제조하면서 자기만의 방법을 페이지의 여백에 빠르게 적어 넣었다. 우리는 어린 스네이프의 에너지와 조급한 성격을 드러내는 글씨체를 필기에 적용했다.

LIBATIUS BORAGE's
ADVANCED POTION MAKING

ADVANCED POTION MAKING

Potions and Symbols. Make sure you use the correct symbol.
The best known goals of the alchemists were the transmutation of metals into Gold or Silver (less well known is plant alchemy, or "Spagyric"), and the creation of a "panacea," a strong remedy that supposedly would cure all diseases and prolong life indefinitely, and the discovery of a universal solvent.

Although these were not the only uses for the science, they were the ones most documented and well known. Starting with the Middle Ages, European alchemists invested much effort on the search for the philosopher's stone, a legendary substance that was believed to beget essential ingredient for either or both of those goals. The philosopher's stone was believed to mystically amplify the user's knowledge of alchemy so much that anything was attainable.

Alchemists enjoyed prestige and support through the centuries, though not for their pursuit of those goals, nor the mystic and philosophical speculation that dominates their literature. Rather it was for their mundane contributions to the chemical industries of the day: the invention of gunpowder, ore testing and refining, metalworking, production of ink, dyes, paints, and cosmetics, leather tanning, ceramics and glass manufacture, preparation of extracts & liquors, and so on It seems that the preparation of aqua vitae, the "water of life," was a fairly popular "experiment" among Europeans.

ADVANCED POTION MAKING

The best known goals of the alchemists were the transmutation of common metals into Gold or Silver (less well known is plant alchemy, or "Spagyric"), and the creation of a "panacea," a remedy that supposedly would cure all diseases and prolong life indefinitely, and the discovery of a universal solvent.

The Right Use of the Ingredients

Alchemists enjoyed prestige and support through the centuries, though not for their pursuit of those goals, nor the mystic and philosophical speculation that dominates their literature. Rather it was for their mundane contributions to the chemical industries of the day: the invention of gunpowder, ore testing and refining, metalworking, production of ink, dyes, paints, and cosmetics, leather tanning, ceramics and glass manufacture, preparation of extracts & liquors, and so on It seems that the preparation of aqua vitae, the "water of life," was a fairly popular "experiment" among Europeans.

From antiquity until well into the Modern Age, a physics metaphysical insight would have been as unsatisfying as a physics devoid of physical manifestation. For one thing, the common words for chemical concepts and processes, as well led alchemists to borrow the terms and biblical and pagan mythology, astrology, kabbalah and esoteric fields; so that even the plainest chemical up reading like an abstruse magic incantation.

- Vaeriwood Essence;
- 12 Sopophorous Beans.

Instructions:

01) Cut up one Sopophorus bean. → Crush with blade – release's juice better
02) Pour in 250 fl.oz. of water and add 5oz. of African Sea Salt to the beaker. Set the beaker aside after all the Water has been added. Be very careful not to shake or move the beaker now.
03) Leave the water and salt to rest for 5 minutes.
04) Slowly pour the all the Water into the cauldron.
05) With your left hand use the graduated cylinder to obtain 40 fl.oz. Wormwood Essence.
06) With your right hand hold the cauldron at a slight angle and pour 10 drops (20fl.oz.) of Wormwood Essence.

The Aqua Fortis solution must always be diluted with clean water before precipitating

12) Stir t...
Your potion should now be turning ... lilac.
13) With your right hand stir ... potion ant-clock ... until the potion turns as clear as w ... Every stir should take approximately 2 1/2 seconds.
14) Slowly pour 7 square pieces of Valerian Root.
15) Stir the potion 10 times anti-clockwise.
16) Add 150fl oz. of Asphodel Root Powder.
17) Hold the cauldron with your right hand ... With your left gently stir the potion ... 10 times anti-clockwise ... 8 times clockwise.
18) Leave the potion to settle ... 2 1/2 minutes.
19) Add one small piece of Valer ... Rob...
20) Your potion should turn to a ...
21) Your potion preparation is ...

Note: This is ...
Execute with ...

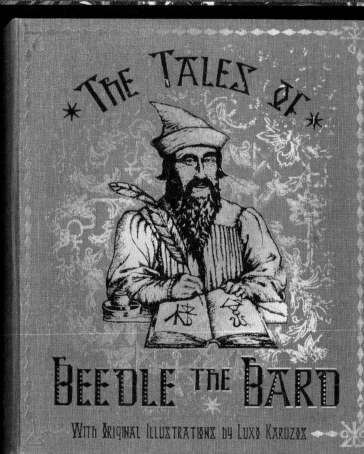

《음유시인 비들 이야기》

〈해리 포터와 죽음의 성물 1부〉에서는 《음유시인 비들 이야기》가 마법사들에게 머글들의 동화만큼이나 익숙한 이야기라는 사실이 론을 통해 드러난다. 덤블도어는 세상을 떠나면서 이 귀중한 책의 초판을 헤르미온느 그레인저에게 주겠다는 유언을 남긴다. 초판 표지 안쪽에 덤블도어가 그려놓은 상징을 헤르미온느는 알아보지 못하지만, 해리는 그 상징이 제노필리우스 러브굿이 빌 위즐리와 플뢰르 들라쿠르의 결혼식에서 목에 걸고 있던 펜던트에 새겨진 문양과 같다는 걸 기억해 낸다. 그들은 《음유시인 비들 이야기》에 담긴 〈삼 형제 이야기〉를 통해 죽음의 성물 상징의 유래를 알게 된다.

《음유시인 비들 이야기》책을 디자인하면서 우리는 덤블도어가 가보인 이 책을 보물처럼 아꼈다는 사실을 보여주고 싶었다. 손을 많이 탄책이라는 설정이므로 책등을 망가뜨리고, 표지 그림을 손상하고, 페이지의 금박 부분도 닳게 했다. 오래된 책 같은 느낌을 주기 위해 와이번 북스의 제본 담당자들과 긴밀히 협업하면서, 측면 금박 처리 같은 전통적인 기법을 비롯한 옛 제본 방법을 배워나갔다.

책 표지에는 인상적인 턱수염을 가졌다는 전설을 그대로 반영한 음유시인 비들의 모습이 담겨 있다. 영국의 음유시인 비들은 15세기에 이야기를 썼기 때문에 표지 그림에도 그 시대의 옷차림을 반영했고, 손에는 화려한 깃펜을 들게 했으며, 알려진 대로 룬문자로 글을 쓰도록 했다.

촬영장에서 배우가 소품 책의 페이지를 훌훌 넘기거나 감독이 클로즈업을 요청하는 경우가 있어서 우리는 책의 안쪽 페이지도 따로 만들곤 한다. 그렇게 하면 페이지를 이리저리 넘겨도 아무 문제가 없다. 이 책을 위해 우리는 이야기에 맞춰 각 장(chapter)의 첫 페이지들을 만들었다. 〈삼 형제 이야기〉에 넣을 그림도 준비했다. 〈삼 형제 이야기〉의 시퀀스를 디자인한 애니메이터들에게 자문을 구하고 실루엣 아트로 일러스트를 진행하기로 했다. 그림자 인형 스타일로 만든 애니메이션과 잘 어울릴 것 같았다. 흑백 일러스트로 만들되, 마법을 쓰는 부분에서는 금박으로 처리했다. 이런 것들이 마무리 편집 과정에서 편집되어 안타까웠지만, 원래 영화에서는 그럴 수 있다.

The Tale
of the ★
Three Brothers
★

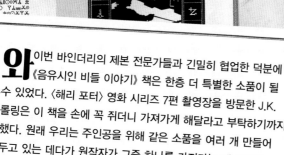

Three were once three brothers who were traveling along a lonely, winding road at twilight

Babbitty Rabbitty
★ and her ★
Cackling Stump
★

The Wizard
and the ★
Hopping Pot
★

Rather than reveal the true source of his power, he pretended that his potions, charms and antidotes sprang from the little cauldron he called his lucky cooking pot.

와 이번 바인더리의 제본 전문가들과 긴밀히 협업한 덕분에 《음유시인 비들 이야기》 책은 한층 더 특별한 소품이 될 수 있었다. 〈해리 포터〉 영화 시리즈 7편 촬영장을 방문한 J.K. 롤링은 이 책을 손에 꼭 쥐더니 가져가게 해달라고 부탁하기까지 했다. 원래 우리는 주인공을 위해 같은 소품을 여러 개 만들어 두고 있는 데다가 원작자가 그중 하나를 가져가는 게 공정할 것 같아서 그러시라고 했다.

론이 받은 하울러

〈해리 포터〉영화 시리즈 2편〈해리 포터와 비밀의 방〉에서 론은 해리와 함께 아버지의 날아다니는 포드 앵글리아 자동차를 훔쳐 타고 호그와트 학교로 향한다. 그리고 호그와트에서 아침을 먹는 도중에 부엉이가 배달해 준 하울러를 받게 된다.

하울러는 편지에 적힌 내용을 편지 작성자의 목소리로 읽어주는 마법 편지다. 론은 겁에 질린 눈으로 빨간색 편지 봉투를 바라보고, 다른 학생들은 재미있어하며 그 모습을 구경한다. 론은 편지의 밀랍 봉인을 열고 싶지 않지만 하울러를 뜯어보지 않으면 폭발하기 때문에 어쩔 수가 없다. 론이 봉인을 뜯자마자 편지는 론의 어머니 목소리로 악을 쓴다. "론 위즐리! 너 어떻게 그 차를 훔칠 수 있니!" 편지 봉투는 이빨과 혀까지 갖춘 입 모양으로 변해 편지 내용을 소리 높여 읽는다.

하울러는 특수효과 팀과 그래픽디자인 팀의 협업으로 만들어졌다. 마법에 걸린 물건이지만 편지이기 때문에 하울러가 움직일 때도 편지 형태를 유지하도록 하는 게 중요했다.

빨간 봉투 자체를 입이라 하고, 그 안에 든 편지를 이빨로, 편지를 감싼 리본을 혀로 만들면 어떨까 싶었다.

종이접기로 이런저런 실험을 해본 끝에 편지의 입 모양을 적절하게 구현할 수 있었다. 혀도 잘 표현됐다. 하울러가 론을 향해 돌아서면서 파르르 떨다가 혀를 쑥 내미는 모습이 어찌나 사랑스러운지. 책에서는 하울러가 폭발하면서 불꽃이 튀는 것으로 나와 있지만 우리는 편지라는 속성에 더 잘 어울리도록 하울러가 마지막에 스스로 갈기갈기 찢어지는 것으로 표현했다.

우리는 글씨가 목소리로 살아나는 느낌이 나도록 편지의 입안에서 위즐리 부인의 필체가 잘 보였으면 했다. 일단 구식 깃펜으로 짙은 갈색 잉크를 묻혀 편지를 썼다. 그리고 삐죽삐죽하고 옆으로 기울어진 글씨들, 문장 끝에 찍힌 느낌표로 위즐리 부인의 분노를 표현했다.

위즐리 부인은 론을 호되게 나무란 후 지니에게 그리핀도르에 배정된 걸 축하한다고 다정하게 말한다. 이 부분에서 우리는 편지의 글씨체를 좀 더 둥글고 차분하게 해서 위즐리 부인의 달라진 말투를 표현했다.

Ronald Weasley! How dare you steal that car! I am absolutely disgusted! Your father is now facing an inquiry at work, & it's entirely your fault! If you put another toe out of line, we'll bring you straight home! oh, and Ginny, dear, CONGRATULATIONS ON MAKING GRYFFINDOR. YOUR FATHER AND I ARE SO PROUD.

SHAPES FOR THE HOWLER SOUNDS

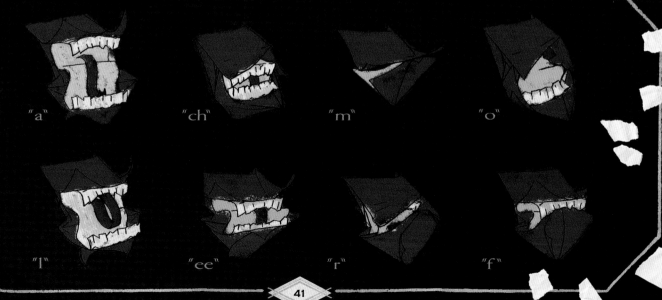

"a" "ch" "m" "o"

"l" "ee" "r" "f"

마법약

유리 항아리와 병에 담긴 괴상한 재료들로 가득한 구식 약재상은 그 자체만으로도 매력적이다. 그런데 선반에 놓인 그 재료들이 모두 이런저런 마법의 힘을 갖고 있다면 얼마나 더 매력적일까! 그 재료들은 여러분을 사랑에 빠지게 만들거나 잠들게 하거나 모든 걸 잊게 할 수 있다. 우리는 영화 시리즈가 진행되는 동안 수백, 아니 수천 개의 라벨을 만들었는데 그중 상당 부분이 바로 이 마법약에 사용됐다.

〈해리 포터〉 영화 6편 〈해리 포터와 혼혈 왕자〉에서 호러스 E. F. 슬러그혼은 마법약 교수가 되어 호그와트로 복귀하고 그가 수업을 진행하는 교실이 영화에 등장한다. 그 교실이 바로 마법약 재료 보관실이다. 우리는 트림 가루, 잘게 썬 애벌레, 아르마딜로 담즙, 엄청난 독성을 지닌 7번 물약 등의 용기를 디자인했다. 라벨을 손으로 일일이 쓰고 오래된 느낌이 나도록 했다. 물약을 만들었을 때 진짜처럼 느껴지도록 라벨에 기재되는 제조자 이름, 주요 재료, 해골 표시 같은 세세한 부분에도 신경 썼다.

PEPPERUP
ELIXIR

Alcohol 46 per cent

Type N.125/9

Dose: no more than 7/21 drops per potion
KEEP LID CLOSED AT ALL TIMES

39423

N.25
Belch Powder

KELE-GRO
FOR USE BY HEALERS ONLY

1100 DROPS
BONE REGENERATOR
SKELE-GRO
BONE-FIDE RESULTS EVERYTIME
SOLD ONLY BY
RUBENS WINIKUS
AND COMPANY INC.

SKELE-GRO
BONE MADE BY

1100 DROPS
BONE REGENERATOR
SKELE-GRO
BONE-FIDE RESULTS EVERYTIME
SOLD ONLY BY
RUBENS WINIKUS
AND COMPANY INC.

POLYJUICE
POTION
NO.
ORIGINAL I FORMULA
Hogwarts Potion Dept.

POLYJUICE
POTION
NO.
2
Hogwarts Potion Dept.

POLYJUICE
POTION
NO.
3
Hogwarts Potion Dept.

Nº — 2063

Nº — 2984

Nº 40
Blatta Pulvereus

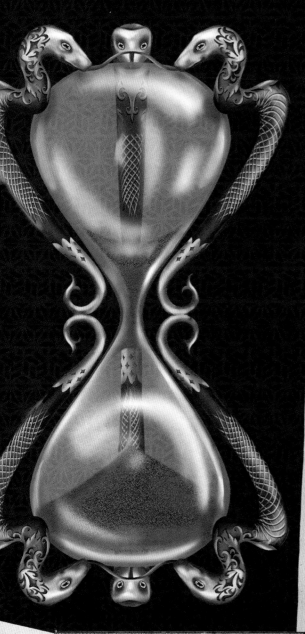

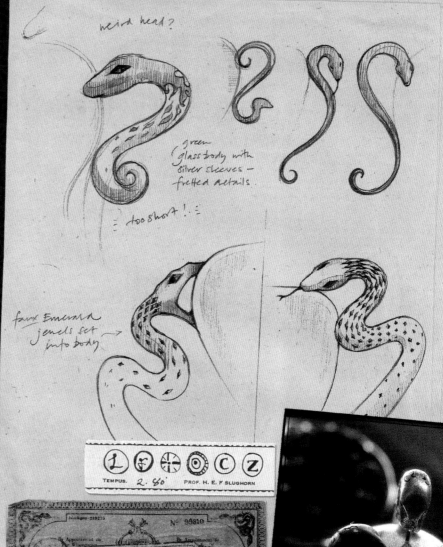

weird head?

green
glass body with
silver sleeves —
fretted details.

too short!

faux Emerald
jewels set
into body

No. Bezoars

No. 99810

25 fl.ozs
EACH

E. M. L. POTIONS CO.

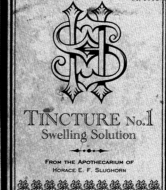

POLYJUICE POTION

A0052

FROM THE APOTHECARIUM OF HORACE E. F. SLUGHORN

Asphodel Root
Powder

Restorative
Potion
No. 2

Restorative
Potion
No. 3

Concoction
Number 1029

Hogwarts Apothecary Dept.

Wit-Sharpening
Potion

Hogwarts Apothecary Dept.

Essence of
Belladonna
No. 15006

Hogwarts Apothecary Dept.

TINCTURE No. 1
Swelling Solution

FROM THE APOTHECARIUM OF
HORACE E. F. SLUGHORN

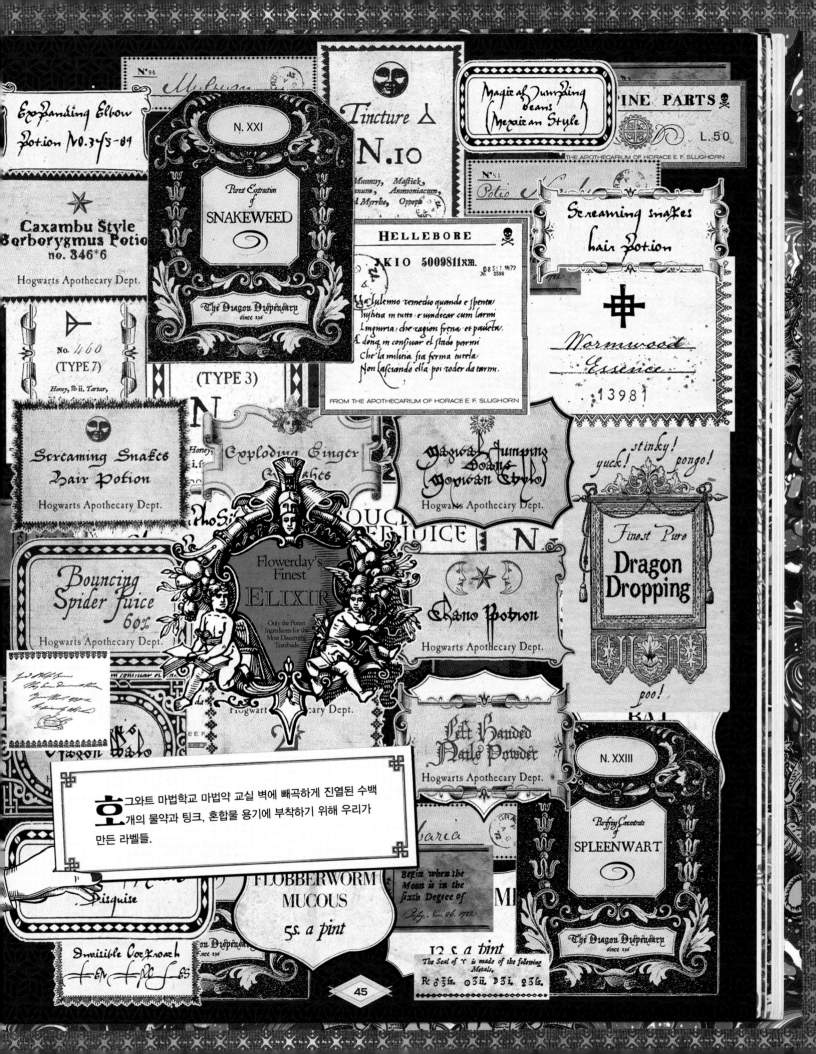

호그와트 마법학교 마법약 교실 벽에 빼곡하게 진열된 수백 개의 물약과 팅크, 혼합물 용기에 부착하기 위해 우리가 만든 라벨들.

도둑 지도

"너무 뜸 들이지 마." 해리가 낡고 너덜너덜한 양피지를 보며 말했다. "아, 좀 그랬나?" 조지가 말했다. 그가 마법 지팡이를 꺼내 양피지를 가볍게 건드리며 말했다. "나는 못된 짓을 꾸미고 있음을 엄숙히 맹세합니다."

—J.K. 롤링, 《해리 포터와 아즈카반의 죄수》

만들기 가장 까다로웠던 소품 가운데 최고로 꼽을 만한 게 바로 도둑 지도다.

이 지도는 〈해리 포터〉 영화 시리즈 3편 〈해리 포터와 아즈카반의 죄수〉에 등장한다. 마법 주문을 외우자마자 종이를 가로질러 잉크 선이 나타나고 잉크가 서서히 번져나가면서 호그와트 지도가 모습을 드러낸다. 숨겨진 통로들과 비밀 출입구들을 비롯한 호그와트 마법학교 구석구석이 모두 담겨 있는 지도다. 그 지도에는 학교 안에 있는 모든 사람들의 위치도 표시된다. 책에 적힌 이 내용을 읽고 나서 우리는 흥분되면서도 겁도 났다. 과연 머글 디자이너 둘이서 이렇게 대단한 마법 물건을 만들 수 있을까?

우리는 지도의 기원부터 생각해 보기 시작했다. 프레드와 조지 위즐리는 필치의 사무실에서 이 도둑 지도를 훔쳐 밤중에 호그와트 성을 돌아다닐 때 사용했다. 그리고 이제 해리 포터에게 선물로 준다. 이 지도는 무니, 웜테일, 패드풋, 프롱스가 만든 것이다. 영화에서는 도둑 지도가 처음 나올 때 이 네 사람의 정체에 대해 따로 설명하지는 않지만, 그들이 프레드와 조지처럼 밤중에 학교 안을 돌아다녔던 호그와트 학생들이었다는 건 짐작할 수 있다. 마법으로 이렇게 대단한 지도를 만든 걸 보면 똑똑한 학생들이었음이 분명하다. 지도에서 영리함과 재치가 느껴진다. 아마도 장난을 좋아하는 학생들이지 않았을까.

다음으로 우리는 호그와트 마법학교에 대해 생각해 보았다. 호그와트는 움직이는 계단, 비밀 통로, 숨겨진 방이 가득한 광대하고 예측 불가능한 성이다. 해리를 비롯한 신입생들은 학교에 처음 도착했을 때 어디가 어디인지 알 수 없어 길을 잃고 혼란스러워한다. 우리는 양피지 한 장에 호그와트의 핵심적인 부분을 담아내고 싶었다. 하지만 그게 가능할까? 때로는 이런 방향으로 디자인하지 말아야지 하는 생각이 도움이 되기도 한다. 가장자리가 불에 살짝 타고 둘둘 말린 보물 지도 같은 진부한 디자인은 피하고 싶었다. 우리는 제일 흔한 머글 지도인 '영국 육지 측량부 지도(British Ordnance Survey Map)'를 참고하기로 했다. 우리가 늘 종이접기에 지대한 관심을 두고 있는 만큼, 이런저런 방식으로 지도를 접어가며 실험해 보았다. 복잡하고 계속해서 변화하는 호그와트 성의 특성이 담기도록 3차원 느낌의 지도를 만들고 싶었다. 동시에 해리의 주머니에 쏙 들어갈 정도로 작게 접을 수 있어야 했다.

우리는 디자이너로서 마법을 구현하고 싶은 욕구, 그리고 마법과는 거리가 먼 실제적인 기술 사이의 균형점을 찾으려고 노력하는 편이다. 진짜 양피지를 잠깐 만져보고 나서 우리는 진짜 양피지가 아니라 고급 모조 양피지를 사용하기로 했다. 고급 모조 양피지가 다루기 더 쉽고 무엇보다 복제가 쉬워서였다. 촬영장에서 손상되는 경우가 있어서 우리는 같은 소품을 늘 여러 개 준비한다. 이 경우에는 클로즈업 숏을 위해 지도의 부분들을 확대해서 만들어야 했다. 여러 장이 필요해서 가장 쉬운 방법을 택했는데 바로 복사기를 이용하는 것이었다. 그러려면 지도의 각 부분이 표준 크기 종이에 맞아야 했다.

어떤 재료로 지도를 만들지 정했지만 어떤 식으로 그릴지는 결정하지 못했다. 우리는 영감을 얻기 위해 과거를 돌아보기로 하고 도서관으로 향했다. 그리고 지도를 만들기 위한 재료와 도구를 모아보았다.

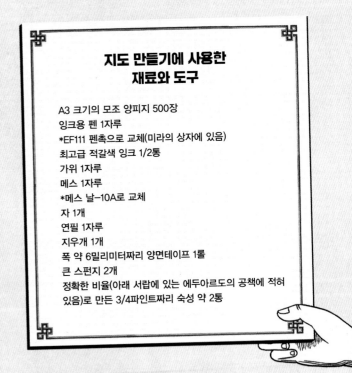

지도 만들기에 사용한 재료와 도구

A3 크기의 모조 양피지 500장
잉크용 펜 1자루
*EF111 펜촉으로 교체(미라의 상자에 있음)
최고급 적갈색 잉크 1/2통
가위 1자루
메스 1자루
*메스 날—10A로 교체
자 1개
연필 1자루
지우개 1개
폭 약 6밀리미터짜리 양면테이프 1롤
큰 스펀지 2개
정확한 비율(아래 서랍에 있는 에두아르도의 공책에 적혀 있음)로 만든 3/4파인트짜리 숙성 약 2통

우리는 도둑 지도를 얼른 만들고 싶어 손이 근질근질했지만 아직 핵심적인 아이디어를 떠올리지는 못했다. 그러다 미라가 동물을

단어로 표현한 18세기 그림을 우연히 보게 됐다. 그 황홀한 그림 덕분에 새로운 방향으로 생각을 이끌어 갈 수 있었다. 지도에 선 대신 단어들을 사용하면 어떨까? 도둑 지도를 제작한 사람들이 떠올렸을 법한 콘셉트였다. 도둑 지도 제작자들이 애니마구스라는 점과도 잘 어울릴 듯했다. 글자로 형상화한 선들은 처음에는 너무 구상적으로 느껴졌는데 시간이 지나면서 좀 더 양식화된 형태로 다듬을 수 있었다. 지도 디자인이 촬영장과도 어울려야 했으므로 우리는 스튜어트 크레이그의 호그와트 건축 도면을 참고하면서 구역들을 세밀하게 살폈다. 대연회장, 계단통, 덤블도어의 연구실은 물론이고 후려치는 버드나무도 단어로 표현하면서 펜과 잉크를 사용해 일일이 손으로 그렸다. 그러다 엉뚱한 실수를 하고 말았다. 지도 원본에 필요의 방의 위치까지 그려 넣고 만 것이다. 그 부분이 카메라에 잡힐 뻔했는데 촬영 팀원 하나가 필요의 방의 위치가 보이면 안 된다고 지적했다. 우리는 그 부분을 얼른 나침반 그림 장식으로 가렸다.

지도에 접힌 부분을 만들어 넣는 것도 쉽지 않은 일이었다. 알폰소 쿠아론 감독은 이 소품에 무척 관심을 보이면서 지도를 좀 더 다층적이고 세밀하게 만들어 달라고 주문했다. 어느 날 저녁 미라는 아들 루카와 함께 거실에 머물면서 다음 날 아침에 쿠아론 감독에게 보여줄 모형 시안을 만들고 있었다. 시안을 만들려고 낮 내내 작업을 한 후였다. 전화를 받으려고 잠깐 거실에서 나갔다가 돌아왔는데 네 살짜리 아들이 모형 시안을 집어 들고 말했다. '내가 이렇게 했어요, 엄마!' 루카는 굵은 금색 펜으로 지도에 나름 장식을 해놓았다. 어찌나 뿌듯해하는지 나무랄 수도 없었다. 처음부터 다시 만드는 수밖에 없었고 미라는 그렇게 긴긴 밤을 보냈다.

우리는 잉크로 지도를 그리는 작업을 마친 후 각 구역을 스캔하고 인쇄했다. 그리고 전부 모아서 거의 2미터에 달하는 기다란 지도를 만들었다. 마지막 작업인 접기를 하기 전에 오래되어 보이도록 약품 처리를 했다. 이 부분은 무척 재미있는 작업이었다.

여러 장의 지도를 미술 팀 작업장 바닥에 쭉 늘어놓고 세차 음악(《Car Wash》)나 〈Take Me to the River〉 같은 음악)을 튼 다음, 숙성 약이 담긴 양동이에 스펀지를 담갔다 빼서 지도의 양쪽 끝에서부터 각각 출발해 중앙으로 춤추듯 나아가면서 숙성 약을 칠했다. 그런 다음 변색 효과를 내기 위해 진한 농도의 숙성 약을 뿌렸다. 몇 번의 모험을 거친 것 같은 모양새의 지도를 만들어야 했다.

지도를 접는 작업은 대단한 정확도를 필요로 했다. 촬영장에 얼른 가져가야 했지만 대충 만들 수는 없었다.

이 소품을 만들 때 우리는 이 지도가 영화의 스토리라인에 그토록 중요한 역할을 하게 될 줄 몰랐다. 후속 편에서 어떤 식으로 다시 등장할지 정확히 알 수 없었던 터라 이야기의 필요에 따라 다용도로 사용할 수 있도록 만들었다.

프레드는 해리 포터에게 도둑 지도를 보여주면서 "이 학교 모든 교수들보다 요 귀염둥이가 우리한테 더 많은 걸 알려줬어"라고 말한다. 우리도 같은 생각이다. 도둑 지도를 제작하면서 참 많은 걸 배웠다. 이 과제 때문에 어려움을 겪기도 했지만 우리 일에는 확실히 도움이 됐다. 우리가 도둑 지도를 좋아하는 소품 중 하나로 꼽는 이유다.

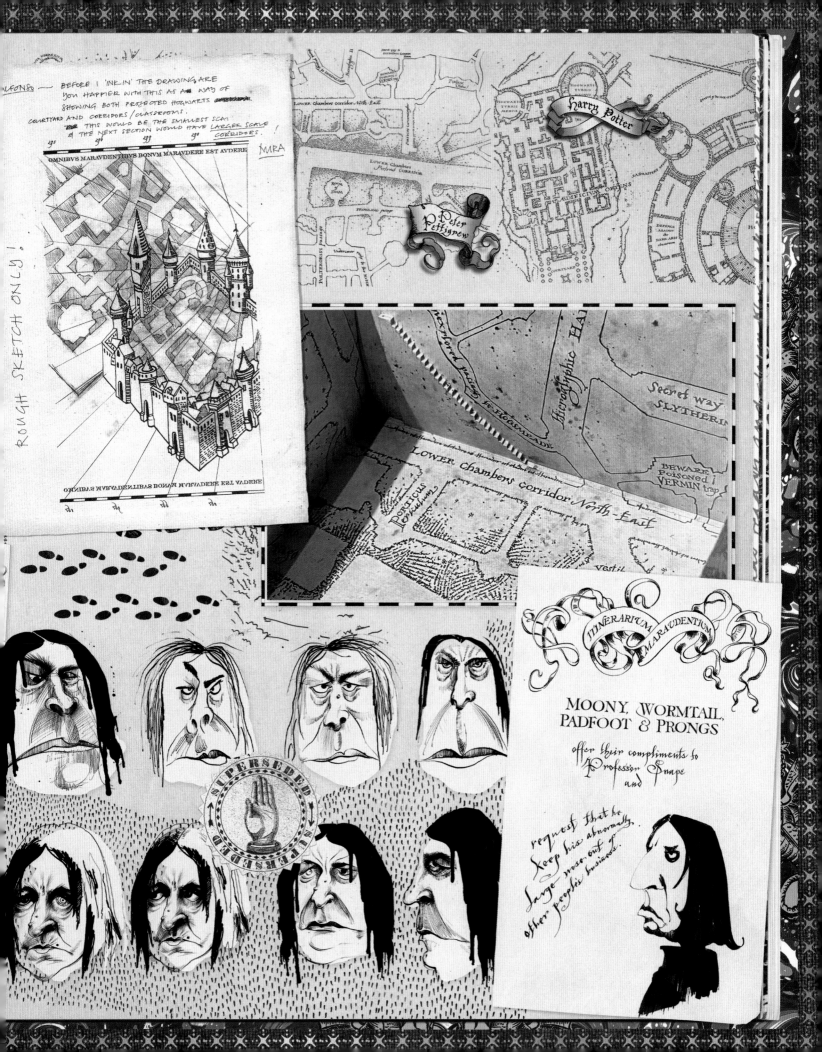

트라이위저드
대회

불의 잔과 그것을 넣는 상자는 미나리마와 소품 제작 팀의 성공적인 협업을 보여주는 예시 중 하나다. 소품 제작 팀은 우리가 그린 디자인 도안에 맞춰 유럽느릅나무의 밑동을 깎아 커다란 토대를 만들었다. 목재가 마르는 과정에서 쪼개지고 휘어지면서 우리가 바란 대로, 움직이고 변화하는 유기체처럼 보이는 효과를 낳았다.

상자는 기독교적이면서 중세적 느낌이 나도록 했다. 목재로 틀을 만들고 금박을 입힌 뒤 군데군데 보석을 박았다. 영화에서 덤블도어가 마법 지팡이로 살짝 건드리면 상자는 망원경처럼 착착 접힌 후 마법처럼 사라진다.

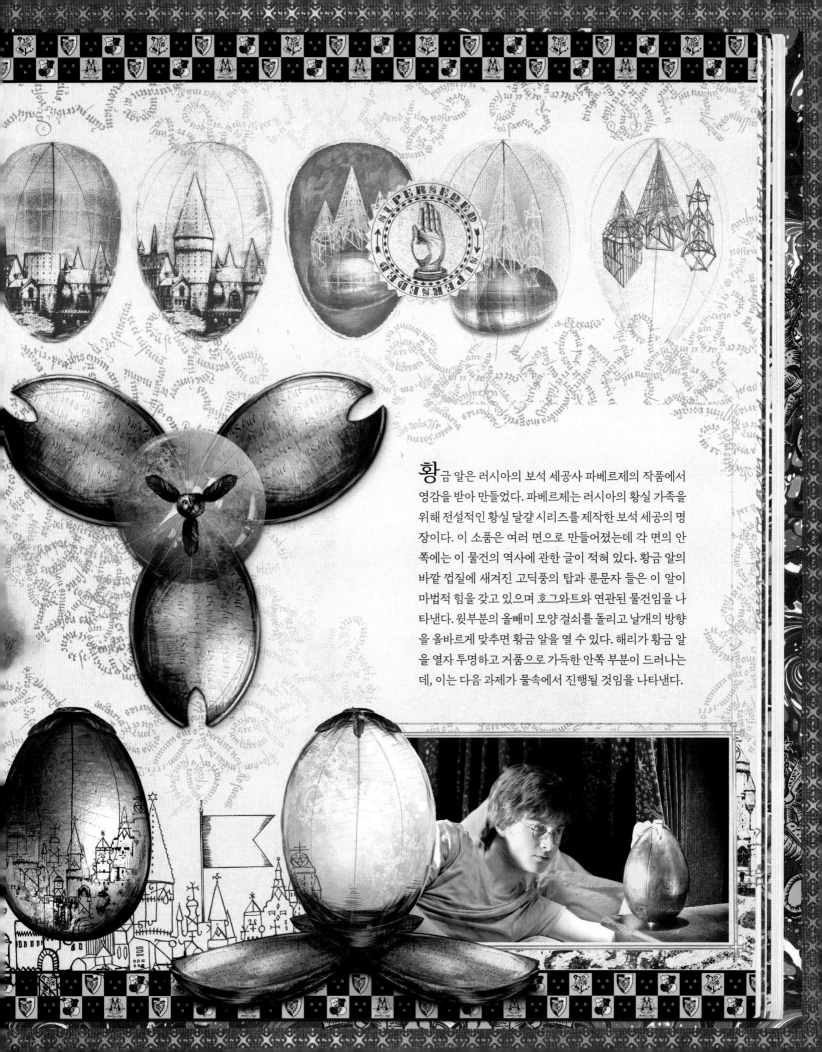

황금 알은 러시아의 보석 세공사 파베르제의 작품에서 영감을 받아 만들었다. 파베르제는 러시아의 황실 가족을 위해 전설적인 황실 달걀 시리즈를 제작한 보석 세공의 명장이다. 이 소품은 여러 면으로 만들어졌는데 각 면의 안쪽에는 이 물건의 역사에 관한 글이 적혀 있다. 황금 알의 바깥 껍질에 새겨진 고딕풍의 탑과 룬문자 들은 이 알이 마법적 힘을 갖고 있으며 호그와트와 연관된 물건임을 나타낸다. 윗부분의 올빼미 모양 걸쇠를 돌리고 날개의 방향을 올바르게 맞추면 황금 알을 열 수 있다. 해리가 황금 알을 열자 투명하고 거품으로 가득한 안쪽 부분이 드러나는데, 이는 다음 과제가 물속에서 진행될 것임을 나타낸다.

<해리 포터와 불의 잔> 촬영을 위해 우리는 덤스트랭 마법학교와 보바통 마법학교의 문장(紋章)을 디자인했다. 이 두 학교는 트라이위저드 대회에 참석하기 위해 호그와트로 오게 된다.

두 학교의 문장을 디자인하면서 우리는 다소 복잡한 전통적인 문장을 만들어 보기로 했다. 색과 상징을 사용해 각기 다른 문화와 유산을 나타내는 방식이다.

덤스트랭 마법학교는 위험할 정도로 거친 분위기의 남학교로, 유럽 북쪽 끄트머리에 위치한 것으로 짐작된다. 우리는 양 날개를 펼친, 머리 둘 달린 독수리가 한가운데에 자리한 문장을 디자인했고 금색, 초록색, 선홍색을 적용했다. 이런 독수리는 고귀함과 힘, 연합 세력의 힘을 나타낸다. 배경에는 러시아의 크렘린 궁을 떠올리게 하는 돔형 건축물을 넣었고, 위쪽의 학교 이름은 유럽의 문장에서 흔히 볼 수 있는 라틴어와 키릴문자로 처리했다.

보바통 마법학교는 프랑스에 있는 여학교다. 섬세한 초록색과 금색 문장에는 교차한 마법 지팡이 모양의 문양이 그려져 있는데, 이는 교차한 장검이라는 전통적인 문장 이미지를 반영한 것이다. 또한 이곳 학생들이 언제든 전투에 나설 준비가 되어 있음을 나타낸다. 보바통 마법학교의 문장은 묘하게 우아하고 여성적이다. 우리는 18세기 프랑스에서 유행한 로코코풍에서 영감을 받아 문장의 테두리에 구불구불한 장식을 넣었다.

크리스마스 날, 대연회장은 크리스마스 무도회를 위한 겨울 왕국으로 변했다. 마법 초대장에는 떨어지는 눈 아래 꿈결 같은 첨탑들을 배경으로 춤추는 동화 속 왕자와 파트너의 이미지를 담았다.

Hogwarts School of Witchcraft and Wizardry together with the Ministry of Magic request the pleasure of your company at the

YULE BALL

to celebrate Christmas and the Triwizard Tournament
To be held at 19:00 hours, Christmas Day at the Great Hall Hogwarts School.
At 21:30 hours the traditional Champions Waltz

Strictly Dress to Impress
See Professor McGonagall for more details

PROGRAMME

디자이너로서 우리는 〈해리 포터〉 영화가 제작되는 동안 소품 제작 팀과 멋지게 협업해 나갔다. 아이디어를 놓고 논의를 거듭하면서 3D로 구현할 최고의 방법을 찾아냈다.

트라이위저드 우승컵(〈해리 포터와 불의 잔〉에서 트라이위저드 대회에서 승리한 팀이 받게 되는 상)을 디자인하면서 우리는 이 우승컵이 아주 오래된 느낌을 풍겨야 한다고 봤다. 트라이위저드 대회가 유구한 역사를 가진 대회이고 그동안 이 우승컵의 주인이 수차례 바뀌었음을 보여줘야 했다. 우리는 중세 시대에 인기가 많았던 재료인 백랍을 쓰기로 했다. 백랍은 납 성분이 함유돼 있어 묵직하고, 은보다 더 어두운 색깔을 내면서 광택도 덜하다.

3면으로 된 우승컵이라는 걸 나타내기 위해 장식을 겸한 용 모양 손잡이 3개를 각 면에 적용했다. 위험한 마법 생명체인 용들이 마치 살아 있는 듯 기다란 몸으로 우승컵을 감싸면서 가장자리 너머로 컵 안쪽을 들여다보는 형태였다. 두 번째 과제가 물속에서 진행된다는 걸 나타내기 위해, 컵 몸통 부분은 초록색을 띤 유리로 만들었다. 소품 제작자들은 마법 물건인 이 우승컵이 살아 있는 유기체처럼 보이도록 다양한 방식으로 실험했고 결국 크리스털 안쪽에 이끼가 자라는 것 같은 효과를 냈다.

덤블도어의
문장

〈**신**비한 동물들과 덤블도어의 비밀〉에서 우리는 드디어 덤블도어 가문의 문장을 디자인할 기회를 얻었다. 해리 포터 팬들은 이미 덤블도어와 그의 불사조 폭스의 관계가 얼마나 중요한지 잘 알고 있다. 〈신비한 동물들과 그린델왈드의 범죄〉에서 덤블도어는 불사조가 덤블도어 가문의 수호자이기에 덤블도어 가문의 일원이 곤경에 처하면 구하러 온다고 뉴트에게 털어놓는다. 그러니 덤블도어 가문의 문장을 디자인할 때 불사조 문양은 반드시 들어가야 했다. 덤블도어의 회중시계에 넣을 원형 무늬 디자인을 구상할 때도 불사조 모티프를 써야 한다는 생각이 계속 들었다.

덤블도어의 기억들

---◆---

"가끔 머릿속에 너무 많은 생각과 기억이 욱여넣어진 것 같은 기분이 들 때가 있지 않니."
─《해리 포터와 불의 잔》에서 덤블도어의 말

알버스 덤블도어의 연구실 캐비닛에는 유리병이 잔뜩 들어 있다. 그 유리병 안에 담긴 건 물약이 아니라 펜시브에 넣어 다시 보기를 할 수 있는 기억이다. 젖빛 유리 마개가 달린 작고 연약한 유리병에 기억을 담는다는 설정을 통해 기억의 일시성과 소중함을 드러내고 싶었다. 우리는 900여 개의 유리병을 만들고 일일이 수제 라벨을 붙이는 작업을 진행했다. 라벨 디자인을 위해 빅토리아 시대의 건축 세부 사항을 참조해 복잡한 뇌문 세공 장식을 구현했는데, 각 라벨에 손으로 설명을 적고 레이저로 자른 뒤 오래된 느낌이 나도록 만들었다.

덤블도어의 기억을 돕는 메모 정도의 역할이라 이 유리병들의 라벨에는 슬러그혼의 물약 라벨보다 정보가 덜 담겨 있다. 그래도 무심히 지나쳐서는 안 된다. '기숙사 배정 모자', '고아원', '톰 리들'이라는 라벨이 붙은 유리병들도 있기 때문이다.

리타 스키터의 책

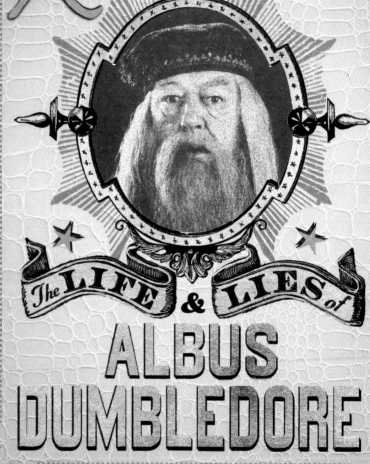

우리는 이 책이 윤리 의식이라곤 눈곱만큼도 없는 리타 스키터가 펴낸 책임을 한눈에 알 수 있도록 만들고자 했다. 덤블도어가 죽자 그의 평전을 누구보다 빠르게 출간해 경쟁자들을 물리치고 돈을 쓸어 담으려 한 리타의 의도가 잘 드러나길 바랐다. 우리는 조판도 엉망이고 분량도 얼마 안 되는, 공항에서 파는 싸구려 소설책에서 영감을 얻었다. 리타가 늘 입고 다니는 애시드 그린 색깔 정장처럼, 이 책도 초록색과 보라색으로 이루어진 요란한 표지로 되어 있는데, 이것만 봐도 리타가 관심을 갈구하는 성격임을 알 수 있다. 길더로이 록하트처럼 리타 스키터도 책 표지에 자기 이름이 제일 눈에 띄도록 해놓았다. 우리는 이 소품 책의 내부를 디자인하면서, 덤블도어와 악명 높은 마법사 그린델왈드의 관계에 관한 페이지를 포함하도록 했다. 그린델왈드는 〈신비한 동물사전〉 영화 시리즈에 등장하는 인물이다.

HEREIN IS SET FORTH THE LAST WILL AND TESTAMENT OF

Albus Percival Wulfric Brian Dumbledore

Maecenas dictum nisi sed sapien malesuada consequat. Donec suscipit, leo id tristique consequat, tortor ante suscipit odio, quis malesuada eros ligula a nisl. *Donec sed erat vitæ tortor hendrerit condimentum.* Aliquam erat volutpat. Mauris imperdiet lorem ut lorem vehicula in cursus odio eleifend.

In nulla urna, pulvinar vel luctus vitæ, interdum sed ligula. Curabitur scelerisque est sed erat varius convallis. Suspendisse imperdiet venenatis tincidunt. Nunc hendrerit elit at magna rutrum eget egestas tortor viverra.

Probatum

Sed a neque ut odio faucibus pretium nec ac lacus. Fusce vel neque non quam vehicula feugiat at quis nisl. Vestibulum fermentum purus quis ornare hendrerit turpis sapien interdum ipsum, eget imperdiet erat nisi vitæ nibh. Aliquam quam augue lacinia at aliquam vitæ, elementum porttitor urna. Sed purus metus, condimentum sit amet adipiscing ultrices, molestie vitæ urna. Vestibulum placerat venenatis nisl, dictum imperdiet enim feugiat a. Nunc eu suscipit ligula. Donec nulla ipsum, condimentum ut volutpat ut egestas sit amet urna. Etiam non tellus nunc, non sollicitudin diam.

--- ✳ ---

first, To... Ronald Bilius Weasley — I leave my Deluminator, a device of my own making, in the hope that, when things seem most dark, it will show him the light.

--- ✳ ---

To Miss... Hermione Jean Granger — I leave my copy of The Tales of Beedle the Bard, in the hope that she will find it entertaining and instructive.

--- ✳ ---

To... Harry James Potter — I leave the Snitch he caught in his first match at Hogwarts, as a reminder of the rewards of Perseverence and Skill. I bequeath, also, the Sword of Godric Gryffindor, being that it so wisely sought Harry Potter in true times of need.

quam augue, lacinia at aliquam vitæ, elementum porttitor urna. *Vestibulum placerat v...*

Donec ante sapien, fermentum vitæ fermentum id, bibendum egestas augue lorem, interdum vitæ vulputate ut, condimentum in purus. Nar...

SUPERSEDED — AND TESTAMENT OF Dumbledore

device of my own making, ...ings seem most dark, ...m the light.

of Beedle the Bard, ...e will find it ...nstructive.

...s first match at Hogwarts, ...Perseverence and Skill.

...f Godric Gryffindor, ...ught Harry Potter ...f need.

덤블도어의 유언장

---◆---

우리는 덤블도어의 유언장이 중요한 법률 문서처럼 보이도록 만들고 싶었다. 컴퓨터나 타자기가 만들어지기 전의 시대에 이런 종류의 문서는 머글들이 사는 영국에서도 전문 필경사들이 직접 썼을 것이다. 오래된 법률 문서의 특징인 붉은 밀랍 봉인, 동판 인쇄 같은 글씨체, 라틴어 단어를 적용하면 법적으로 권위 있는 문서 분위기를 낼 수 있다. 덤블도어의 유언장은 마법사의 문서인 만큼 법률 서비스를 제공하는 공식 기관인 마법사 세계의 변호사 협회에 정식으로 등록됐다. 유언장 상단 'Probatum'(프로바툼, '공증된 것'이라는 뜻의 라틴어—옮긴이)의 'P'가 용 모양의 멋진 그림 무늬로 되어 있는데, 이런 화려한 글씨체는 마법사 세계에서 덤블도어가 지닌 높은 지위를 나타낸다.

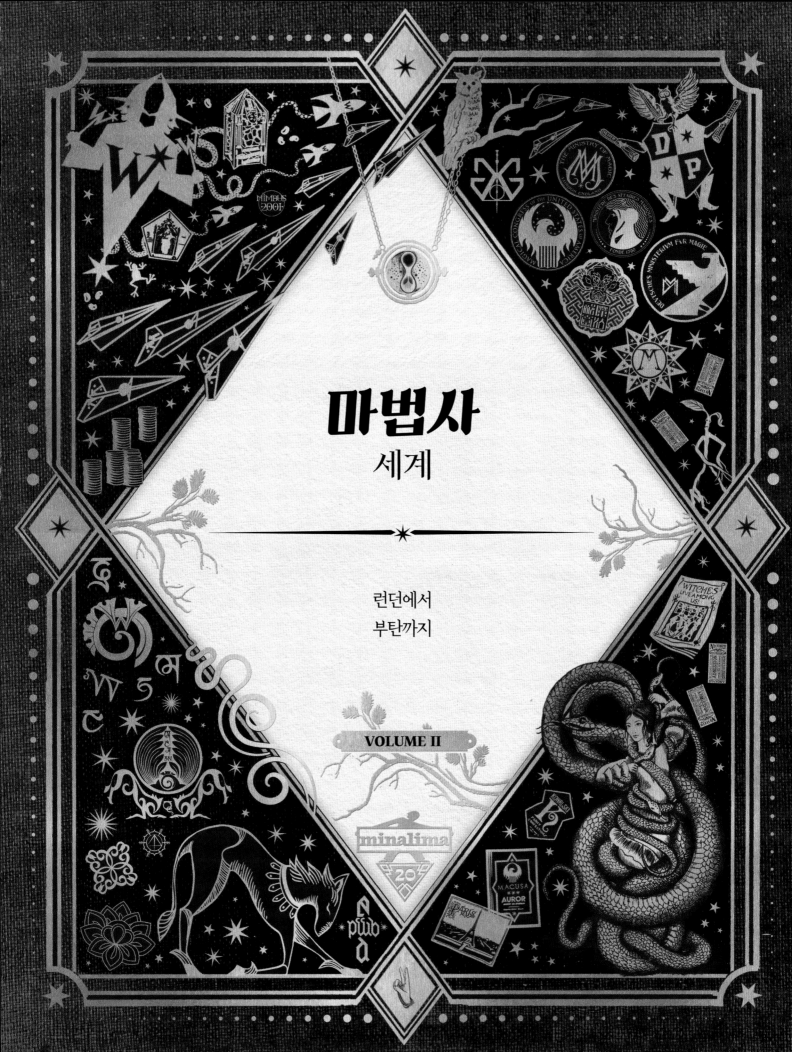

마법사
세계

런던에서
부탄까지

VOLUME II

Ministry of Magic
! IS BACK !

Ministry of Magic
founded 1707.

IGNORANTIA JURIS NEMINEM
EXCUSAT

Ignorance of the law excuses
no one.
... is no defense.

(MAGIC IS MIGHT — only in 97/98)
under Voldemort.

MINISTRY
MAGIC

MINISTRY
OF MAGIC

NEWT'S
PAPER

450 mm
660 mm ×
× 6 each

tiled
panels: 2 578 × ...
746 mm × 14...

마법 세계의
런던과 여러 지역

"런던에 이런 게 있어요?" "파는 곳이 있어."
—〈해리 포터와 마법사의 돌〉에서 해리와 해그리드의 대화

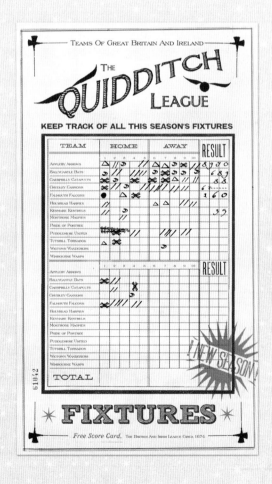

해그리드가 해리를 리키 콜드런 주점으로 데려가 가게 뒤쪽의 벽돌 벽을 두드리자 숨겨진 세상으로 통하는 아치가 나타난다. 해리가 발을 들여놓는 다이애건 앨리는 마치 디킨스 소설에 나오는 런던 거리처럼 보이지만 엄연히 현재의 런던이고, 거리를 오가는 이들은 모두 마법사다. 마법 세계는 우리 세계와 나란히 존재하고 머글들의 눈에는 보이지 않는다.

다이애건 앨리에서는 최신 빗자루부터 완벽한 부엉이에 이르기까지 뭐든 살 수 있다. 올리밴더의 지팡이 가게에서는 지팡이가 마법사를 선택할 때까지 기다려야 한다. 물약을 만들고 싶으면 진열장에 유리병들이 쭉 놓여 있는 슬러그 앤 지거 약재상에 가거나 바로 옆에 있는 경쟁 상점인 멀페퍼 씨의 약재상에 가면 된다. 물건 값을 지불하기 위해 갈레온(마법 세계의 금화)이 필요하면 그린고츠 마법사 은행에 가야 한다. 그린고츠 은행 건물은 다이애건 앨리의 주요 건물이다. 위풍당당한 석재 포르티코(대형 건물 입구에 기둥을 받쳐 만든 현관 지붕—옮긴이)에 황금색으로 커다랗게 '그린고츠 마법사 은행'이라고 적혀 있다. 다른 가게 간판과 마찬가지로 우리는 이 은행의 분위기를 잘 살릴 수 있도록 고심해서 간판 글씨체를 골랐다. 은행 안에서는 고블린들이 가죽 장정 장부에 모든 거래 내용을 손으로 기재하고, 직접 쓴 전표들을

전부 보관한다. 그린고츠 은행에서는 늘 똑같은 방식으로 거래가 이루어지기 때문에 해그리드는 이 은행을 세상에서 가장 안전한 장소라고 생각한다. 하지만 해리와 친구들이 이 은행에 침입해 호크룩스를 훔쳐 갖고 나오면서 해그리드의 생각이 틀렸다는 게 증명된다.

플러리시 앤 블러츠 서점에서는 바틸다 백숏의 《마법의 역사》부터 뉴트 스캐맨더의 《신비한 동물 사전》에 이르기까지 1학년생 필독서들을 전부 찾을 수 있다. 영화 〈신비한 동물사전〉을 보면 1927년에 뉴트가 바로 이 서점에서 《신비한 동물 사전》을 출간한 것으로 나온다. 헷갈린다고? 리키 콜드런으로 돌아가 기운을 회복시켜주는 버터맥주를 마시면서 다이애건 앨리의 지도를 들여다보길. 우리가 만든 소품인 이 지도는 〈해리 포터와 아즈카반의 죄수〉에서 처음 등장한다. 우리가 한 제일 힘든 작업 중 하나는 프레드와 조지가 다이애건 앨리에 차린 '위즐리 형제의 위대하고 위험한 장난감 가게'에서 파는 광대한 범위의 상품들을 디자인하는 일이었다. 그것은 호그스미드 마을의 허니듀크스 과자 가게 관련 소품을 만드는 일과 맞먹을 정도로 엄청난 작업이었다.

해리는 호그와트에서 성장하면서 런던에 관해 폭넓은 정보를 얻는다. 권력의 중심인 영국 마법 정부가 런던에 있다는 것도 해리가 알게 된 정보 중 하나다. 영국 마법 정부는 화이트홀에 있는데, 머글 세계의 영국 정부 바로 아래에 위치한다. 마법 정부의 역할은 마법 공동체를 통치하면서 머글들이 다이애건 앨리 같은 장소나 볼드모트 같은 마법사들에 관해 알지 못하게 하는 것이다. 우리 같은 머글 디자이너들은 마법 정부 건물 안 사방을 날아다니는 마법 쪽지들을 비롯해 마법 정부의 산더미 같은 서류들을 무대 뒤에서 열심히 만들었다. 마법사라면 누구나 마법 정부 건물로 들어갈 때 내밀어야 안 보여줬다간 쫓겨나게 되는 신분 확인 서류들도 만들었다. 마법 정부가 하라는 대로 하는 게 상책이다. 엇각 나갔다가는 머리에 1만 갈레온의 현상금이 걸리는 수가 있다. 해리는 해그리드한테서 처음 마법 정부에 관해 들었는데, 그때 해그리드는 마법 정부 총리 코닐리어스 퍼지가 형편없는 자라고 말한다. 퍼지는 볼드모트를 물리치기 위해 취해야 할 조치를 제때 취하지 않아 광범위한 결과를 초래했고, 그로 인해 결국 덤블도어가 목숨을 잃는다.

볼드모트가 돌아오자 해리를 비롯한 저항 세력은 그리몰드가 12번지의 저택을 은신처로 삼는다. 그 저택에는 블랙 가문의 태피스트리가 걸려 있다. 우리는 몇 시간에 걸친 자료 조사를 통해 유서 깊고 고귀한 블랙 가문에 관한 가상의 역사를 만들고 그걸 바탕으로 태피스트리를 디자인했다.

마법사들은 수도인 런던 외에도 영국 곳곳에 살고 있다. 그들은 플루 가루 한 줌으로 곧장 런던으로 순간이동할 수 있다. 아서 위즐리는 그 방법을 이용해 일터인 마법 정부에서 오터 강변의 버로로 꼬박꼬박 퇴근한다. 버로는 위즐리 가족이 사는 집 이름이다. 버로에는 주방의 마법 시계부터 론의 방 벽에 걸린 포스터에 이르기까지 위즐리 가족의 이모저모를 보여주는 소품들이 가득하다.

버로에서 그리 멀지 않은 곳에 평화로운 황무지가 펼쳐져 있다. 《해리 포터와 불의 잔》에서 루도 배그먼은 그 황무지를 422회 퀴디치 월드컵 개최지로 선정한다. 우리는 이 중요한 행사를 위해 티켓과 포스터, 행사 진행표 같은 잠깐 쓰고 버릴 온갖 소품을 준비했다. 그리고 이 대회는 배그먼이 원했던 방향은 아니었지만 어쨌든 기억할 만한 대회가 되기는 했다.

월드컵 결승전 다음 날, 죽음을 먹는 자들이 활개 치고 다니며 머글 몇 명을 죽인다. 하지만 앞으로 드리워질 더 거대한 악에 비하면 이는 아무것도 아니다.

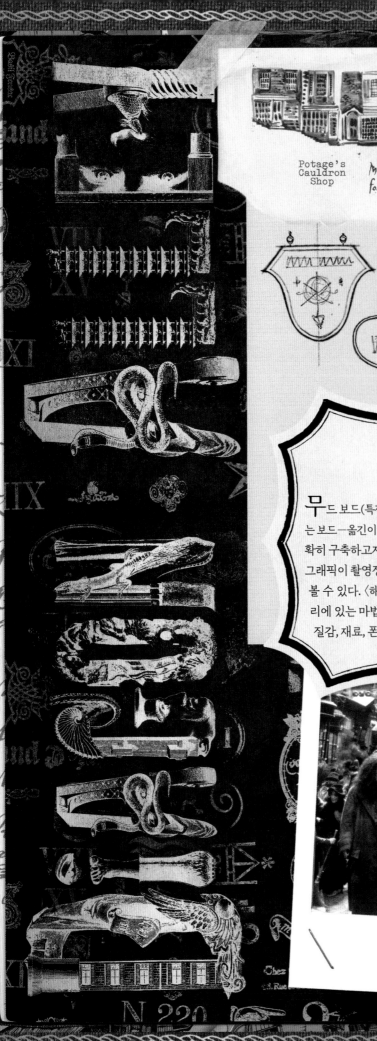

Potage's
Cauldron
Shop

Madam Malkin's
Robes for all Occasions

Eeylops
Owl
Emporium

Mr. MULLPEPPER'S
APOTHECARY
WISEACRE'S Wizarding
Equipment

Slug &
Jiggers

Magical
Menagerie

다이애건 앨리

무드 보드(특정 주제를 설명하기 위해 텍스트, 이미지, 개체 등을 결합해 보여주는 보드—옮긴이)는 창의적인 프로젝트를 진행하면서 영감을 얻고 비전을 명확히 구축하고자 이미지를 수집하는 멋진 방법 중 하나다. 이 방법으로 우리는 그래픽이 촬영장과 의상 같은 다른 디자인 요소들과 조화를 이루는지 확인해볼 수 있다. 〈해리 포터〉 영화에서 우리는 무드 보드를 활용해 다이애건 앨리에 있는 마법 상점들의 분위기를 명확히 만들어 낼 수 있었다. 일단 색깔, 질감, 재료, 폰트, 단어, 사진, 일러스트 등을 모두 무드 보드에 때려 넣었다.

BORGIN & BURKES

BORGIN & BURKES

The Leaky Cauldron

The Leaky Cauldron

OLLIVANDER'S
Makers of Fine Wands since 382 B.C.

PANTONE Black C
Borgin & Burkes brown

PANTONE 876 C
Borgin &Burkes copper

PANTONE 419 C
Wanderful brown

PANTONE 177

PANTONE -1876
Slate Green

Wonders of the Invisible World.
ERVATIONS
cal as Theological, upon the NATURE, the
R, and the OPERATIONS of the
EVILS.
Accompany'd with,
nts of the Grievous Molestations, by DÆ
WITCHCRAFTS, which have lately
Country; and the Trials of some eminent
Executed upon occasion thereof: with several
Curiosities therein occurring.

fils, Directing a due Improvement of the ter
lately done, by the Unusual & Amazing
n Our Neighbourhood: &
Wrongs which those Evil
forts of people among us.
the Innocent.

great EVENTS, likely
General, and NEW EN.
also upon the Advances of
BETTER DAYES.

Outrage committed by a
deland, very much Refem
That under which our parts

RED: In a Brief Discourse upon
are the more Ordinary Devices

Mather,
or Sam, Phillips:

"에두아르도와 미라의 풍부한 상
상력 덕분에 해리 포터의 마법 세
계가 생생하게 구현됐다. 그들이
만든 디자인 하나하나가 해리 포터
의 세계를 더 마법적이면서 더 현
실적으로 느껴지게 해주었다."

—데이비드 헤이먼(제작자)

Skane-Wantin 759 JB
Southern Siberian 575-F
Original Featherbrain Flutters
Expanded Barnicles (Vintage)
Expanded Barnacles (Granules)
olian Imports   Dragon Heart Strings
East European Imports   Dragon Heart Strings (Modified)

Ollivander's HP 1

MAGICAL ME.. ME.. ME.. ME !

Continuity for dressing

BUGS &
BEASTS

Broomology

WIZARD
WELL -

FLOURISH
&
BLOTTS

WIZARD WELL-BEING

SPIRITS and GHOULS

HERBOLOGY

WAND WELFARE

POTENT POTIONS

ANCED SPELLS

NVISIBILITY

ALCHEMY

Infamous
Poltergeists

Flourish
& Blotts

ℱℬ

Flourish &
BLOTTS

SUPERSEDED

ℱℬ

Diagon Alley
Since
1654

Flourish & Blotts

Flourish
& Blotts

PANTONE -1076
Flourish Gold

PANTONE Black C
Blotts brown

PANTONE 7421 C
F & B Burgundy

PANTONE -5605 C
F & B Deep Green

버로

"별거 없어."(론) "멋진걸."(해리)
—《해리 포터와 비밀의 방》

버로는 위즐리 가족이 사는 집이다. 해리는 이 집에 예고 없이 오게 됐지만 론의 어머니인 몰리 위즐리의 따뜻한 환대를 받는다.

　괴상하게 생긴 낡은 집 버로는 론의 아버지 아서 위즐리가 버려진 건축 자재들을 가져다가 재활용하거나 용도에 맞춰 사용하면서 이리저리 증축하고 수리해 만들었다. 그 결과 상당히 개성 있는 집이 탄생했는데, 프리빗가 4번지의 해리가 살던 집과는 완전히 다른 분위기다. 위즐리 가족은 부유하지는 않아도 안락하고 따뜻한 가정을 유지한다. 해리는 그 집에서 따뜻한 음식으로 아침을 먹고 김이 모락모락 나는 뜨끈한 차도 마신다. 그동안 몰리의 마법 뜨개바늘은 일곱 아이들을 위해 열심히 스웨터를 짜고, 프라이팬은 싱크대에서 알아서 몸을 씻는다. 이 집 안에 걸린 대형 괘종시계는 평범한 시계가 아니다. 시간을 알려주는 대신 가족 구성원들의 현재 위치를 알려준다. 시곗바늘은 '학교', '집', '일터' 같은 일상적인 장소를 가리키기도 하고, 좀 더 무시무시하게 '감옥'이나 '실종'을 가리키기도 한다. 해리가 론, 프레드, 조지와 함께 처음 버로에 도착했을 때 이 시계의 바늘들은 일제히 '집'으로 돌아갔다. 볼드모트가 돌아왔을 때 이 시계의 바늘들은 '치명적인 위험'을 가리켰고 볼드모트가 종말을 맞을 때까지 줄곧 그 위치였다.

　우리는 이런 시계의 콘셉트를 만들었고 소품 제작 팀이 제작에 들어갔다. 이 시계에는 버로에 잘 어울리는 소소한 세부 사항이 하나 있는데, 바로 시곗바늘이 낡은 가위로 되어 있다는 점이다. 〈해리 포터와 혼혈 왕자〉에서는 약간 다른 모양의 버전으로 디자인했는데, 애니메이션 효과를 넣은 얼굴들을 장식적인 모양의 이니셜들로 교체했다. 그전 버전에서는 촬영 후 편집 때 가족들의 얼굴을 시계에 추가했다. 버로에서 굴 괴물이 사는 다락방 바로 아래가 론의 방이다. 론은 어릴 적부터 처들리 캐넌스 퀴디치 팀의 열성 팬이라 그의 방도 그 팀을 상징하는 밝은 오렌지색으로 칠해져 있다. 벽에는 포스터가 잔뜩 붙어 있고 여기저기 다양한 잡지와 책, 배지 들이 놓여 있다. 침대에 놓인 이불도 밝은 오렌지색이다. 처들리 캐넌스는 한 번도 우승을 못 해본 팀인데도 론은 끈질기게 응원한다. 론의 수집품을 만드는 일은 무척 재미있었다. 그 수집품을 통해 이 불운한 팀의 역사를 보여줄 수 있었다. 우리는 처들리 캐넌스 팀을 상징하는 밝은 오렌지색을 계속 사용하되 시대별로 조금씩 다른 디자인을 적용해 수집품을 만들었다.

Or all the wands?

Different implements
with family names
engraved

"에두아르도와 미라가 디자인한 그래픽 소품을 들고 촬영
에 임하는 건 배우로서 언제나 신나는 일이었다. 《예언자
일보》의 재미난 제목들을 읽거나 두 사람이 디자인한 과
자 상자를 기대하면서 즐겁게 몇 시간씩 보내곤 했다. 그
들의 상상력 덕분에 촬영장에서 마법 세계가 펼쳐졌다."

—보니 라이트(지니 위즐리 역)

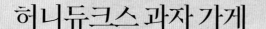

허니듀크스 과자 가게

허니듀크스는 마법사 마을 호그스미드에 있는 과자 가게다. J.K. 롤링이 《해리 포터와 아즈카반의 죄수》에서 설명했듯이 "겹겹이 쌓인 선반에는 상상을 초월할 만큼 흥미로운 과자들"로 가득한 가게다. 이 가게가 호그와트 학생들에게 왜 그렇게 인기가 많은지 충분히 짐작이 간다. 호그와트에서 허니듀크스로 연결된, 아는 학생들만 이용하는 비밀 통로까지 있을 정도다.

허니듀크스에서 파는 과자들을 디자인하는 일은 위즐리 형제의 위대하고 위험한 장난감 가게에서 파는 물건들을 만드는 일만큼이나 재미있었다. 피징 위즈비, 폭발하는 봉봉 사탕, 민달팽이 젤리 등 책에 묘사된 마법 과자들 중 상당수가 고전적인 영국 과자에서 영감을 받은 듯했다. 우리는 과자 포장을 눈에 확 띄고 재미나게 만들고 싶었다. 위즐리 형제의 위대하고 위험한 장난감 가게의 상품들과 달리, 허니듀크스 과자 가게의 상품들은 오래전부터 판매돼 왔으니 그런 점을 포장에 반영하기로 했다. 이를테면, 버티 보트의 모든 맛이 나는 강낭콩 젤리의 포장은 빈티지 느낌이 물씬 풍기는 펀치와 주디 인형극 부스를 본떠 만들었다. 포장 앞면에서 웃고 있는 아이들은 순진무구한 얼굴을 하고 있지만, 어떤 맛이 나올지 모르니 신중하게 젤리를 골라야 한다. 덤블도어도 토사물 맛이 나는 젤리를 고른 바람에 혼쭐이 난 적이 있다! 우리는 상품 하나하나를 수작업으로 공들여 만들었다. 개구리 초콜릿의 매력적인 오각형 상자 같은 특이한 포장도 자유롭게 만들 수가 있었다. 영화에서 호그와트 급행열차를 타고 가던 해리는 개구리 초콜릿 상자를 열었다가 그 안에 있던 개구리가 폴짝 뛰어 창밖으로 나가버리는 바람에 초콜릿은 못 먹고 덤블도어 마법사 카드만 손에 쥐게 된다.

우리가 고안해 낸 상품 대다수는 영화 제작을 위해 만든 포장 그대로 머글 상품으로 출시됐다. 현재 올랜도에 있는 해리 포터 월드나 위저딩 월드 오브 해리 포터에 있는 허니듀크스 가게를 방문하면 생강 도롱뇽 쿠키나 호박 주스, 속 뒤집어지는 사탕을 맛볼 수 있으니 한번 도전해 보기 바란다.

호그스미드 마을

❖

호그스미드는 영국에서 유일하게 머글이 한 명도 살지 않는 마을이다. 호그와트 학생들은 공부하다가 쉬고 싶을 때 이 마을을 즐겨 찾는다. J.K. 롤링의 설명에 따르면 이 마을의 건물 지붕들은 눈으로 아름답게 덮여 있어서 꼭 '크리스마스카드'처럼 보이고, 명절 때면 거리 곳곳에 마법 초들이 걸린다. 우리는 특별한 일요일과 핼러윈에 관한 내용이 담긴 호그스미드역의 열차 시간표, 마법사들에게 빗자루를 아무렇게나 놓아두지 말라고 알리는 경고문 같은 다양한 알림 글과 간판을 만들어 이 마을의 풍경에 보탰다. 또한 종코의 장난감 가게, 부엉이 우체국, 호그스미드의 대표적인 가게인 허니듀크스 같은 상점들을 위한 간판들도 디자인했다. 스리 브룸스틱스와 호그스 헤드에는 손으로 직접 써서 문 위쪽에 거는 전통적인 스타일의 간판을 달았다. 이 주점에서는 해리와 친구들이 마시는 버터맥주부터 블리셴스 파이어위스키 같은 센 술에 이르기까지, 가장 어두운 기운을 가진 마법사의 마음도 따뜻하게 녹여줄 음료들을 판매한다.

퀴디치 월드컵

퀴디치 월드컵(《해리 포터와 불의 잔》에 나오는)은 굉장히 큰 행사라서 소품을 준비하기가 쉽지 않았다. 우선 다이애건 앨리 거리에 붙일 광고 포스터를 만들고 월드컵에 대한 기대와 흥분을 불러일으킬 《예언자일보》 기사를 썼다. 그리고 월드컵 행사를 위해 퀴디치 월드컵 야영지와 경기장에서 화면에 노출될 티켓, 알림판, 일정표, 포스터 등 잠깐 쓰고 버릴 소소한 소품들을 만들었다. 이 작업을 할 때 우리는 중세의 올림픽 포스터 같은 머글 스포츠 행사의 광고에서 많은 영감을 받았다.

촬영장을 꾸미면서 퀴디치 월드컵이 아주 오래된 행사이자 마법사 세계에서 대단히 명망 높은 대회라는 인상을 주고 싶었다. 그래서 포스터 하나에 '제422회 퀴디치 월드컵 대회'라는 제목을 적고 그 아래에 '올해 최대의 마법 행사'라는 문구를 넣었다. 이 행사의 마법적 특성에 관해 의심이 든다면 포스터에 개최 날짜가 물고기자리 달로 표기돼 있고, '참석자들은 미리 포트키를 준비해 두라'는 내용이 적혀 있다는 걸 참고하자. 대회에 권위를 부여하기 위해 우리는 '국제 퀴디치 연맹' 같은 단체들의 로고도 집어넣었다.

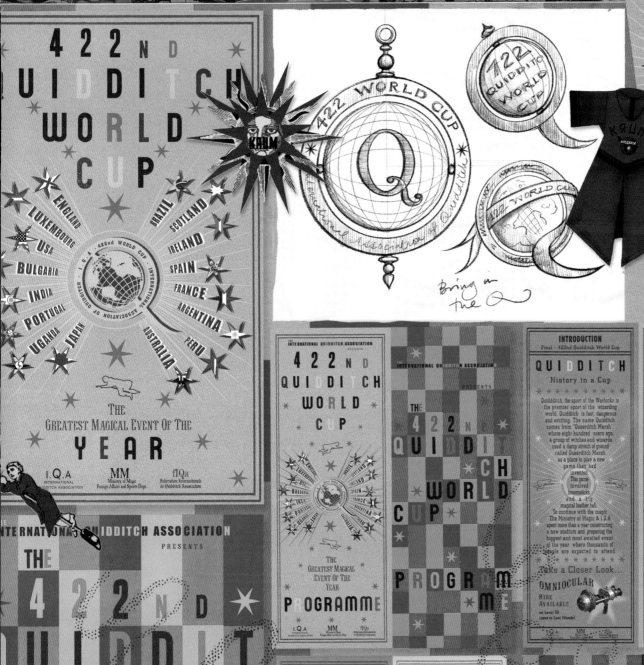

"리브스덴 스튜디오에서 〈해리 포터〉 영화를 촬영한 몇 년 동안 저와 제 쌍둥이는 새로운 프로젝트를 구경하려고 미술 팀 작업장을 자주 찾곤 했어요. 퀴디치 월드컵 프로그램과 위즐리 형제의 위대하고 위험한 장난감 가게의 물건들이 특히 좋았죠. 소품 하나하나가 어찌나 세밀하게 만들어졌는지, 거기가 촬영장이라는 사실을 잊고 실제 그 장소에 와 있는 것처럼 느껴졌어요."

—제임스 펠프스(프레드 위즐리 역)

프레드와 조지의 유머 감각이 우리에게 영향을 미친 게 분명했다. 우리는 거의 모든 포장에 재미있는 요소를 하나씩 숨겨두었다. 작은 개 모양 안에 미나리마 로고를 슬쩍 넣는 식이었다. 남녀 공용 카멜레온 머리빗 포장에도 마법사 모자를 쓰고 달라진 머리 모양을 과시하는 우리 모습을 담았다. 돌이켜 생각해 보면 한 장면에만 나올 가게 안 풍경을 위해 엄청나게 공들여 작업을 했다. 그래서 올랜도 유니버설 스튜디오의 위저딩 월드 오브 해리 포터에 위즐리 형제의 상품들을 진열해 달라는 요청을 받았을 때 무척 기뻤다. 영화에는 나오지 않는 새로운 상품도 몇 가지 추가로 만들어 같이 진열했다.

DRACO MALFOY 1980

THE NOBLE & MOST
ANCIENT HOUSE
OF BLACK
~ TOUJOURS PUR ~

TONKS.   DRACO

RUDOLPHUS = BELLATRIX ANDROMEDA = TED   NARCISSA = LUCIUS   REGULUS   SIRIUS
LESTRANGE   . TONKS.   MALFOY   (DECEASED 15 YEARS
                                                                AGO)

                    UNCLE = HUSBAND AUNT   FATHER = MOTHER
           AUNT = HUSBAND ALPHARD ELLADORA

                    GRAND = GRAND   ?
                    MOTHER   FATHER

                         GT. GRAND GT. GRAND   ?
                         MOTHER   FATHER

                         GT. GT. GRAND = PHINEAS
                         MOTHER   NIGELLUS.

SIRIUS

BELLATRIX 1951 m.
RODOLPHUS
LESTRANGE

〈신비한 동물사전〉 영화 시리즈 작업을 하면서 대단한 상상력의 산물들을 눈으로 직접 볼 수 있었던 게 무엇보다 좋았다. 미나리마는 정말이지 대단했다. 그들은 세세한 부분들까지 놀라운 정도로 다 챙긴다. 매일 촬영장에 올 때마다 장인 정신이 깃든 복잡한 소품들을 보면서 그들이 이 작업에 쏟아붓는 순수한 기쁨을 느꼈다. 뉴트를 연기하면서 특히 마음에 들었던 소품은 바로 가방이다. 〈신비한 동물사전〉 영화 시리즈 3편에서 뉴트는 가방의 뚜껑 안쪽에 사진, 오려낸 신문, 마법 생명체 스케치, 오래된 지도의 일부를 붙여놓았다. 가방의 뚜껑 안쪽 면은 뉴트의 성격을 보여주는 모자이크 그림이 되었는데 미나리마는 이런 부분까지도 전부 고려해 그 가방을 만들었다. 그래서 매일 촬영장에 올 때마다 미소를 지었다.

—에디 레드메인(뉴트 스캐맨더 역)

저주 걸린 목걸이

이 고대의 마법 물건에는 오랜 암흑의 역사가 깃들여 있다. 해리가 보긴 앤 버크 상점에서 처음 이 목걸이를 보는 장면에서, 이 목걸이에 "만지지 마시오. 저주받음. 지금까지 머글 주인 열아홉 명의 목숨을 앗아감"이라는 경고문이 붙어 있는 걸 알 수 있다. 이 목걸이는 나중에 덤블도어 앞으로 보내진 소포로 호그와트 안에서 모습을 드러낸다. 보긴 앤 버크에서 이 목걸이를 구매한 사람은 드레이코 말포이였다. 말포이는 덤블도어를 암살하려다가 실수로 호그와트의 학생 케이티 벨에게 저주를 걸고 만다. 케이티는 다행히 목숨을 건진다.

우리는 빅토리아 앤드 앨버트 박물관에 전시된, 빅토리아 시대 독일의 철(iron) '블랙워크' 보석에서 영감을 받아 이 목걸이를 디자인했다. 이 목걸이는 화려한 은세공으로 작업하고, 각도에 따라 색이 달라 보이는 초록빛 오팔 여러 개를 박아 만들었다. 목걸이 중앙의 펜던트는 오팔 2개로 이루어져 있는데 그중 하나는 나머지 오팔들보다 훨씬 크다.

죽음의 성물 펜던트

이 펜던트는 〈해리 포터와 죽음의 성물 1부〉 촬영을 위해 제작한 것이다. 해리는 빌과 플뢰르의 결혼식에서 제노필리우스 러브굿이 목에 걸고 있는 이 펜던트를 처음 보았다. 나중에 해리는 헤르미온느가 덤블도어에게 선물받은 책 《음유시인 비들 이야기》에서 펜던트와 같은 문양을 보고 러브굿에게 그 문양의 의미를 묻는다. 러브굿은 죽음의 성물의 문양(세모 안에 직선과 동그라미가 들어 있는 형태)이 딱총나무 지팡이, 부활의 돌, 투명 망토라는 전설적인 세 물건을 가리킨다고 말해준다. 이 세 가지 성물을 모두 손에 넣으면 죽음의 지배자가 될 수 있다.

타임 터너

"시간은 신비한 거야. 잘못 다루면 아주 위험하지."
—〈해리 포터와 아즈카반의 죄수〉에서 알버스 덤블도어의 대사

타임 터너는 〈해리 포터〉 영화 시리즈 3편에서 헤르미온느 그레인저가 빌려서 쓰고 있는 강력하고 진귀한 마법 물건이다. 우리는 보석의 아름다움과 과학 기구의 기능성을 결합한 소품을 만들고 싶었다. T-바 토글이 달린 묵직한 금 사슬은 빅토리아 시대의 회중시계에 쓰인 부품을 떠올리게 한다. 영화에서 헤르미온느가 자기 목에 걸고 있던 걸 훌쩍 빼서 해리의 목에 바로 걸 수 있게 하려면 줄의 길이가 충분히 길어야 했다. 타임 터너의 핵심 부분은 링 3개로 이루어진 자이로스코프 형태를 본떴다. 원래 자이로스코프는 1852년 프랑스 과학자가 지구의 자전을 증명하기 위해 만든 멋진 장치다. 우리는 타임 터너의 각 링에 아래와 같은 수수께끼를 새겼다.

**내가 어떤 사용 가치를 가질지는
당신이 해야 하는 일에 따라 정해질 것이다**

**나는 매시간을 기록하지만
태양보다 앞서나가지는 않는다**

자이로스코프 안에는 작은 모래시계가 박힌 얇은 원반이 있다. 모래시계 안에 들어 있는 건 진짜 모래다. 모래시계는 중세 때부터 시간 측정에 사용돼 왔다. 헤르미온느는 덤블도어의 조언대로 타임 터너의 측면에 있는 손잡이를 세 번 돌려 해리와 함께 세 시간 전으로 돌아간다. 자이로스코프가 돌아가는 동안 해리와 헤르미온느 주변에서는 사람들이 빠르게 왔다 갔다 하지만, 해리와 헤르미온느는 세 시간 전으로 돌아갈 때까지 그 자리를 유지한다.

My name is Harry Potter.

hello Harry Potter, my
name is Tom Riddle

Do you know anything
about the Chamber of Secrets?

Yes

Can you tell me?

No

호크룩스 디자인하기

우리는 영화 제작을 위해 그래픽디자이너들이 일반적으로 하는 일의 한계를 넘기도 한다. 호크룩스 디자인이 바로 그런 경우였다. 우리는 호크룩스 소품 5개의 콘셉트를 만들어 내야 했다.

볼드모트가 자신의 영혼을 조각내 여러 마법 물건(호크룩스)에 숨겨두었다는 사실을 알아낸 덤블도어는 볼드모트를 물리치려면 그 물건들을 찾아내서 파괴해야 한다는 것을 깨닫는다. 덤블도어가 세상을 떠난 후 해리와 친구들은 호크룩스 찾는 임무를 이어받는다.

톰 리들의 일기장은 얼핏 보면 별다를 게 없어 보이지만 사실 볼드모트의 첫 번째 호크룩스인 만큼 강력한 마법이 깃들어 있다. 톰 리들은 호그와트 마법학교 6학년 때 머글 상점에서 이 일기장을 구입했는데 그때는 평범한 공책이었다. 그 시기가 1943년이므로 우리는 그 시기에 판매됐을 만한 공책을 만들어야 했다. 우리는 일본산 수제 종이를 사용해 얇고 오래된 내지 느낌을 냈다. 양각 무늬를 넣은 검은 가죽으로 제본한 후, 모서리 부분에 마법 상징을 새긴 청동 조각을 붙였다. '톰 마볼로 리들(Tom Marvolo Riddle)'이라는 이름은 뒤표지에 금박으로 새겨 넣었다.

우리는 보통 같은 소품을 여러 개 준비하는데, 이 일기장의 경우 영화 시리즈가 진행되면서 다채로운 일을 겪게 되어, 여러 가지 버전으로 마흔 번에서 예순 번 정도 작업했다. 처음에 깨끗하고 아무 표시도 없던 일기장은 점점 잉크가 묻고 변기에 빠지더니 결국 바실리스크의 독니에 구멍이 나고 만다.

Wit Beyond Measure is Man's Greatest Tr

보관(diadem)은 스코틀랜드 태생이자 래번클로 기숙사의 설립자인 로위너 래번클로가 남긴 유일한 유물로 알려져 있다. 이것은 그것을 쓴 자의 지혜를 높여주는 기능을 한다. 딸이 이 보관을 훔쳐 달아난 바람에 로위너는 크게 상심하고 결국 죽게 된다.

디자인하기 까다로운 소품이 한 번씩 있는데 이 보관이 바로 그랬다. 어떤 모양새여야 하는지를 놓고 의견이 분분했고, 우리는 어디서부터 시작해야 할지조차 알 수 없었다.

결국 래번클로를 나타내는 독수리 상징에 초점을 맞추기로 했다. 독수리의 머리를 보관의 제일 윗부분으로 정하고, 독수리의 양 날개를 은으로 저리한 뒤 다이아몬드를 정교하게 박았다. 보관 가장자리에는 로위너의 유명한 말 "헤아릴 수 없는 재치는 인간의 가장 위대한 보물이다"를 새겨 넣었다. 보관 한가운데에는 커다란 파란색 사파이어가 박혀 있는데, 이 파란색은 은색과 더불어 래번클로의 상징색이다. 완성된 소품에서도 로위너 래번클로의 힘과 여성성이 느껴진다.

〈해리 포터와 혼혈 왕자〉에서 슬리데린의 로켓 호크룩스를 찾으러 동굴로 간 덤블도어와 해리는 레귤러스 블랙이 진짜 로켓을 훔치고 가짜 로켓을 그 자리에 놓아두었다는 사실을 알게 된다.

가짜 로켓도 블랙 가문이 수백 년간 보관해 온 만큼 그 자체로 가치 있는 마법 물건이다. 우리는 이 로켓을 오래되고 강력한 물건처럼 보이게 하고 싶었다. 이 로켓은 사람이 목에 걸고 다니기에 알맞은 크기로 보이는데, 로켓에 새겨진 이름을 보면 그 점을 확인할 수 있다. 살라자르 슬리데린은 호그와트 마법학교를 세운 네 사람 중 한 명이며 슬리데린 기숙사 설립자다. 금으로 된 로켓 중심부에는 마법 룬문자가 새겨져 있다. 로켓 앞면의 룬문자들은 원형으로 배치돼 있고 뒷면에는 사각형으로 배치돼 있다. 이런 패턴과 룬문자는 봐도 의미를 정확히 알 수 없으므로 물건에 신비로운 느낌을 더한다. 덮개와 줄은 백랍으로 만든 뒤 낡고 오래된 물건처럼 보이도록 처리했다.

후플푸프의 잔은 〈해리 포터〉 영화 시리즈 8편인 〈해리 포터와 죽음의 성물 2부〉에 등장한다. 촬영이 진행되는 동안 우리는 이 잔을 여러 개 만들었는데 하나하나 신경 써서 제대로 만들었다. 이 작은 잔에는 보석이 박히고 섬세하게 조각된 손잡이가 달려 있다. 원래 이 잔은 웨일스 태생이자 후플푸프 기숙사 설립자인 헬가 후플푸프의 소유였으니, 대략 800년 정도 된 물건이다. 몸통 부분에 후플푸프의 상징인 오소리 이미지가 단순하게 들어가 있다. 로켓, 저주 걸린 목걸이와 마찬가지로 우리는 빅토리아 앤드 앨버트 박물관 같은 여러 박물관에 전시된 역사적 유물에서 영감을 얻어 이 잔을 만들었다.

마법
정부

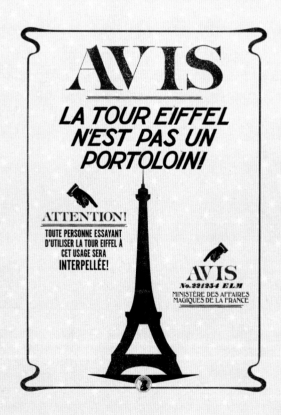

마법 정부는 영국의 마법사들을 관리하는 기관이다. 〈해리 포터와 불사조 기사단〉에서 아서 위즐리를 따라 마법 정부에 간 해리는 마법 정부가 대단히 광범위하고 관료주의적인 기관임을 알게 된다.

정부 건물 안으로 들어가자 거대한 화면에 뜬 마법 정부 총리 코닐리어스 퍼지의 얼굴이 해리를 맞이하고, 머리 위로는 비행기 모양으로 접힌 보라색 서류들이 비행 중대처럼 날아다닌다.

마법 정부의 공식 서류 색깔은 보라색이다. 보라색은 금색과 함께 마법의 색깔로 통한다. 영화가 진행되면서 서류는 점점 불어나고, 마법 정부는 새로운 반(反)머글법을 발표한다. 혐오스러운 덜로리스 엄브리지가 머글 태생 등록 위원회의 위원장을 맡아 마법 정부로 돌아왔을 때, 마법 정부는 외부의 자극에 위험할 정도로 쉽게 동요하고 부패한 기관이었다는 사실이 드러난다. 엄브리지는 자기 사무실을 분홍색 꽃과 고양이로 장식하지만, 가혹하고 편협한 시야를 가졌다는 사실은 덮어 가리지 못한다. 해리는 슬리데린의 로켓을 찾기 위해 앨버트 런콘으로 변신해 엄브리지의 사무실에 몰래 들어간다. 그 곳에서 해리는 로켓을 찾지는 못하지만, 엄브리지가 해리와 그 친구들을 위험인물로 규정한 소름 끼치는 순수 혈통 선전 책자와 서류를 모아놓고 있음을 알게 된다.

〈신비한 동물사전〉 영화 시리즈 2편 〈신비한 동물들과 그린델왈드의 범죄〉에서 런던의 마법 정부가 다시 나온다. 우리는 색감 같은 익숙한 요소들은 유지하면서 그 시기에 어울리는 서류들을 다시 디자인해 볼 기회를 누리게 됐다.

사실은 1편 〈신비한 동물사전〉에서 미합중국 마법 의회(MACUSA) 관련 디자인 작업이 훨씬 더 어려웠다. 우리는 그 시대에 어울리는 콘셉트를 생각해 내야 했고, 문화 차이를 고려해 언어를 재검토하고 디자인적 선택을 해야 했다. 언어와 마찬가지로 미국의 글씨체는 영국의 글씨체와는 약간 다른 방향으로 진화했다. 글씨체를 시대와 나라에 어울리게 만들면서 동시에 영국의 마법 세계와 미국 마법 세계의 차이점, 그 차이점이 미합중국 마법 의회에 어떤 영향을 미쳤을지도 고민해야 했다. 가장 큰 차이점은 미국의 마법 공동체는 노마지(미국에서 머글을 가리키는 용어)와의 교제를 법적으로 금지한다는 것이다. 미합중국 마법 의회는 메리 루 베어본 같은 광신자들로부터 마법사를 보호하기 위해서라고 주장하지만, 그로 인해 마법사들의 자유가 제한되고 무수한 허가증과 서류, 파일을 만들어야 하는 상황이 벌어진다. 미합중국 마법 의회에서 타이핑 일을 하는 퀴니와 동료 직원들은 어마어마한 양의 서류를 작성하느라 힘들어한다. 퀴니의 성격이 일부 반영된 것이기는 하지만 난장판인 책상만 봐도 퀴니가 얼마나 일에 치이며 사는지 알 수 있다.

〈신비한 동물들과 그린델왈드의 범죄〉에서는 배경이 뉴욕에서 파리로 바뀌는데, 파리에 있는 프랑스 마법 정부 건물은 세련된 아르누보풍의 미학적 특징을 보여준다. 건물은 우아한데 그곳에서 타이핑 일을 하는 직원들은 미국의 직원들과 마찬가지로 엄청난 양의 서류를 작성하느라 힘들어한다. 우리는 암녹색을 중심으로 색채 조합을 하면서 프랑스 아르누보 디자인에서 자주 사용되는 푸른 색감을 참고했고 매력적인 은색을 가미했다. 〈신비한 동물사전〉 영화 시리즈 관련 작업을 하면서 외국어로 그래픽 세상을 창조하는 것은 우리에게 새로운 도전이었다. 단어 자체도 그렇고, 인쇄물과 표지판 등 일상생활에서 어떤 식으로 배치하고 보이도록 해야 하는지도 고민해야 했다. 나중에 화면을 보니 휙 스치고 지나가는 장면에 불과했지만 우리는 그 장면을 위해 중국 마법 의회와 브라질 마법 의회 관련 디자인에도 상당한 시간을 쏟아부었다!

영국 마법 정부

우리는 모든 공식 간행물과 통지서에 사용할 마법 정부 로고를 디자인했다. 마법의 힘이 느껴지면서 권위 있고 즉각적으로 알아볼 수 있는 로고를 만들고 싶었다. 큼직한 대문자 'M'자 한 가운데를 반짝이는 지팡이가 수직으로 통과하는 형태로 가기로 했다. 공식 문서에 사용할 잉크 스탬프도 디자인했는데, 원 중앙에 로고를 박고 '마법 정부 인증'이라는 문구가 들어가게 했다.

〈신비한 동물사전〉 영화 시리즈 1편에 나오는 영국 마법 정부의 경우 그 시대에 어울려 보이도록 다시 디자인했다. 일단 두 겹으로 된 'M'자 로고 아이디어를 떠올렸다. 시간이 흐르면서 그 로고는 다듬어지고 단순화되어 〈해리 포터〉 영화 시리즈 관객들에게 익숙한 한 겹 'M'자 모양이 됐다. 빈티지 버전에서는 가운데를 관통하는 마법 지팡이를 빼고 대신 반짝이는 별 그림을 넣었다.

영국 마법 정부와 관련해 우리가 디자인한 중요한 소품 중 하나는 마법 정부 신분증이다. 이 신분증은 소지한 사람의 신원을 공식적으로 확인해 주는 역할을 한다. 신분증에는 흑백 사진이 들어가고 키와 체중, 출생일, 서명, 지문 등 신분 확인을 위한 그 사람의 특징이 기재된다. 사진에는 마법 정부 로고가 들어간 보라색 잉크 스탬프를 찍었다. 우리는 해리 포터와 마법 정부 직원 마팔다 홉커크를 비롯한 몇몇 등장인물의 신분증을 만들었다. 마팔다 홉커크의 신분증의 경우, 헤르미온느가 마법 정부에 잠입해 신분증을 확인하는 장면에서 활용됐다. 룬문자 및 상징 팀 직원인 우리를 위한 신분증도 만들었다!

Dear Mr Potter,

The Ministry has received intelligence that at twenty three minutes past six this evening you performed the Patronus Charm in the presence of a Muggle.

As a clear violation of the Decree for the Reasonable Restriction of Underage Sorcery, you are hereby expelled from Hogwarts School of Witchcraft & Wizardry

Hoping that you are well,

Mafalda Hopkirk

Dear Mr Potter,

The Ministry has received intelligence that at twenty three minutes past six this evening you performed the Patronus Charm in the presence of a Muggle.

As a clear violation of the Decree for the Reasonable Restriction of Underage Sorcery, you are hereby expelled from Hogwarts School of Witchcraft & Wizardry.

Hoping that you are well,

Mafalda Hopkirk

In Accordance with Ministry for Magical Missives Guidelines 892X

Ministerial Code of Confidential Communication Conduct 572 B

MINISTRY of MAGIC

〈신비한 동물들과 그린델왈드의 범죄〉에 뉴트 스캐맨더의 신분증이 등장한다. 이 신분증에는 1920년대 영국 마법 정부 문장이 들어가 있다. 이런 문서가 그럴듯하게 보이도록 부수적인 정보를 만들어 채워 넣는 게 그래픽디자이너인 우리가 하는 일이다.

MINISTRY OF MAGIC
DEPARTMENT OF MAGICAL LAW ENFORCEMENT

FORM NO. 298/71 22DY

PLEASE DO NOT COMPLETE THIS SECTION - FOR APPROVED MINISTERIAL PERSONNEL ONLY

THIS INVESTIGATION MUST BE VALIDATED BY A MINISTRY OFFICIAL - USE APPROPRIATE STAMP HERE

CONFIDENTIAL

SIGNED AND DATED BY SENIOR OFFICER

- Auror Office - Improper Use Of Magic - Hit Wizards - Wizengamot Administration Services -

DEPT. OF MAGICAL LAW ENFORCEMENT - CASE FILE

ALL WITCHES AND WIZARDS BEING INVESTIGATED BY THE DEPARTMENT OF MAGICAL LAW ENFORCEMENT UNDER THE JURISDICTION OF THE MINISTRY OF MAGIC ARE SUBJECT TO THE STRICTEST CONFIDENTIALITY, UNTIL OTHERWISE DEEMED NECESSARY BY THE MINISTER FOR MAGIC. THIS FILE IS CONFIDENTIAL AND INFORMATION APPERTAINING TO THIS CASE FILE MUST BE REPORTED BACK TO THE SUPERIOR MINISTERIAL EMPLOYEE OVER SEEING SAID INVESTIGATION.

CASE FILE NUMBER: 0 0 0 8 1 9 1 7 7

ALL INFORMATION REGARDING CASE FILES AND INVESTIGATIVE WORK UNDERTAKEN FOR THE DEPARTMENT OF MAGICAL LAW ENFORCEMENT IS STRICTLY CONFIDENTIAL.

NAME OF WITCH OR WIZARD: ALBUS PERCIVAL WULFRIC BRIAN DUMBLEDORE
NATIONALITY: BRITISH
PRESENT ADDRESS: HOGWARTS SCHOOL OF WITCHCRAFT AND WIZARDRY
DATE OF BIRTH: *6/*/®℔
PROFESSION OR OCCUPATION: PROFESSOR OF DEFENCE AGAINST THE DARK ARTS

INVESTIGATIVE NUMBER: 2 0 0 0 1 8
INVESTIGATIVE NUMBER MUST BE CONFIRMED BY SUPERIOR - AS MENTIONED IN ARTICLE 35

PHOTO MUST BE RECENT

APPLICANT'S RIGHT HAND FINGER PRINTS - ONLY USE ROYAL PURPLE INK
1 - R. THUMB | 2 - R. MERCURY | 3 - R. APOLLO | 4 - R. SATURN | 5 - R. JUPITER

HEIGHT: 5' 11"
WEIGHT: 175 LBS
COLOUR OF HAIR: FAIR
COLOUR OF EYES: BLUE
COMPLEXION: FAIR
SPECIAL PARTICULARS: XXX — DESCRIBE ANY MARKS OR SCARS

THE PERSONS MENTIONED BELOW ARE THE KNOWN MEMBERS OF SUBJECTS FAMILY:

SPOUSE: N/A ... BORN AT, ...
FATHER: PERCIVAL DUMBLEDORE ... BORN AT, XX
MOTHER: KENDRA DUMBLEDORE ... BORN AT, XX

KNOWN HISTORY OF SUBJECT (INCLUDING FAMILY HISTORY & EDUCATION)

KNOWN TO HAVE ATTENDED HOGWARTS SCHOOL OF WITCHCRAFT AND WIZARDRY. SORTED INTO GRYFFINDOR. FATHER PERCIVAL DUMBLEDORE SENTENCED TO LIFE IN AZKABAN FOR CRIMES AGAINST MUGGLES. MOTHER AND SISTER, KENDRA AND ARIANA, DECEASED IN UNKNOWN CIRCUMSTANCES. DURING ALBUS DUMBLEDORE'S TEENAGE YEARS HE IS KNOWN TO HAVE MET AND BEFRIENDED THE DARK WIZARD GELLERT GRINDELWALD.

REASON FOR INVESTIGATION: TICK ALL APPROPRIATE OPTIONS

[ ] KNOWN ILLEGAL ACTIVITIES [ ] INFORMANT
[X] SUSPECTED ILLEGAL ACTIVITIES
[X] OTHER KNOWN AFFILIATION WITH DARK WIZARD

SECURITY STATUS

CURRENTLY UNDER INVESTIGATION

PENDING

in dolomrci, at commodo mauris. Sed viverra tempus laoreet. Nam tempor pretium metus id tempus. Proin eloifend felis lorem, eget posuere diam. Praesent p oncus vulput ate. Praesent sit amet neque leo, ac bibendum ligula. Pellentesque vitae eros tellus. Ut et libero nisl. Integer iaculis euismod sem, et adipi molestie et. Nunc ultricies sem eu massa rhoncus accumsan. Curabitur sed scelerisque justo. Sed nulla ligula, pretium vitae tincidunt a, commodo quis sem. e habitant morbi tristique senectus et netus et malesuada fames ac turpis egestas. Proin ullamcorper rhoncus nisl vitae dictum. Aenean et pellen tesque s id posuere turpis. Curabitur sed velit neo sapien malesuada eleifend. Phasellus sollicitudin magna quis quam mattis vel porttitor mi adipiscing. Nulla fa sto tellus, ultrices en dictum non, rutrum nec lacus. Aenean viverra fermentum mi, non bibendum libero laoreet vel. Mauris nulla lectus, porta vitae ornar e placerat odio. Vivamus quis tellus arcu, at malesuada risus. Nulla mauris leo, pulvinar sed auctor id, tempor nec turpis. Phasellus fringilla tinci duntla

MINISTRY AUTHORIZATION CODE 2 3 2 3 1

SIGNATURE OF SUPERIOR OFFICER

VALIDATED BY 1927

* ALL INFORMATION IN THIS CASE FILE IS STRICTLY CONFIDENTIAL AND MUST NOT BE DISCUSSED OUTSIDE OF INVESTIGATIONAL TEAM.

PRINTED IN ENGLAND BY THE MINISTRY OF MAGIC PRESS

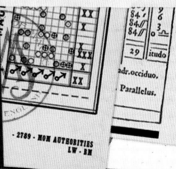

마법 정부
관련 서류

우리가 만든 마법 정부 서류들은 스토리나 등장인물들에 관한 좀 더 많은 정보를 노출할 때 사용되었다. 〈신비한 동물들과 그린 델왈드의 범죄〉에서 우리는 호그와트 마법학교에 어둠의 마법 방어법 교수로 재직하던 알버스 덤블도어에 관한 서류를 만들었 다. 마법 사법부 조사 팀이 작성한 이 서류에는 덤블도어의 과거 에 관한 흥미로운 정보가 담겨 있다. 가장 눈길을 끄는 부분은 덤 블도어가 십대 시절 어둠의 마법사 그린델왈드와 관련된 어떤 일 로 조사받은 적이 있다는 사실이다.

우리가 덤블도어에 관련된 마법 정부 서류를 만든 건 그게 처 음이 아니었다. 〈해리 포터와 죽음의 성물 1부〉에서 마법 정부 직 원 런콘으로 변신해 엄브리지의 사무실에 잠입한 해리는 덤블도 어 관련 서류가 무디, 루핀, 아서 위즐리 관련 서류와 함께 책상 서 랍에 들어 있는 걸 발견한다. 해리의 친구들은 위험인물 1호(해리 포터)와의 친분 때문에 머글 태생 등록 위원회의 추적을 받고 있 기는 했다. 하지만 덤블도어의 사진에 붉은색으로 커다랗게 X 표 시가 되어 있는 걸 본 해리는 충격을 받는다. 죽은 사람임을 나타 내는 표시이기 때문이다.

마법 정부의 모든 서류는 봉인, 스탬프, 조회 번호, 글씨체 등 을 전부 하나하나 따져 정교하게 작성된다는 점에서 지독하게 관료주의적이다. 우리가 만든 소품에는 이런 세세한 부분들이 모두 반영되어 있다.

⚕ 6923

MUGGLE-BORN REGISTRATION COMMISSION
ADMINISTRATIVE REGISTRATION DEPT. ISSUED BY: M.O.M
ORDER: NO.902-MBRC/⚕

CONFIDENTIAL

NAME : DUMBLEDORE, Albus ⸻ **IDENTITY NO.** : 𐃏✳89-DUM/⚕

DATE OF BIRTH ✳6/✳/✳✳

BIRTHPLACE { Town Mould-on-the-Wold
Country England

PROFILE {
Eye Colour blue
Hair Colour silver
Weight 168 LBS.
Height 5 FT. II IN.
Complexion fair

MARKS/SCARS /////

SCHOOLING Attended Hogwarts School of Witchcraft and Wizardry.
HOUSE GRYFFINDOR.

WIZARDING FIELD Headmaster of Hogwarts. Former Prof. of Transfiguration.

WHEREABOUTS : /////

BLOOD STATUS : HALF-BLOOD.

-Known member of the ORDER OF THE PHOENIX.

FAMILY : Son of Percival and Kendra Dumbledore, and the elder brother of Aberforth and Ariana.

- Father died in Azkaban.

MARITAL STATUS not married
SPOUSE (IF APPLICABLE) /////

OFFSPRING {
No. of Boy(s) NONE X
No. of Girls(s) NONE X

ADD. INFO /////

SECURITY STATUS TRACKED.
ALL MOVEMENTS ARE BEING MONITORED.
Strong likelihood UNDESIRABLE NO.I will contact.

TRACKED

INFORMATION AQUIRED ON ⚕5/4/✳✳ ⸻ AT M.O.M Central Dept.

SECURITY LEVEL { **VERY HIGH RISK** XXXXX

Cras in dolor orci, at commodo mauris. Sed viverra tempus laoreet. Nam tempor pretium metus id tempus. Proin eleifend felis lorem, eget posuere diam. Praesent pharetra rhoncus vulputate. Praesent sit amet neque leo, ac bibendum ligula. Pellentesque vitae eros tellus. Ut et libero nisl. Integer iaculis euismod sem, et adipiscing urna molestie ut. Nunc ultricies sem eu massa rhoncus accumsan. Curabitur sed scelerisque justo. Sed nulla ligula, pretium vitae tincidunt a, commodo quis sem. Pellentesque habitant morbi tristique senectus et netus et malesuada fames ac turpis egestas. Proin ullamcorper rhoncus nisl vitae dictum. Aenean et pellentesque lectus. Mauris id posuere turpis. Curabitur sed velit nec sapien malesuada eleifend. Phasellus sollicitudin magna quis quam mattis vel porttitor mi adipiscing. Nulla facilisi. Sed

MINISTRY AUTHORISATION CODE ─ 76 ─ 48 ─ 23 ─ 04 ─ 15 ─

Cras in dolor orci, at commodo mauris. Sed viverra tempus laoreet. Nam tempor pretium metus id tempus. Proin eleifend felis lorem, eget posuere diam. Praesent pharetra rhoncus vulputate. Praesent sit amet neque leo, ac bibendum vitae eros tellus. Ut et libero nisl. Nunc ultricies sem eu massa rhoncus accumsan. Curabi-

APPROVED BY F.L. Wakefield

RANK : CHIEF. REG. AUTHORITY

Dolores Jane Umbridge

IGNORANTIA ⚕ JURIS NEMINEM ✳ EXCUSAT

- 2789 · MOM AUTHORITIES
LW · RM

NAME : WEASLEY, Arth...

DATE OF BIRTH ⚕4/⊖/✳✳

BIRTHPLACE { Town /////
Country Eng...

PROFILE {
Eye Colour green
Hair Colour fair
Weight 154 LBS.
Height 5 FT. I...

MINISTRY OF M...

THIS IS TO IDE...
IDENTITY...

5679
TRAC...
MUGGLE-BORN ...
ADMINISTRATIVE
ORDE...

LUPIN, Remus
✳98-LUP/⚕

✳94-LIM/⚕

2789 · 573/849(CRU) · MM

MINISTRY OF MAGIC

IS TO IDENTIFY DUMBLEDORE, Albus
IDENTITY NO. 𐃏✳89-DUM/⚕

다 이애건 앨리의 길거리 벽에는 마법 정부가 발행한 이런 공고문들이 붙어 있다. 영화 〈해리 포터와 혼혈 왕자〉에서 마법 정부는 죽음을 먹는 자들의 위험성을 마법사들에게 알리기 위해 다이애건 앨리의 벽에 공고문을 붙였다.

우리는 상황의 엄중함을 나타내면서도 마법 정부의 적대적인 분위기와 권위를 표현할 수 있는 글씨체를 사용하고 싶었다.

마침내 인상적이고 마법적인 순간이 찾아왔다. 런던의 타이프 아카이브에서 원본 활자체를 활판 인쇄해 볼 기회가 생긴 것이다. 우리는 이 결과물을 가공해서 포토샵으로 작업했다.

현상 수배 포스터

———— ✦◈✦ ————

우리가 제일 처음 만든 현상 수배 포스터는 〈해리 포터와 아즈카반의 죄수〉에 나오는 시리우스 블랙의 포스터다. 우리는 빌리 더 키드(1859~1881, 미국 서부의 무법자이며 권총의 명수—옮긴이), 보니와 클라이드(1930년대 미국에서 강도와 살인 등을 저지른 범죄단 이름—옮긴이) 등의 범죄자 현상 수배 포스터 같은 19세기 느낌의 포스터를 만들고 싶었다. 미국 경찰은 범죄자를 감옥으로 보내기 전에 머그숏을 찍어두고, 이후 대중에게 범죄자의 얼굴을 알리기 위한 현상 수배 포스터에 그 사진을 사용한다.

시리우스 블랙의 현상 수배 포스터를 만들려면 아즈카반 감옥에서 죄수 번호를 손에 들고 있는 시리우스 블랙의 인상적인 사진부터 찍어야 했다. 마음 같아서는 포스터 중앙에 그의 사진을 넣은 뒤 나머지 공간에 세부적인 내용을 기재하고 색깔도 입히고 싶었지만 자제했다. 그래도 시각효과 팀의 사진 애니메이션 덕분에 마법적인 느낌을 살릴 수 있었다. "목격한 즉시 부엉이를 통해 마법 정부에 알리세요"라는 문구를 넣은 것도 효과를 발휘했다. 〈해리 포터와 혼혈 왕자〉에 쓸 벨라트릭스 레스트레인지의 현상 수배 포스터는 시리우스 블랙의 현상 수배 포스터와 비슷한 느낌으로 가되 좀 더 세련되게 만들기로 했다. 〈해리 포터〉 영화 시리즈 작업을 계속하면

서 우리는 디자인 콘셉트를 다듬고 점점 개선할 수 있었다. 벨라트릭스의 포스터에서는 정면 사진 양옆에 측면 사진을 배치했다. 현상금에 관한 내용도 넣고 마법 정부 로고와 총리의 서명도 추가해 공식 포스터 느낌이 나도록 했다. 현상금이 적힌 부분 양옆에 손가락으로 가리키는 이미지도 넣었다. 이런 손 모양은 빅토리아 시대 광고에서 종종 볼 수 있는데 우리도 작업에 자주 활용했다.

우리가 작업한 또 다른 주요 현상 수배 포스터는 〈해리 포터와 죽음의 성물 1부〉에 나온 해리 포터 현상 수배 포스터다. 일단 해리의 정면 사진을 큼직하게 넣었다. 그런데 해리는 감옥에 갇혔던 적이 없으니 이 포스터에 쓰인 사진은 감옥 머그숏이 아니다. 시리우스와 벨라트릭스의 사진에 비하면 해리의 사진은 너무나 앳되고 순진해 보인다. 포스터에는 '해리 포터—위험인물 1호'라는 문구가 큼직하게 들어가 있다. 포스터에 적힌 글귀는 점점 전체주의적으로 변해가는 마법 정부의 분위기를 보여준다. 해리 포터에게 걸린 현상금은 시리우스나 벨라트릭스에게 걸린 현상금의 열 배에 달한다. 가장 무시무시한 부분은 맨 마지막의 "목격하고도 신고하지 않으면 투옥됩니다"라는 문구다.

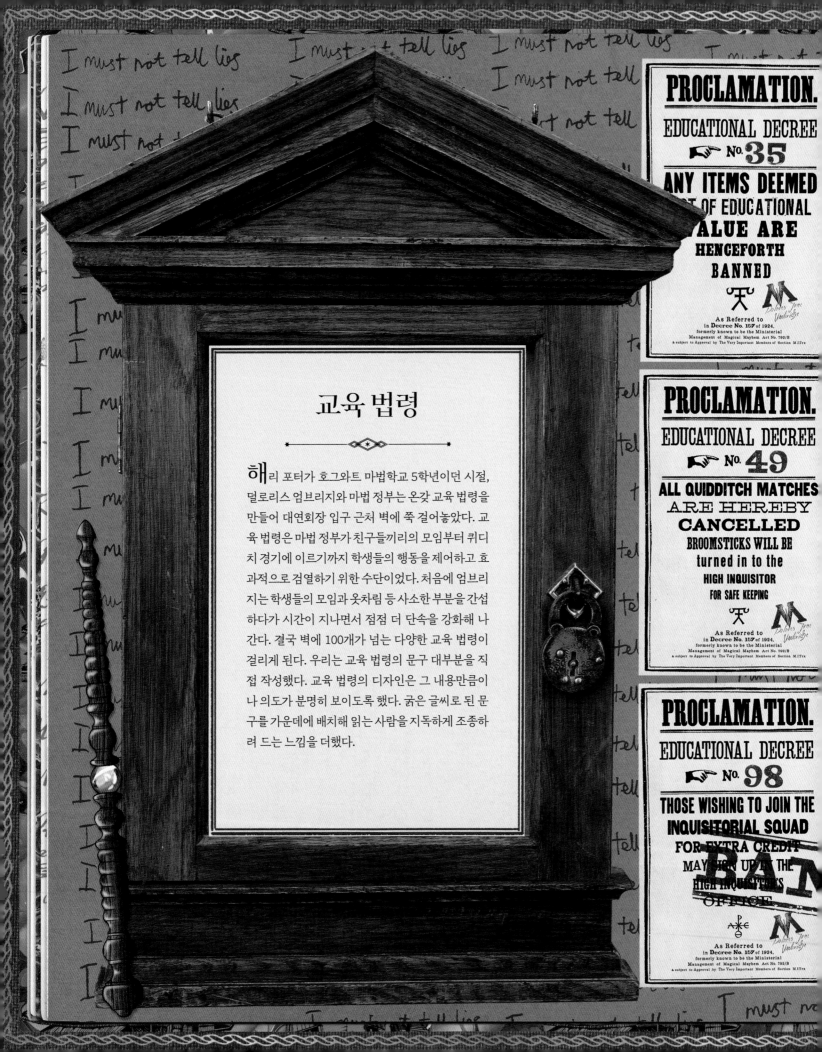

교육 법령

해리 포터가 호그와트 마법학교 5학년이던 시절, 델로리스 엄브리지와 마법 정부는 온갖 교육 법령을 만들어 대연회장 입구 근처 벽에 쭉 걸어놓았다. 교육 법령은 마법 정부가 친구들끼리의 모임부터 퀴디치 경기에 이르기까지 학생들의 행동을 제어하고 효과적으로 검열하기 위한 수단이었다. 처음에 엄브리지는 학생들의 모임과 옷차림 등 사소한 부분을 간섭하다가 시간이 지나면서 점점 더 단속을 강화해 나간다. 결국 벽에 100개가 넘는 다양한 교육 법령이 걸리게 된다. 우리는 교육 법령의 문구 대부분을 직접 작성했다. 교육 법령의 디자인은 그 내용만큼이나 의도가 분명히 보이도록 했다. 굵은 글씨로 된 문구를 가운데에 배치해 읽는 사람을 지독하게 조종하려 드는 느낌을 더했다.

PROCLAMATION.

EDUCATIONAL DECREE

☞ №.35

ANY ITEMS DEEMED
OF EDUCATIONAL
VALUE ARE
HENCEFORTH
BANNED

As Referred to
in Decree No. 157 of 1924,
formerly known to be the Ministerial
Management of Magical Mayhem Act No. 792/B
& subject to Approval by The Very Important Members of Section M.1Txs

PROCLAMATION.

EDUCATIONAL DECREE

☞ №.49

ALL QUIDDITCH MATCHES
ARE HEREBY
CANCELLED
BROOMSTICKS WILL BE
turned in to the
HIGH INQUISITOR
FOR SAFE KEEPING

As Referred to
in Decree No. 157 of 1924,
formerly known to be the Ministerial
Management of Magical Mayhem Act No. 792/B
& subject to Approval by The Very Important Members of Section M.1Txs

PROCLAMATION.

EDUCATIONAL DECREE

☞ №.98

THOSE WISHING TO JOIN THE
INQUISITORIAL SQUAD
FOR EXTRA CREDIT
MAY SIGN UP IN THE
HIGH INQUISITOR'S
OFFICE

As Referred to
in Decree No. 157 of 1924,
formerly known to be the Ministerial
Management of Magical Mayhem Act No. 792/B
& subject to Approval by The Very Important Members of Section M.1Txs

PROCLAMATION.

EDUCATIONAL DECREE

NO. 47

...ENTS MUST ...ent to have ...POST CHECKED ...R ILLEGAL ...ONTRABAND

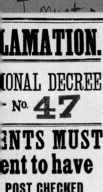

~~FORBIDDEN!~~

PROCLAMATION.

EDUCATIONAL DECREE

NO. 31

BOYS AND GIRLS
ARE NOT PERMITTED
TO BE WITHIN
8 INCHES
OF EACH
OTHER

PROCLAMATION.

EDUCATIONAL DECREE

NO. 23

DOLORES JANE UMBRIDGE
HAS BEEN
APPOINTED TO
THE POST OF
HOGWARTS
HIGH
INQUISITOR

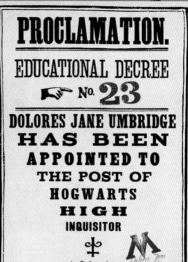

As Referred to
in Decree No. 157 of 1924,
formerly known to be the Ministerial
Management of Magical Mayhem Act No. 792/B
a subject to Approval by The Very Important Members of Section M.17ra

---

PROCLAMATION.

EDUCATIONAL DECREE

NO. 12

HOGWARTS SCHOOL WILL
BE SUBJECT
TO INFORMAL
SCRUTINY BY AN
APPOINTED
MINISTRY
MEMBER

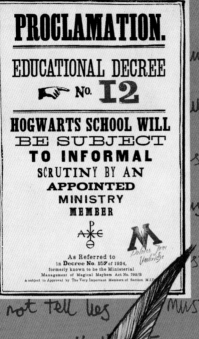

As Referred to
in Decree No. 157 of 1924,
formerly known to be the Ministerial
Management of Magical Mayhem Act No. 792/B
a subject to Approval by The Very Important Members of Section M.17ra

---

...LAMATION.

...IONAL DECREE

NO. 38

...UCATIONAL ...AND GAMES ...E BANNED

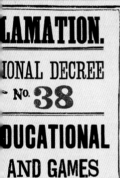

As Referred to
...ecree No. 157 of 1924,
...known to be the Ministerial
...y of Magical Mayhem Act No. 792/B
...The Very Important Members of Section M.17ra

PROCLAMATION.

EDUCATIONAL DECREE

NO. 68

ALL STUDENT ORGANISATIONS
ARE HENCEFORTH
DISBANDED
ANY STUDENT IN
noncompliance
WILL BE EXPELLED

~~NOT PERMITTED~~

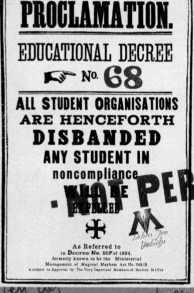

As Referred to
in Decree No. 157 of 1924,
formerly known to be the Ministerial
Management of Magical Mayhem Act No. 792/B
a subject to Approval by The Very Important Members of Section M.17ra

---

PROCLAMATION.

EDUCATIONAL DECREE

NO. 82

ALL STUDENTS
WILL SUBMIT TO
QUESTIONING
ABOUT
Suspected
ILLICIT
Activities

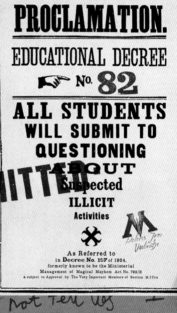

As Referred to
in Decree No. 157 of 1924,
formerly known to be the Ministerial
Management of Magical Mayhem Act No. 792/B
a subject to Approval by The Very Important Members of Section M.17ra

---

...LAMATION.

...IONAL DECREE

NO. 85

...TERATURE BY ...WIZARDS OR ...F BREEDS BANNED FORTHWITH

As Referred to
...ecree No. 157 of 1924,
...known to be the Ministerial
...The Very Important Members of Section M.17ra

PROCLAMATION.

EDUCATIONAL DECREE

NO. 45

PROPER DRESS &
DECORUM IS TO BE
maintained
AT ALL TIMES

As Referred to
in Decree No. 157 of 1924,
formerly known to be the Ministerial
Management of Magical Mayhem Act No. 792/B
a subject to Approval by The Very Important Members of Section M.17ra

---

I must not tell lies

Dolores Jane Umbridge

엄브리지는 겉으론 고양이와 분홍색을 좋아하는 다정한 사람처럼 보이지만 실은 머글에 관련된 모든 것을 경멸한다는 사실을 보여주기 위해 이 책들을 이렇게 디자인했다.

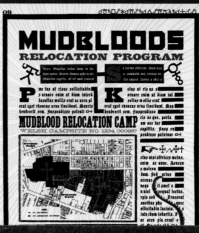

머드블러드의 위험성

✦ ✦

우리는 〈해리 포터와 죽음의 성물 1부〉 촬영을 위해 이 팸플릿을 디자인했다. 이 팸플릿은 마법 정부의 공식 출간물이며, 전 호그와트 장학관이자 머글 태생 등록 위원회 위원장인 덜로리스 엄브리지로 인해 마법 정부의 정책이 얼마나 무시무시하게 변해가는지를 보여주는 장치이기도 하다. 머드블러드(머글 태생 마법사를 비하해 부르는 명칭—옮긴이)로 판명된 마법사는 순수 혈통 마법사들한테서 마법을 훔치려 한 죄로 체포된다. 이 시점에서 마법 정부는 볼드모트와 그를 추종하는 죽음을 먹는 자들의 손아귀에 들어간 게 분명해 보인다.

우리는 마법 정부가 얼마나 독단적이고 통제적인 곳인지 보여줄 수 있는 방향으로 이 팸플릿을 디자인했다. 러시아 구성주의자들이 만든 선전 포스터를 참고했는데, 레이아웃과 글씨체가 우리 의도와 딱 맞아떨어졌다. 분홍색과 빨간색을 주로 사용하되 상충하는 색을 써서 대담하게 시선을 잡아끄는 효과를 내기로 했다. 참고로 분홍색과 빨간색은 엄브리지가 악한 내면을 숨기려고 즐겨 쓰는 색이다.

뉴욕의 미합중국 마법 의회

미합중국 마법 의회(MACUSA)의 상징을 디자인하면서 우리는 스튜어트 크레이그가 즐겨 쓰는 말을 떠올렸다. '현실에서 시작하되 20퍼센트 정도 비틀어라'라는 이었다. 미합중국 헌법 제정자들은 양 날개를 활짝 펼친 독수리 문양을 미국의 상징으로 선택했다. 1782년에 채택된 국새 디자인에도 이 문양이 들어가 있다. 당시 수리의 가슴에는 미국 13개 주를 상징하는 13개의 별을 품은 성조기 문양이 선명하게 새겨져 있다. 현대 버전에서 별들은 성조기 안으로 통합되고 그동안 늘어난 주 수만큼 별들의 숫자도 늘어났다.

미합중국 마법 의회의 상징을 만들면서 우리는 독수리 대신 불 속에서 솟구쳐 오르는 마법의 불사조를 활용하기로 했다. 불사조의 가슴에 별과 줄무늬를 넣되 날개는 마치 빗자루를 탄 마법사처럼, 틀을 벗어나 하늘로 날아오르게 했다! 1920년대 미국 주의 수에 맞춰 총 48개의 별을 문양에 넣었다.

빅토리아 시대 기차역에 있는 대형 시계처럼, 미합중국 마법 의회 건물 로비에 큼직한 마법 노출 위험 표시기가 설치돼 있다. 이 표시기는 시계처럼 생겼지만 시간이 아니라 마법 노출 위험 지수를 보여준다. 표시기의 붉은색 부분이 위험 지수가 가장 높은 구간이다. 표시기는 4면으로 이루어져 있고 각 면의 크기는 지름 1.8미터며 볼록 유리로 덮여 있다.

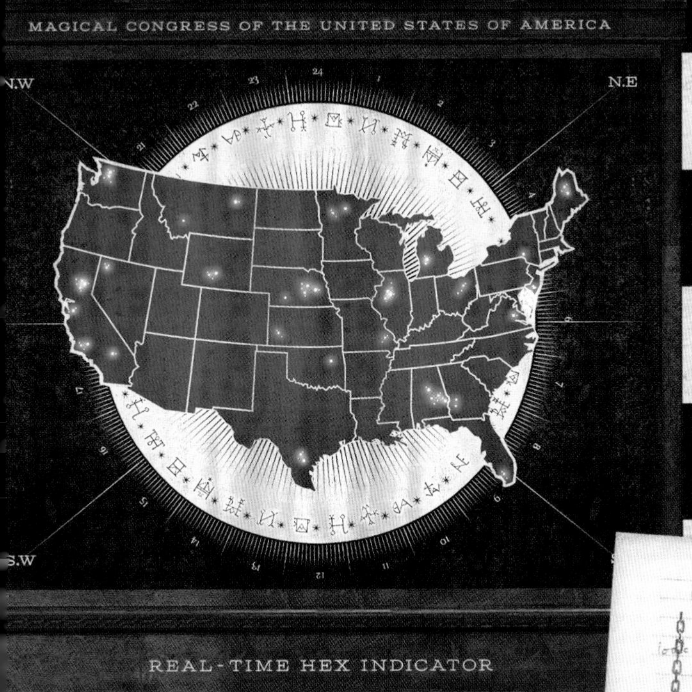

N.W   N.E

S.W

REAL-TIME HEX INDICATOR

공격 마법 표시 지도

이 지도는 미합중국 마법 의회 본부 안쪽 깊숙한 곳에 있는 주요 수사 팀에 설치돼 있다. 오러들은 이 지도를 통해 미국 어디에서 불법적인 공격 마법이 사용되는지 알아낸다. 소품 제작 팀은 에메랄드그린색 에나멜로 지도를 그리고 마법 상징과 룬문자가 새겨진 진짜 놋쇠 다이얼을 설치했다. 가로 1.8미터, 세로 1.5미터 크기로 제작된 이 지도는 정말이지 눈길을 확 사로잡았다.

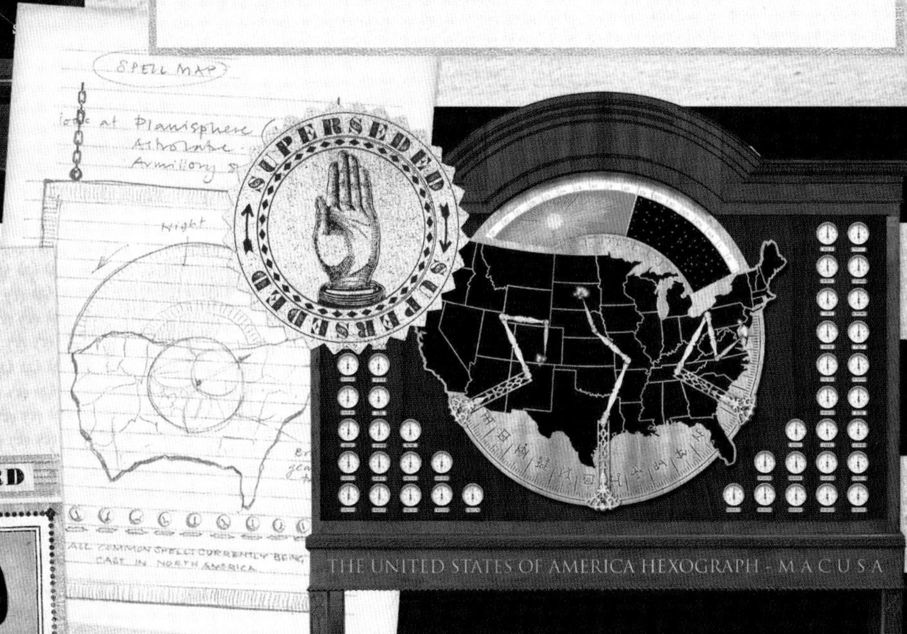

SPELL MAP

SUPERSEDED

THE UNITED STATES OF AMERICA HEXOGRAPH · MACUSA

M.A.C.U.S.A
IDENTIFICATION

VALIDATED BY

MAGICAL CONGRESS OF THE UNITED STATES OF AMERICA

IDENTIFICATION CARD

THIS CERTIFIES THAT

Porpentina Esther
Goldstein
IS DULY EMPLOYED AS A
Federal Wand
Permit Officer

N. 240274

HOLDER'S FINGERPRINTS   GREEN INK ONLY

DEXTERA

| 1.D. POLEX | DEMONSTRATUS | IMPUDICUS | ANNULARIS | AURICULARIS |

| AURICULARIS | ANNULARIS | IMPUDICUS | DEMONSTRATUS | 1.S. POLEX |

No. 99810

MINISTRA

| DATE OF BIRTH | SEX | EYES | HAIR | HEIGHT |
| Aug. 29th 1901 | F | Brown | Brown | 5'8" |

240274   M.A.C.U.S.A. Federal Identity Commissioner

MACVSA

MACVSA

MACVSA

MACVSA

Random stars float down into uniformity of US flag

MAGICAL CONGRESS OF THE UNITED STATES OF AMERICA

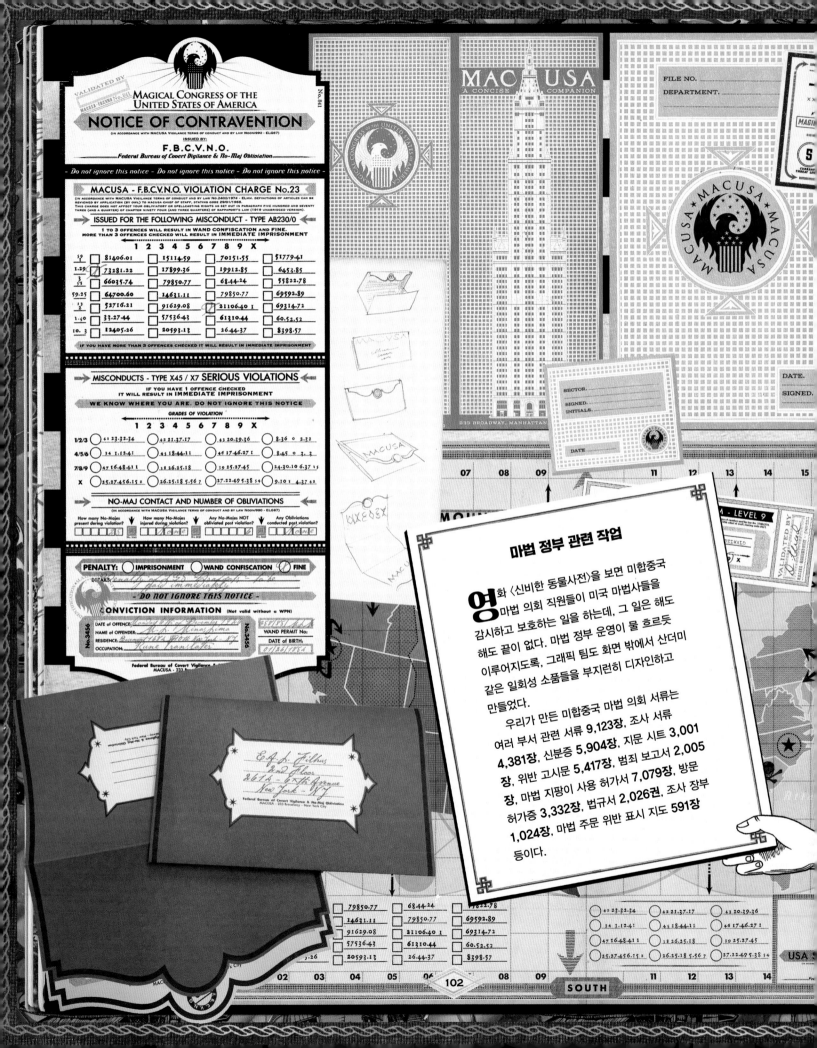

마법 정부 관련 작업

영화 〈신비한 동물사전〉을 보면 미합중국 마법 의회 직원들이 미국 마법사들을 감시하고 보호하는 일을 하는데, 그 일은 해도 해도 끝이 없다. 마법 정부 운영이 물 흐르듯 이루어지도록, 그래픽 팀도 화면 밖에서 산더미 같은 일회성 소품들을 부지런히 디자인하고 만들었다.

우리가 만든 미합중국 마법 의회 서류는 여러 부서 관련 서류 9,123장, 조사 서류 4,381장, 신분증 5,904장, 지문 시트 3,001장, 위반 고시문 5,417장, 범죄 보고서 2,005장, 마법 지팡이 사용 허가서 7,079장, 방문 허가증 3,332장, 법규서 2,026권, 조사 장부 1,024권, 마법 주문 위반 표시 지도 591장 등이다.

PANNEAUX D'AFFICHAGE OFFICIELS

1790

!MAGIQUES!
LA FRANCE
FONDÉ EN 1790

INCANTÉ · CONJURÉ

ENVOÛTÉ

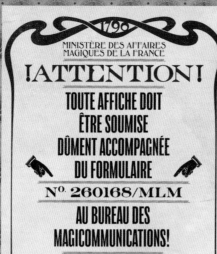

1790

MINISTÈRE DES AFFAIRES
MAGIQUES DE LA FRANCE

!ATTENTION!

TOUTE AFFICHE DOIT
ÊTRE SOUMISE
DÛMENT ACCOMPAGNÉE
DU FORMULAIRE

Nº 260168/MLM

AU BUREAU DES
MAGICOMMUNICATIONS!

!ATTENTION!

1790

BUREAU DES ACCIDENTS ET
CATASTROPHES MAGIQUES
Place de Furstenberg Paris

RAPPORT DE L'ACCIDENT MAGIQUE

CONFIDENTIEL

INCANTÉ · ENVOÛTÉ · CONJURÉ

BUREAU DE COORDINATION DES
AFFAIRES MAGIQUES INTERNATIONALES

PROGRAMME
D'ÉCHANGE
SCOLAIRE

POUR

ÉTUDIANTS DONT LES
PARENTS TRAVAILLENT
AU MINISTÈRE

PASSEZ SIX MOIS À L'ÉCOLE D'ILVERMORNY

COURS de LANGUES INTENSIFS
et COURS de POTIONS AVANCÉES

BAL D'ÉTÉ

du BMF à
l'aile lescot au Louvre

BILLETS DISPONIBLES
À LA RÉCEPTION PRINCIPALE

Demandez Mlle. Lydie Fritto

Préparez-Vous
pour une
Fabuleuse
Nuit de Danse!

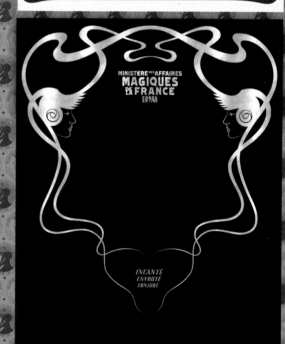

MINISTÈRE DES AFFAIRES
MAGIQUES DE FRANCE
EN 1790

INCANTÉ
ENVOÛTÉ
CONJURÉ

CONCOURS
LITTÉRAIRE

POUR PARUTION DE VOS ÉCRITS
AVEC LA FAMEUSE

Maison de Publication
Magillard

UN PRIX DE
2000
BÉZANTS

UN CONTRAT
DE PUBLICATION
À LA CLEF!

Les candidats
ne doivent expédier qu'une nouvelle.
La nouvelle n'excédera pas
269 pages dactylographiées.

Les textes seront retournés par Hiboux Express!

MINISTÈRE DES AFFAIRES
MAGIQUES DE LA FRANCE

MINISTÈRE DES AFFAIRES MAGIQUES & POLICE MAGIQUE INTERNATIONALE

AVIS DE
RECHERCHE
SORCIER INCONNU

IMPLIQUÉ DANS LA DESTRUCTION DU CIRQUE ARCANUS
USAGE ILLÉGAL D'ANIMAUX MAGIQUES DANGEREUX

L'INDIVIDU POURRAIT ÊTRE DANGEREUX
PROBABLEMENT ACCOMPAGNÉ D'UN MALÉDICTUS
EN PHASE FINALE DE TRANSFORMATION

SI VOUS AVEZ DES INFORMATIONS PERMETTANT L'INTERPELLATION DE
CES INDIVIDUS VEUILLEZ CONTACTER LE MINISTÈRE DES AFFAIRES MAGIQUES

CE PUISSANT SORCIER EST RECHERCHÉ ET EXTRÊMEMENT DANGEREUX
➤ NE L'APPROCHEZ PAS! ◄

VOUS AVEZ DES INFORMATIONS? MERCI DE PRÉVENIR LES FORCES DE LA POLICE MAGIQUE INTERNATIONALE

프랑스 마법 정부

런던의 영국 마법 정부, 뉴욕의 미합중국 마법 의회와 마찬가지로 파리의 프랑스 마법 정부와 관련해서도 엄청난 분량의 서류를 디자인하고 만들어야 했다. 신망 있는 기관임을 보여주려면 각종 인쇄물과 마법 정부 표지판에 사용할, 눈에 잘 띄고 권위 있는 문장이 필요했다. 프랑스 마법 정부의 상징을 디자인하기 위해, 프랑스 혁명을 상징하는 마리안(여성의 모습을 한 자유와 이성의 알레고리. 자유를 상징하는 삼각 모자, 갈리아의 수탉과 함께 프랑스 혁명의 3대 상징물 중 하나. 자유의 여신으로도 알려져 있으며 7월 혁명을 기념하기 위해 그린 그림에 등장함—옮긴이) 그림을 참고하면서, 자유의 모자를 쓴 마리안의 측면 얼굴을 넣기로 했다. 배경에 프랑스 삼색기를 깔고 새로운 공화국 수립 연도인 '1790'이라는 숫자도 넣었다. 프랑스 혁명의 정신인 '자유, 평등, 박애(Liberté, égalité, fraternité)' 대신 프랑스 마법 정부의 정신인 '마법을 걸고, 홀리고, 넋을 빼놓아라(Incanté, Envouté, Conjuré)'를 넣었다.

독일
마법 정부

영국 마법 정부, 프랑스 마법 정부, 미국 마법 의회 관련 디자인 작업을 하고 나니 마법 정부 관련한 작업 절차를 어느 정도 정할 수 있었다. 우선 휘장 디자인을 위해 장소와 시대를 조사한다. 〈신비한 동물들과 덤블도어의 비밀〉에 1930년대 독일이 나오는데, 당시 독일에서는 아르데코와 바우하우스 운동 같은 디자인 스타일이 유행했다. 바우하우스는 강력하고 독특한 그래픽 정체성을 갖고 있는데, 우리는 그 정체성을 취하되 20퍼센트 정도 비틀어서 마법 세계에 어울리는 느낌을 찾아내야 했다.

우리가 선택한 디자인 주제는 바로 독수리였다. 독수리가 힘과 위엄을 나타내기에 적합하다고 판단한 것이다. 당시 독일 마법 정부 총리가 국제 마법사 연맹 최고위원장 자리를 겸하고 있기도 해서, 독수리가 날개 한쪽을 접어 몸통을 보호하고 있는 것처럼 표현하기로 했다.

스튜어트 크레이그는 함부르크에 있는 유명한 표현주의 건물(1924년 프리츠 회거가 디자인한) 칠레하우스의 각진 건축양식에서 영감을 받아 독일 마법 정부 촬영장을 만들었다. 그 촬영장은 우리의 문장 디자인에 영향을 주었고, 우리가 만든 문장은 석재 바닥, 벽 모양부터 서류, 직물에 이르기까지 독일 마법 정부와 관련된 다양한 곳에 반영됐다.

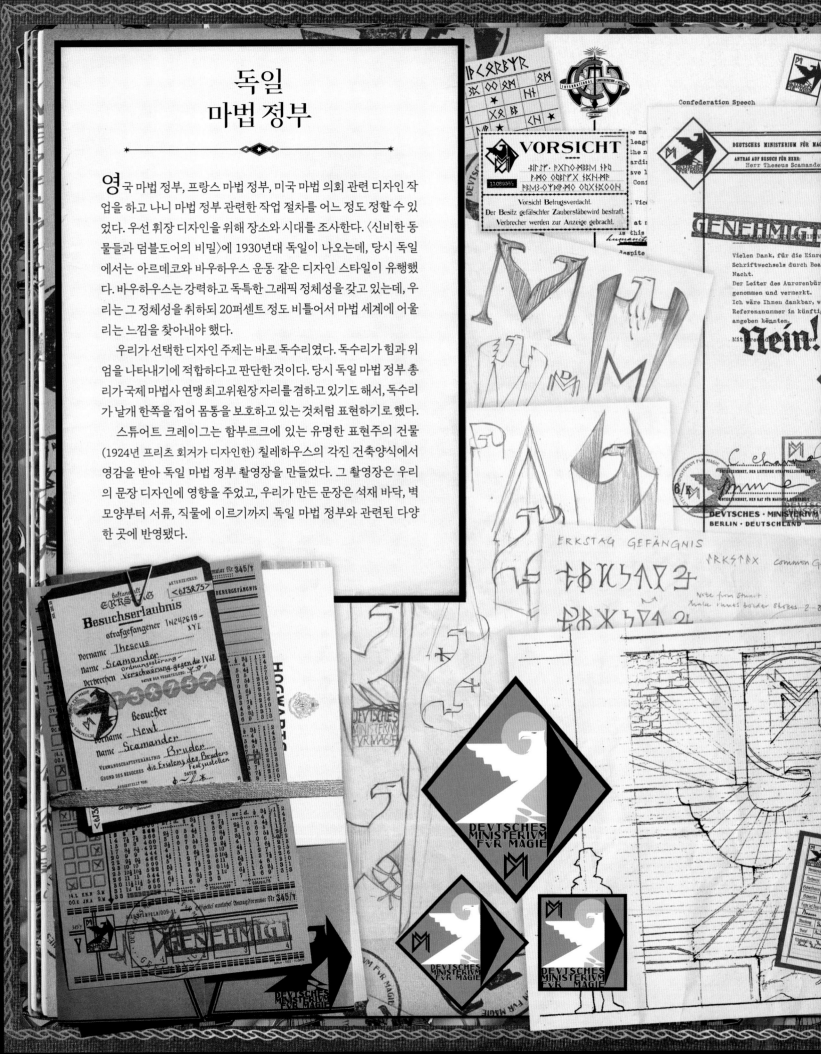

독일 마법 정부 총리 안톤 보겔이 그린델왈드의 모든 혐의에 대해 무죄를 선언하자 그린델왈드는 차기 국제 마법사 연맹 최고위원장 선거 후보로 나갈 수 있게 된다. 그때부터 국제 마법사 연맹 최고위원장 선거는 기만적으로 흘러간다.

그린델왈드의 선거 유세 물품은 브라질 후보, 중국 후보와는 분위기가 확연히 다른데, 당시 시대적 느낌을 살려 좀 더 권위주의적이고, 칙칙하게 만들었다.

브라질
마법 정부

———◆———

브라질 마법 정부의 시각적 정체성을 디자인하는 작업은 에두아르도 입장에서는 고국인 브라질을 세상에 널리 알릴 좋은 기회이기도 했다. 브라질 국기는 브라질 사람들에게 중요한 상징인 만큼, 브라질 국기의 색깔을 비센시아 산토스의 선거 운동과 관련된 모든 그래픽에 적용해 자유분방하고 역동적인 분위기를 내기로 했다. 제일 큰 플래카드에 브라질 리본과 장식 요소를 적용하고 손으로 직접 자수를 놓아 꾸몄다. 이런 디자인적 특징은 브라질 마법 정부의 문장에도 반영됐다. 에두아르도는 브라질 전통문화와 원숭이, 앵무새, 토종 동식물 같은 요소들을 다양하게 참조해 브라질 마법 정부의 문장을 디자인했다. 미합중국 마법 의회의 문장과 마찬가지로, 큰 별 안에 들어 있는 작은 별들은 당시 브라질의 주(州)들을 나타낸다.

또한 우리는 브라질 국기의 특징적인 색깔을 1930년대 브라질 마법 정부의 상징에 반영했다. 상징 윗부분에 있는 별의 각 끄트머리에 작은 별을 집어넣어 브라질의 여러 주를 나타내도록 했다.

브라질의 주(州)들을 나타내는 별들

문자 모양 - 16세기 포르투갈 문자들 참고

MINISTÉRIO da MAGIA
(마법 정부)의 약자인
M&M

별 모양을 따른 브라질
공식 스탬프 및 워자레도 반영

아마존 수공예품

커피나무

마라카낭
(앵무새)

브라질 식물

남십자성을 보여주는
주요 별자리

브라지우(브라질 나무)'를
나타내는 나뭇가지와 꽃
브라질의 죽목

전통 무늬

MINISTÉRIO
da MAGIA
DOS ESTADOS UNIDOS DO
BRASIL
1897

라질 리우의 숲에서는
꼬리를 가진 작은 원숭이 정인
키 원숭이를 흔히 볼 수 있다.
뛰치는 걸 좋아하고 애꼬도 많다.

토착 민족인 꼬라니족의 것
마리포사(나비)의 날개는 자유에 대한 존중을 상징

이것도 꼬라니 족의 것
이 모양은 손님에게 늘 열려 있는 집과 문을 나타냄

색깔

초록 - 동식물을 상징
노랑 - 금을 상징
파랑 - 하늘을 상징

REPÚBLICA DOS
ESTADOS UNIDOS DO BRASIL

VICENCIA SANTOS

VICÊNCIA
SANTOS
"CHEFE"
SUPREMA

109

MINISTÉRIO da MAGIA
DOS ESTADOS U.

MINISTÉRIO
da MAGIA
DOS ESTADOS U.

CHEFE
Confe
Interr
de B

VOTE
VICÊNCIA
SANTOS
para
CHEFE SUPREMA
da
Confederação
Internacional
de Bruxos

864

MINISTÉRIO
da MAGIA
BRASIL

MINISTÉRIO
da MAGIA
DOS ESTADOS UNIDOS DO
BRASIL
864

MINISTÉRIO
da MAGIA
ESTADOS UNIDOS DO
BRASIL

중국
마법 정부

리우 타오의 선거 유세를 위한 플래카드는 브라질 후보인 비센시아 산토스의 플래카드, 그린델왈드의 플래카드와는 완전히 다른 분위기로 만들어야 했다. 금색, 빨간색, 검은색이라는 단순하지만 강력한 색깔을 선택하고, 1920년대 중국의 전통적인 포스터 예술 분위기를 내는 글씨체를 적용하기로 했다. 선거에 어울리는 구호를 만들고 중국어로 번역했다. 그 내용을 서예 전문가에게 직접 쓰게 한 뒤, 대형 붓으로 캔버스 천에 스크린인쇄 해서 직접 쓴 느낌을 냈다. 캔버스 천에 스크린인쇄 한 깃발의 가장자리는 가리비 모양으로 자르고 전통적인 대나무 막대에 매달아 선거 유세에 사용하도록 했는데, 이것은 1920년대 중국인들의 행진 사진을 비롯해 당시 분위기를 보여주는 사진 자료들을 참고해서 만든 것이다.

堅決支持劉洮選爲
國際魔法協會會長
LIU TAO

🔥 for 🔥
Supreme Mugwump
of The International
Confederation of Wizards
VOTE
LIU TAO

堅決支持劉洮選爲
國際魔法協會會長
LIU TAO

VOTE
LIU TAO
for
Supreme Mugwump
International
Confederation
of Wizards

국제 마법사 연맹 최고위원장 선거 기간 동안, 사람들은 베를린에 있는 독일 마법 정부 앞에 모여 각자 지지하는 후보자를 위해 선거 운동을 벌인다. 이 장면에서는 깃발과 플래카드, 표지 등을 통해 누가 어느 후보를 지지하는 집단인지 관객이 한눈에 알 수 있도록 하는 게 중요했다.

LIU TAO

堅決支持劉洮選為國際魔法協會會長

LIU

뉴욕에 어서 오세요

✦

(거리에 사자가 나타나자) "뉴욕은 예상보다 더 재미있는 곳이네요."

— 〈신비한 동물사전〉에서 뉴트 스캐맨더의 대사

1926
New York
TRAVEL GUIDE

TOP PLACES OF INTEREST
INCLUDING 12 OF THE BEST CITY WALKS
SELECTED BY S.A.LEAHY

〈해리 포터〉 영화 시리즈 1편 촬영을 위해 《신비한 동물 사전》 교과서를 디자인할 때 우리는 이 책이 앞으로 얼마나 중요하게 쓰일지 알지 못했다. 그냥 해리가 호그와트 마법학교에서 1학년 교과서로 사용할 여러 책 중하나라고만 생각했다. 그리고 15년이 훌쩍 지난 어느 날, 우리는 새로운 영화 작업을 같이하자는 초대를 받았다. 시리즈 영화의 1편인데 〈해리 포터〉 시리즈 이전의 이야기를 다룬 스핀오프라고 했다. 제작자인 데이비드 헤이먼, 데이비드 예이츠 감독, 스튜어트 크레이그 미술 감독 등 〈해리 포터〉 시리즈를 함께 만든 제작 팀이 그대로 합류했다. 대본은 J.K. 롤링이 썼는데, 《신비한 동물 사전》의 저자인 뉴트 스캐맨더의 모험에 관한 내용이었다. 그책과 이미 인연이 있었다는 게 꼭 마법처럼 느껴져서 우리는 적극적으로 초대를 받아들였고 뉴트에 대해 좀 더알아보기로 했다.

얼마 지나지 않아 우리는 이번 일이 꽤 힘든 도전이될 수도 있겠다는 생각을 하게 됐다. 〈해리 포터〉 영화 작업을 할 때는 디자인 콘셉트에 맞춰 필요한 요소들을 여러 시대에서 쏙쏙 빼서 가져올 수 있었는데, 〈신비한 동물사전〉 1편의 경우 1920년대에서 1930년대 무렵의 뉴욕에 한정해 자료를 수집해야 했다. 물론 당시 뉴욕은 탐색할 게 많은 다채로운 곳이었다. 파티, 화려한 생활, 고층 건물과 자동차 같은 공학 기술적 위업을 누리면서도, 한편으로는 금주법과 인종 차별, 실업 문제가 있던 시절이었으니까. 우리는 당시의 불안하면서도 모순적인 분위기를 되살리되 그것을 살짝 비틀어 마법의 기운을 얻기로 했다. 우리가 제일 먼저 한 일은 뉴욕 주립 아카이브(New York State Archives)에 가서 먼지로 뒤덮인 상자 수십 개를 열고 그 안에 담긴 자료를 최대한 많이 흡수한 것이었다. 정부 서류에서부터 선거 운동 자료에 이르기까지 조사 범위가 엄청 넓었다. 포스터, 포장, 광고, 편지 같은 자료들을 찾아 도서관과 박물관, 서점을 샅샅이 뒤졌다. 어느 고서점에서 1850년에 출간된 간판장이와 식자공을 위한 안내서 세트를 찾아냈는데 이 자료는 우리에게 큰 도움이 됐다.

뉴욕 현지에서 일부 장면을 촬영할 계획이었던 데이비드 예이츠 감독은 뉴욕을 방문한 후 생각을 바꿔 리브스덴 스튜디오에 촬영장을 만들기로 결정했다. 도심 거리, 트라이베카, 낡은 빈민가 아파트 구역, 갈색 사암 아파트 구역 이렇게 4개 구역으로 나눠서 촬영장을 지었다. 뉴욕에 거주하는 등장인물의 활동 범위는 블라인드 피그 주류 밀매점부터 미합중국 마법 의회의 본부에 이르렀다. 참고로 미합중국 마법 의회 본부는 퀴니와 티나가 산더미 같은 서류에 둘러싸인 채 열심히 일하는 곳이다.

데이비드는 우리에게 그린델왈드를 찾는 신문 기사 몽타주를 만들어 달라고 요청했다. 미국의 《예언자일보》 격인 《뉴욕 고스트(The New York Ghost)》 신문의 기사로 몽타주를 만드는 작업이었다. 뉴욕 거리를 재현한 야외 촬영장에서 스튜어트 크레이그는 당시 복장을 한 엑스트라 수백 명, 매연을 뿜어내는 빈티지 자동차들을 동원해 바쁘게 돌아가는 도시의 풍경을 만들어 내려 애썼다. 우리는 상점 간판부터 진열장 소품 배치, 광고 게시판에서부터 트럭 측면의 상표 같은 그래픽 작업에 집중했다. 일부는 촬영장에서 만들었고 나머지는 촬영 후 편집 과정에서 시각효과 팀과 협업하며 추가했다. 또한 노마지 신문사인 뉴욕 클라리온 신문사 사무실의 인테리어부터 티나 골드스틴과 퀴니 골드스틴이 거주하는

갈색 사암 아파트까지 광범위한 장소들의 인테리어 작업을 진행했다. 골드스틴 자매가 사는 아파트를 디자인하면서 우리는 이 자매에 대해 좀 더 깊이 파고들어 둘의 다른 점을 파악할 수 있었다.

신비한 동물들에 관한 뉴트의 초기 원고를 만들어 달라는 요청을 받았을 때 우리는 마치 멀리 한 바퀴 빙 돌아 《신비한 동물 사전》과 다시 만난 것 같은 느낌을 받았다. 뉴트의 초기 원고는 하드커버 장부 같은 형태로 만들었다. 대리석 무늬 표지를 사용하고 출판사 이름과 책 제목, 저자 이름을 기재한 수제 라벨을 표지에 붙였다.

타임스스퀘어

옵스큐러스가 공격하는 장면을 촬영하기 위해 우리는 눈길을 끄는 다양한 극장 포스터와 표지판, 광고지를 만들어 타임스스퀘어와 브로드웨이에 설치했다. 제작 팀은 야간에 극장을 찾는 사람들과 수십 개의 불 켜진 간판, 포스터, 저 멀리 배경에서 반짝이는 옥외 게시판 등 극장 주변의 북적이는 풍경을 재현하고 싶어 했다. 우리는 시각효과 팀과 몇 주간 협업하면서 촬영 후 편집 작업을 통해 세부적인 부분이 모두 제대로 표현되도록 했다.

우리가 포스터에 사용한 이름 중에는 가족과 친구들의 이름도 있다. 〈오, 로사나!〉는 에두아르도의 어머니 로사나의 이름을 넣어 만든 미국의 노마지 뮤지컬로, 우리는 이 제목의 뮤지컬 포스터를 만들었다. '디바인 매직' 향수 광고 포스터도 영화 〈해리 포터와 혼혈 왕자〉를 위해 제작한 것이다. 디바인 매직 향수 광고 포스터는 덤블도어가 해리를 만나는 머글 기차역에 붙어 있다. 포스터를 잘 보면 향수 디자이너의 이름이 리마 카르네이로로 되어 있는 걸 알 수 있다. 리마는 에두아르도의 성에서 따왔고, 카르네이로는 해리 포터 관련 작업을 함께했던 에두아르도의 남편 마우리시오 카르네이로의 성에서 따왔다.

THE BROCKMAN THEATRE
presents Maurice Willard's Stupendous New Play starring

Edward Fountain & Virginia Flowers

The NEW YORK Affair

LYRICS & MUSIC BY
HAROLD GRACE

COMPOSED BY
LAWRENCE FELDMAN

ALSO FEATURING
Eugene McAllister, Raymond Bloom
AND A SPECIAL APPEARANCE FROM Arlene Piper
The Love Story of the Year!

OK BY Maxwell Lima ON A STORY BY Franklin Greenwood AND Mattie Lovett

One of the great works of the American
musical theatre. Exciting up to the final curtain!
The New York Clarion

TRIUMPHANT RETURN!
Bernard Lockwood
IN ASSOCIATION WITH
Maurice Willard's
PRESENTS

Dorothy Sheridan IN

OH, ROSANA!

A MUSICAL PLAY BY
Chester Hidland
WITH
Hilda Kendrick
& HER DANCERS
Danielle & Natalya

BOOK BY Edmund Major II
MUSIC BY
Wallace Lassiter Stanley Eldridge
ENTIRE PRODUCTION STAGED BY Clyde Sizemore

THE BROCKMAN THEATRE
OPENS TUESDAY EVENING JANUARY 04 1927

THE SEASON'S UNIQUE MUSICAL SENSATION!

It's JUST HEAVENLY

"OH SO GAY...
ALL THE WAY"

STARRING
VIOLA LANDERS
& A STRING OF 20 DANCING GIRLS!
PEGASI THEATRE

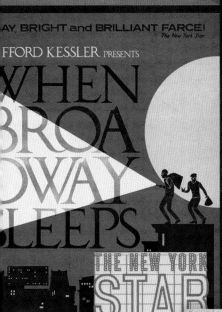

AY, BRIGHT and BRILLIANT FARCE!
The New York Star

FFORD KESSLER PRESENTS

WHEN BROADWAY SLEEPS

THE NEW YORK
STAR
YOUR DAILY CITY
NEWSPAP

LEMONADE

TOMATO CATSUP

With a Cast of Unusual Excellence!
2 YEARS ON BROADWAY!
Norman Tuttle
PRESENTS

TRIBECA

a Sovereign Theatre PRODUCTION

COMPANY OF 2 YEARS ON BROADWAY
A Cast of Unusual Excellence!

"Delightful, Just Delightful!"

RETURNING TO BROADWAY

ANGELO BENITEZ

WITH AN ENSEMBLE OF
30 ARGENTINE DANCERS
IN

Cecil Edwards'
STAR-STUDDED MUSICAL HIT

DIVINE MAGIC
BY LIMA CARNEIRO
The Scent of the Season

우리는 사업체와 상점 이름을 지으면서 촬영 팀원들과 그 가족들의 이름을 재미있게 활용했다! L. 카루소 음반 가게는 음악을 하는 미라의 아들 루카의 이름에서 따왔다(루카는 음유시인 비틀 책의 일러스트레이터이기도 하다). 워너브라더스의 공동 설립자이며 미국의 위대한 영화 제작자인 새뮤얼 워너(원래 이름은 슈무엘 원살(Szmuel Wonsal))의 예전 이름 'Wonsal'을 간판에 넣기도 했다.

1920년대 뉴욕은 상업 광고가 성행하던 시기였다. 소매업자들은 소비자들의 시선을 잡아끌기 위해 벽마다 앞다퉈 간판과 광고를 붙였다. 우리는 물 만난 물고기처럼 미묘하게 다른 영국과 미국의 광고 언어를 조사하고 글씨체를 만드는 일에 열정을 쏟아부었다. 미국의 간판 제작자와 인쇄업자를 위해 발행된 고색창연한 활자 안내서를 찾으려고 뉴욕의 중고 서점과 벼룩시장 들을 돌아다니기도 했다. 그렇게 찾은 안내서에서 적당한 활자체를 골라 노마지 거리를 뒤덮을 간판과 광고에 적용했다.

뉴 세일럼
자선 단체

뉴 세일럼 자선 단체는 뉴욕 시민들에게 마법사의 존재를 알리고 박멸에 동참하도록 설득하는 광신도 집단이다. 우리는 이 단체의 선전 자료를 만들기 위해 미국의 마녀 처형 역사를 조사했는데, 특히 매사추세츠주 세일럼을 집중 조사했다. 1692년부터 1693년에 걸쳐 일어난 악명 높은 세일럼 마녀재판은 집단 광기의 산물이었다. 당국은 악마에게 협력했다는 죄로 수백 명을 고발했다. 그 결과 열아홉 명이 유죄 판결을 받아 사형당했다. 소름 끼치게도 메리 루 베어본은 이 사건에서 영감을 받아 제2의 세일럼 교회를 만들었다.

우리는 활활 타오르는 불 위에 반으로 잘린 마법 지팡이를 배치해 뉴 세일럼 자선 단체의 상징으로 삼았다. 이 이미지는 메리 루 베어본의 폭력적이고 단호한 자세를 한눈에 보여준다. 우리는 마녀들이 산 채로 말뚝에 묶여 불타고 있는 섬뜩한 장면을 담은 고풍스러운 목판화 시리즈도 디자인했다. 이 이미지는 초자연적 현상을 일으키는 여자들에 대한 두려움, 편견으로 똘똘 뭉쳐 전국적으로 그런 여자들을 탄압하던 분위기를 보여준다. 뉴 세일럼 교회는 이런 탄압 행위에 앞장서는 단체다. 모데스티 베어본의 알파벳 죄악 모음 십자수에는 간통부터 시작해 온갖 죄악이 알파벳순으로 수놓여 있다. 이 가여운 소녀가 결국 메리 루 베어본에게 반항하는 것도 놀라운 일이 아니다. 우리는 십자수와 목판화라는 전통적인 기법을 통해 소품에서 오랜 세월이 느껴지도록 했다. 우리가 활용한 또 다른 기법은 플래카드 예술이다. 20세기 초, 노동조합과 여성 참정권 운동 단체들은 수제 플래카드를 활용해 성공적으로 메시지를 전달했다. 참고로 백인 우월주의자들도 '미국 우선주의(America First)'를 주장하며 이런 플래카드를 사용했다.

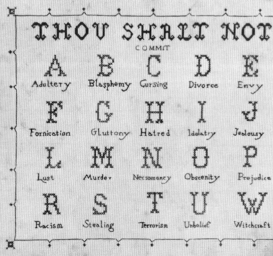

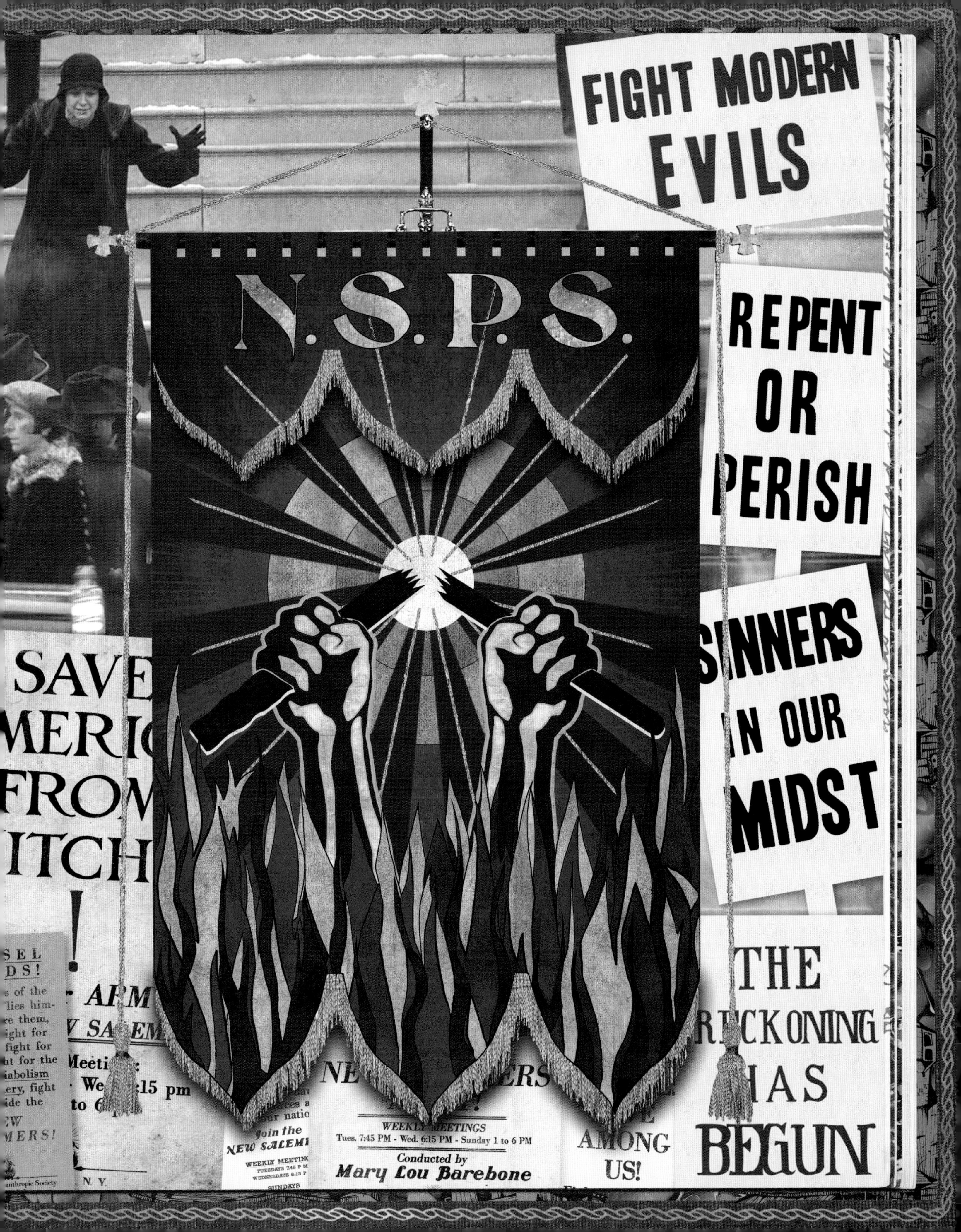

FIGHT MODERN EVILS

N.S.P.S.

REPENT OR PERISH

SINNERS IN OUR MIDST

SAVE
MERIC
FROM
ITCH
!

THE RECKONING HAS BEGUN

AMONG US!

WEEKLY MEETINGS
Tues. 7:45 PM - Wed. 6:15 PM - Sunday 1 to 6 PM
Conducted by
Mary Lou Barebone

Join the
NEW SALEM

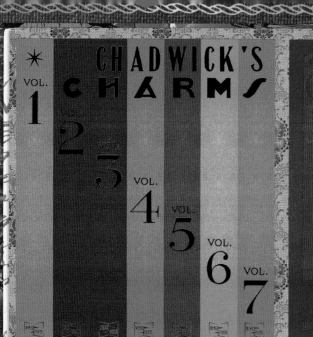

CHADWICK'S CHARMS

VOL. 1
VOL. 2
VOL. 3
VOL. 4
VOL. 5
VOL. 6
VOL. 7

CHADWICK'S CHARMS

VOL. 7

by Chadwick Boot

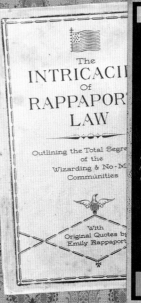

The
INTRICACIES
Of
RAPPAPORT'S
LAW

Outlining the Total Segregation
of the
Wizarding & No-Maj
Communities

With
Original Quotes by
Emily Rappaport

PROTECTION CHARM

YOUR ★ MIND

A PRACTICAL GUIDE TO COUNTER CURSE

BY
FRANCISCUS FIELDWA

SCOURERS
AND THE CREATION OF
MACUSA

by
Theophilus Abbot

THE OWL
AIRFORCE
TRUE LIFE TALES
OF WAR IN EUROPE
MON DENTATA

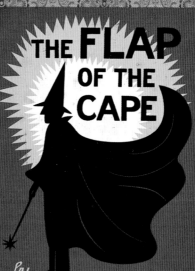

THE FLAP
OF THE
CAPE

by
ABIGAIL R. CANKUS

LIVING WITH
LEGIMENS

CHOOSE
YOUR MINDS
WISELY!

THE AMERICAN SOCIETY OF LEGILI

CASSANDRA
AND HER CAT
GUSTAVUS

By Lisbeth Scintilla

ESSAYS ON THE WITCH TRIALS OF 1692

The
SOARS
of
SALEM

EDITED BY
CARLOS EDUARDOS

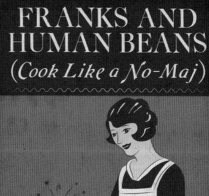

FRANKS AND
HUMAN BEANS
(Cook Like a No-Maj)

RECIPES
Carefully Tested for Time
and Temperature
For Jelly Making, Preserving,
Baking, Roasting, Candy Making
and Deep Fat Frying.

NINETY NINE
ADVANCED WAND MO

1920

Yuri Von Blisch

SPELL
CASTING

In the Age
of
Rappaport's
Law

골드스틴 자매의 아파트

우리는 1920년대에 존재했을 법한 마법 물건들로 골드스틴 자매의 아파트를 채워 넣었다. 메이징 밀스사의 마법의 자화자찬 밀가루(Wizarding Wheat Self-Charmed Flour)라든지 "마법 지팡이를 한 번 휘둘러서 만든" 요술 코코아(Conjure Cocoa) 같은 마법 물건의 상품명과 광고 문구를 만드는 일은 언제나 즐겁다. 해그리드의 오두막에 있는 '엘보 그리스 세척제(Elbow Grease)'와 필치 씨가 호그와트에서 사용한 '스카워 부인의 만능 마법 오물 제거제(Mrs Skower's Magical Mess Remover)'처럼, 〈해리 포터〉 영화 시리즈를 위해 디자인한 마법 물건들을 실제 소품으로 만들기도 했다. 퀴니가 바느질을 좋아하는 인물임을 보여주기 위해 황홀할 정도로 아름다운 리본과 매혹적인 단추도 만들었다.

독서를 좋아하는 골드스틴 자매 덕분에 우리는 소품 책을 실컷 디자인할 수 있었다. 책 표지와 책등을 1920년대 폰트로 장식하고 '레질리먼스와 함께 살기(Living with Legilimens)', '망토 자락 펄럭이며(The Flap of the Cape)' 같은 멋진 제목도 지어 붙였다.

블라인드 피그 주점에 잔뜩 붙어 있는 현상 수배 포스터에는 하나같이 마법이 깃들여 있다. 포스터 제작을 위해 배우들은 체포된 마법사 범죄자로 분장하고 영상을 찍었다. 그래픽 팀은 포즈와 소품부터 글자 배치에 이르기까지 완벽한 시각적 스타일을 디자인했고, 시각효과로 움직이는 이미지를 추가해 포스터를 완성했다.

블라인드 피그

블라인드 피그는 뉴욕 뒷골목의 마법사 주점이다. 주점 입구는 립스틱을 광고하는 마법 포스터로 가려져 있다. 이 포스터는 그 장소에 잘 어우러져 있는데, 뉴트와 티나, 퀴니, 제이콥이 계단을 내려가 그 앞에 다다르자 마법적으로 스르륵 변한다. 이어서 작은 구멍이 열리고 누군가 그 구멍으로 뉴트와 친구들을 내다보더니 안으로 들여보내 준다.

이 포스터를 위해 우리는 화장대 거울을 들여다보는 젊은 여성의 이미지를 아르누보 스타일로 만들었다. 포스터 하단에 "고혹적이고 묘한 매력으로 유혹하는(Enchanting. Beguiling. Alluring)"이라는 문구를 넣었는데 이 문구는 이 포스터가 단순한 광고가 아니라 마법 물건임을 보여주는 장치다.

스튜어트 크레이그 미술 감독은 블라인드 피그 내부를 금주법 시대의 전형적인 지하 술집처럼 꾸미고 싶어 했다. 축축하게 습기를 머금은 벽, 그림자 진 구석 자리에 범죄자들이 앉아 있는 술집 말이다. 우리는 바에서 내주는 술부터 벽에 붙어 있는 포스터 같은 세부적인 부분들에 마법 요소를 가미해 여기가 평범한 술집이 아니라 마법사들이 드나드는 술집임을 드러냈다.

우리는 〈해리 포터〉 영화 시리즈를 위해 만든 현상 수배 포스터들을 활용해 블라인드 피그의 벽에 붙일 포스터들을 만들었다. 1920년대 뉴욕에 어울리도록 글씨체와 문구를 바꿨다. 주요 현상 수배 포스터는 뉴트와 티나를 찾는 것인데, 처음에는 다른 범죄자를 찾는 포스터로 보이다가 그들이 술집에 들어와 그 앞을 지나가자 진짜 모습을 드러낸다. 클로즈업 숏으로 화면에 나올 거라서 글자를 쉽게 읽을 수 있도록 그래픽을 선명하게 만드는 게 중요했다. 포스터의 나머지 부분은 숙성 약을 발라서 축축한 벽에 몇 년은 족히 붙어 있던 것처럼 보이도록 만들었다. 〈해리 포터〉 영화 때와 마찬가지로 시각효과 팀이 후반 작업으로 배우들의 움직이는 이미지를 포스터에 추가했다. 어쩌면 어떤 분들은 현상 수배 포스터 아래쪽에 적혀 있는 관료들의 서명이 우리 글씨체와 묘하게 비슷하다는 걸 알아챘을 수도 있다!

술집의 바 뒤쪽에 쭉 놓여 있는 술 이름을 지어내는 것도 무척 재미있었다. 피녹의 깔깔물(Pinnock's Giggle Water) 옆에는 브러더 휴이의 잇몸을 시원하게 휩쓰는 보드카(Brother Huey's Gum Sluicer Vodka), 베라 아주머니의 럼(Aunty Vera's Rum) 같은 술들이 놓여 있다. 특수효과 팀 덕분에 잔에 따른 술에서 빛이 나고 연기가 피어오르는 효과를 낼 수 있었다.

소형 휴대용 게임 같은 테이블 게임 관련 마법 소품을 만들어 내는 일도 즐거웠다. 당시 머글들이 즐기던 게임과 비슷하게 디자인하고 마법적인 효과를 가미했다. 트럼프 카드의 일반적인 세트(하트, 클럽, 다이아몬드, 스페이드) 대신 마법 상징을 넣고, 주사위에는 숫자 대신 룬문자를 넣었다. 주사위 면의 모양도 사각형에서 팔각형으로 바꿨다.

LIBATIUS BORAGE
!FIRST EDITION!
HAVE A FIESTA IN A BOTTLE!

EXTREME INCANTATIONS
VIOLETA STITCH
2ND EDITION

WHAT TO DO WHEN YOU KNOW THE WORST IS COMING

제본 전문가들은 마법적인 효과를 내기 위해 책의 측면을 금박이나 은박, 그 외에 다채로운 색깔로 꾸몄다.

Sameera Hanifus
ACHIEVEMENTS in CHARMING
Volume 1

PROPELLAS W. GENTLUS
WEIRD WIZARDING DILEMMAS AND THEIR SOLUTIONS
4TH EDITION

ADVANCED CHARM CASTING
★ 3rd Edition ★

EULALIE HICKS

율랄리 힉스 교수의 책들

❖ ━━◆◆◆━━ ❖

율랄리 힉스 교수는 원래 일베르모니 마법학교의 일
반마법 교수로, 〈신비한 동물들과 덤블도어의 비밀〉에
서 중요한 역할을 하게 된다. 힉스 교수는 마법서가 잔
뜩 담긴 가방을 들고 다니며 책을 비밀 무기로 사용한
다. 책은 페이지를 펄럭이며 날아가 힉스 교수를 보호
하고 적의 공격을 무력화한다.

　재미난 과제였다. 덕분에 우리는 아름다운 맞춤 소
품 책들을 실컷 만들 수 있었다.

파리의
순간이동

✳

"파리에 안전 가옥이 왜 필요해요?"
"혹시 일이 틀어지면 거기로 가서 차나 한잔해."
— 〈신비한 동물들과 그린델왈드의 범죄〉에서 뉴트 스캐맨더와 알버스 덤블도어의 대화

〈**신**비한 동물들과 그린델왈드의 범죄〉에서 관객은 고층 건물이 즐비한 뉴욕에서 파리의 비좁은 자갈길로 순간이동을 한다. 1920년대 후반 파리는 흥미진진하고 화려한 도시다. 유행의 첨단을 걷는 여성들은 거대한 백화점에서 쇼핑을 즐기고, 예술가들은 카페와 술집에 모여 날이 밝아올 때까지 의견을 주고받는다. 영화에서는 에펠탑, 페르 라셰즈 공동묘지 같은 파리의 명소들이 레스트레인지 가족묘 같은 가상의 장소와 이질감 없이 잘 어우러져 있다. 바로 이 레스트레인지 가족묘 지하에서 그린델왈드는 반(反)머글 집회를 연다. 우리는 팔레 루아얄 극장에서 영감을 받아 프랑스 마법 정부 건물을 디자인했다. 이 건물의 거대한 돔형 유리 천장은 마법 생물들로 구성된 황도십이궁으로 장식돼 있고 그 아래서 타이핑 담당 직원들이 업무를 본다. 3개 층 아래 선대 기록실로 가는 길은 아르누보풍으로 숲처럼 디자인한 멋진 문 뒤에 자리하고 있다.

마법사 세계는 평범한 파리 시민이 볼 수 없도록 숨겨져 있다. 마법 사회의 일원이 몽마르트르의 청동 조각상 앞으로 다가가자 조각상이 살아나 치맛자락을 젖히

고 플라스 카셰(La Place Cachée, 파리에서 다이애건 앨리 같은 곳) 광장 입구를 드러낸다. 우리는 운 좋게도 촬영 이 시작되기 2주 전쯤에 파리에 가서 그 시대의 디자인 에 흠뻑 빠져들 수 있었다. 박물관에 가서 다양한 포스 터와 인쇄물을 살펴보고 프랑스의 유명 출판사 에디시 옹 갈리마르의 기록 보관소를 샅샅이 들여다보았다. 우 리가 특별히 관심을 둔 것은 당대의 간판 글씨 안내서였 다. 이런 안내서를 보고 영감을 받아 우리만의 상점 간판 을 제작할 수 있었다. 플라스 카셰의 상점들을 위해서는 시각효과 팀과 협업해 움직이는 간판을 만들었다. 그 외 지역의 경우, 비마법 카페의 세련된 벽화 제작부터 사악 하고 불길한 마법 서커스인 아르카누스 서커스의 여러 홍보 자료 디자인 등 다양한 작업을 했다.

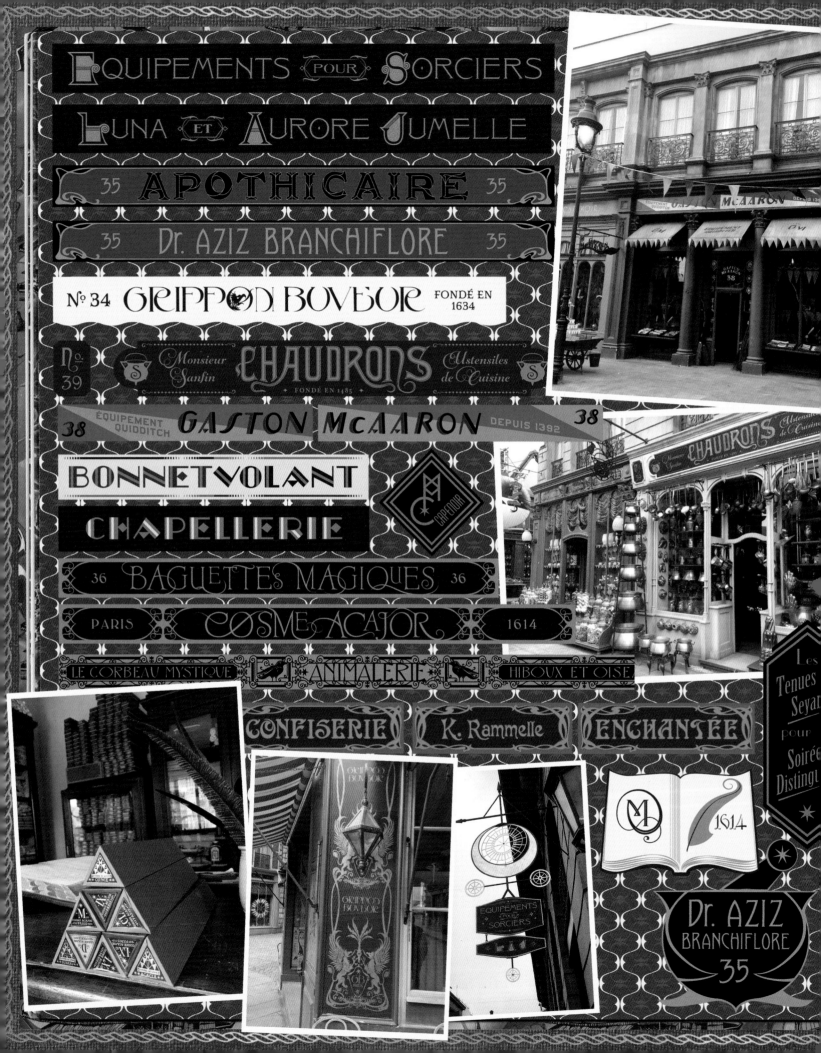

마법 세계의 파리

플라스 카셰에서는 훌륭한 취향을 가진 마법사들을 위해 엄선한 멋진 마법 상품들을 팔고 있다. 여기서 여러분은 오트쿠튀르(고급 맞춤복—옮긴이)부터 우아하고 매혹적인 봉봉 사탕에 이르기까지 온갖 물건을 볼 수 있다. 우리는 익숙한 마법 물건들을 프랑스적인 느낌으로, 시대에 어울리게끔 만들어야 했다.

런던 올리밴더의 마법 지팡이 가게에 해당하는 파리의 '코스메 아카조르의 마법 지팡이 가게(Baguettes Magiques de Cosme Acajor)'에서 사용하는 삼각형 지팡이 포장 상자를 디자인하는 일이 특히 즐거웠다. 이 가게의 포장 상자들을 쭉 쌓아 올리면 멋진 피라미드 모양이 된다. 새로운 마법 물건을 디자인하는 것 말고도 우리는 종종 사람들과 장소들의 이름을 만들어 내기도 했다. 우리는 프랑스어를 잘하는 편이 아니라서 파리의 촬영장에서 살짝 고전했다. 코스메는 그 시대에 흔했던 프랑스 이름이고 아카조르는 마호가니를 뜻하는 프랑스어여서 지팡이 판매업자의 이름으로 적절할 것 같아 선택했다.

머글 세계의 파리

파리의 거리에 즐비한 머글 상점, 카페, 레스토랑을 디자인하기 위해 우리는 그 시대에 관한 조사를 해야 했다. 최대한 비슷한 느낌을 내려고 인쇄 기술과 생산 방식 같은 기술적인 세부 사항에 주안점을 두고 조사했다. 가게 간판부터 창문의 모양, 진열된 상품들의 그래픽적인 요소들을 모두 고려했다. 유제품 상점의 진열장에는 장인이 만든 둥그런 치즈 덩어리를 탐스럽게 보이도록 진열하고, 외벽은 우유 통과 달걀 바구니를 든 우유 짜는 여자의 타일 벽화로 장식했다. 세련된 카페와 술집의 내부를 표현한 또 다른 벽화에는 트럼프 카드의 네 가지 세트를 우아한 사람의 모습으로 표현해 담아냈다.

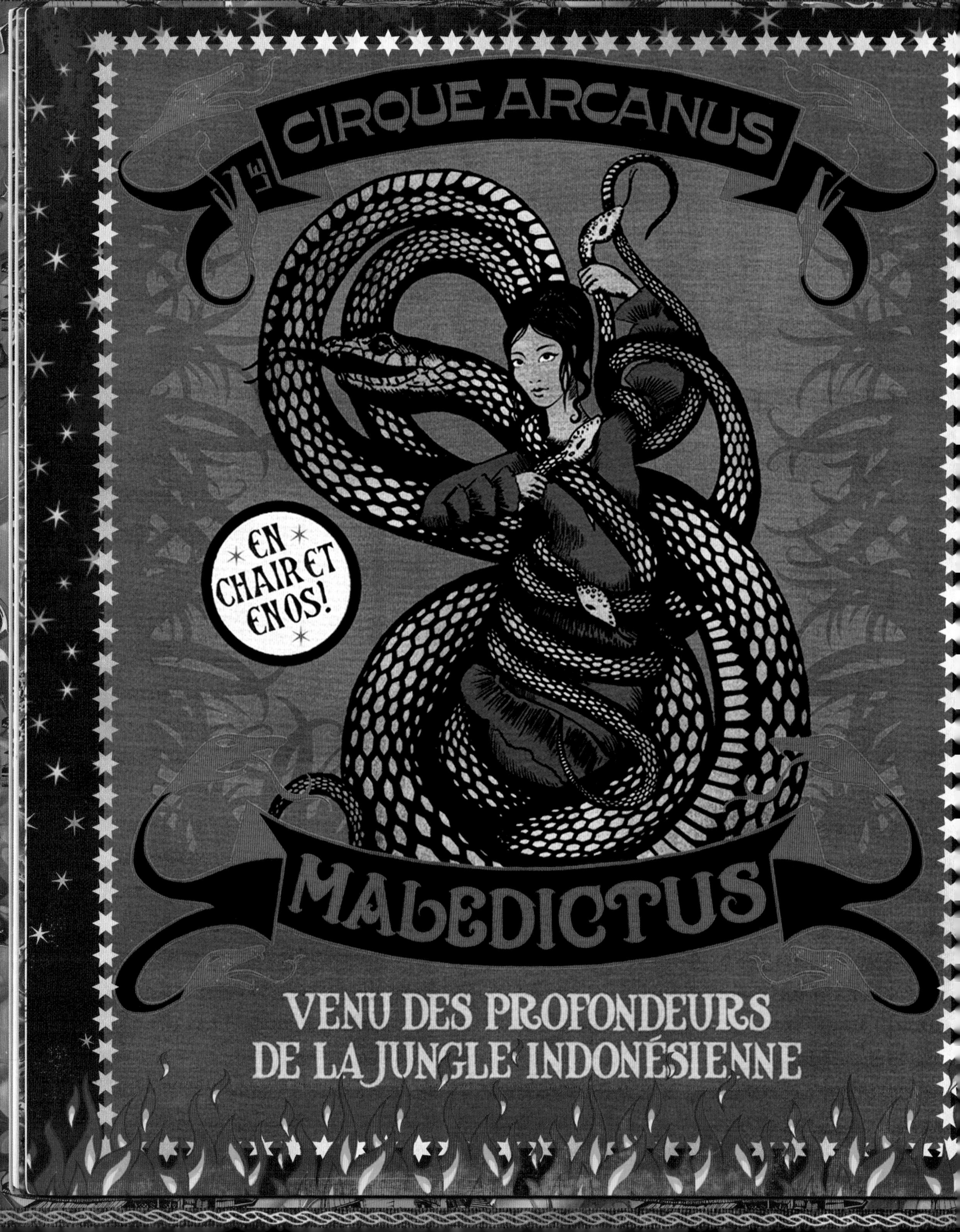

LE CIRQUE ARCANUS

EN CHAIR ET EN OS!

MALEDICTUS

VENU DES PROFONDEURS
DE LA JUNGLE INDONÉSIENNE

아르카누스 서커스

마법사 여러분, 진귀한 생물들을 모아놓은 박물관, 금세기 최고의 서커스에 오신 걸 환영합니다!

예리한 눈을 가진 분들이라면 영화 〈신비한 동물사전〉에서 뉴욕 거리에 붙어 있는 아르카누스 서커스 포스터를 본적이 있을 것이다. 그 포스터는 〈신비한 동물들과 그린델왈드의 범죄〉에 본격적으로 등장하는 이 서커스의 맛보기였다. 우리 그래픽디자이너들은 파리의 마법사들을 서커스 천막으로 불러 모을 매력적인 마법 포스터를 만들기 위해 애썼다.

19세기 말에서 20세기 초 절정에 달했던 괴물 쇼의 현란한 포스터들에서 영감을 받아 포스터를 디자인했다. 당시의 포스터 그림은 고품질이 아닌 경우가 많지만 즉각적으로 눈길을 사로잡는 효과는 갖고 있다. 우리는 거대한 뱀이 몸을 칭칭 감고 있는 내기니의 포스터가 특히 좋았다. 아무래도 내기니가 우리처럼 〈해리 포터〉 영화 시리즈와 〈신비한 동물사전〉 시리즈에 모두 나오는 캐릭터라서 마음이 좀 더 갔던 것 같다! 농담이고, 어쨌든 그 이미지는 놀라울 정도의 깊이감과 공명감을 불러일으킨다. 이는 우리가 두툼한 진주 광택 종이에 잉크를 써서 스크린인쇄로 작업했기 때문일 것이다.

광고 포스터와 달리 손으로 직접 그려 서커스 천막 바깥에 쭉 걸어둔 플래카드들은 그야말로 예술 작품이다. 이 플래카드에는 조우우부터 오니에 이르는 괴물 쇼의 전설적인 생물들의 그림이 담겨 있다. 이런 플래카드의 목적은 여러분을 서커스 매표소로 유혹해 5베잔트(베잔트는 프랑스의 마법 통화)를 지불하게 만드는 것이다. 일단 티켓을 사고 자리에 앉으면, 서커스 단장이 내기니 같은 마법 생명체를 함부로 대하는 게 마음에 안 들어도 티켓을 무를 수 없다. 서커스의 잔인함은 주요 스토리라인으로 이어져, 크레덴스가 내기니를 밤의 어둠 속으로 탈출하도록 만드는 계기가 된다.

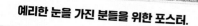

예리한 눈을 가진 분들을 위한 포스터.

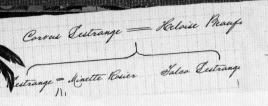

레스트레인지 가문 가계도

레스트레인지 가문은 부유한 순수 혈통 마법사 집안이며 어둠의 세력과 결탁했다. 프랑스에 뿌리를 두고 있지만, 블랙 가문 같은 영국의 순수 혈통 가문들과 긴밀한 관계를 맺고 있다. 블랙 가문 가계도와 마찬가지로 레스트레인지 가문 가계도도 마법적 요소가 담긴 귀중한 가보다. 나무판에 물감으로 그린 것 같은 형태인데 중세 성당의 성유물함처럼 생기고 조각이 새겨진 상자 안에 보관돼 있다. 이 상자는 프랑스 마법 정부 지하의 선대 기록실에 보관돼 있다가 사라졌는데 그 후 레스트레인지 가족묘에 모습을 드러낸다.

우리는 이 복잡한 가문의 역사에 대해 좀 더 자세한 이야기를 듣기 위해 J.K. 롤링을 찾아갔다. 그리고 우리가 직접 알아낸 정보를 더해 이 가계도를 만들었다. J.K. 롤링은 이 가문의 가계도에서 여성들은 꽃으로 표현되어 있다고 말해주었다. 살아 있는 여성이면 가계도상에 활짝 핀 꽃으로 보이지만, 그 여성이 죽으면 꽃은 곧장 봉오리를 닫는다. 이 가문의 상징은 갈까마귀이고 가훈은 'Corvus oculum corvi non eruit(까마귀는 다른 까마귀의 눈을 빼내지 않는다)'다.

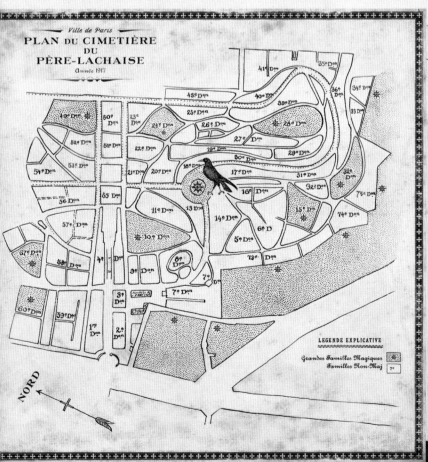

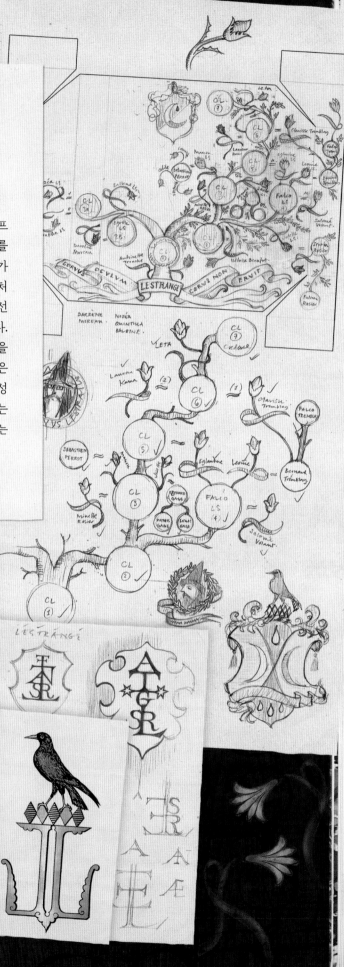

베를린과 누멘가드

"크레덴스가 하늘을 내다보고 있다. 자신의 선택이 두렵지만, 장엄한 풍경에 경외감이 든다. 카메라가 바깥으로 빠지며 산 높은 곳에 위치한 누멘가드 성을 보여준다."

—J.K. 롤링, 《신비한 동물들과 그린델왈드의 범죄 원작 시나리오》

장엄한 분위기를 물씬 풍기는 도시 베를린은 마법 세계에서 중요한 역할을 한다. 베를린에 독일 마법 정부가 위치한 데다가, 독일 마법 정부의 총리가 국제 마법사 연맹 최고위원장 자리를 겸하고 있기 때문이다. 〈신비한 동물들과 덤블도어의 비밀〉에서 덤블도어는 권력을 손에 쥐려는 그린델왈드를 막기 위해 국제 마법사 연맹 최고위원장 선거 전날 밤 뉴트와 친구들을 베를린으로 보낸다. 런던의 영국 마법 정부, 파리의 프랑스 마법 정부와 마찬가지로 베를린의 독일 마법 정부는 머글들이 보지 못하도록 숨겨져 있다. 독일 마법 정부 입구는 다이애건 앨리 입구처럼 마법 벽으로 숨겨져 있고 그 벽에는 우리가 디자인한 독일 마법 정부의 상징인 독수리 문장이 들어가 있다. 독일 마법 정부 건물 안으로 들어간 뉴트는 독일 마법 정부 총리를 설득해 그린델왈드가 국제 마법사 연맹 최고위원장 선거 후보로 나오지 못하게 막으려 하지만, 부패한 독일 마법 정부 총리는 그린델왈드의 모든 혐의에 대해 무죄를 선언해 선거 후보로 나올 수 있게 길을 열어준다. 스튜어트 크레이그는 무시무시한 힘과 권력이 느껴지도록 독일 마법 정부 내부를 디자인했다. 고압적인 건축양식에 인상적인 그림들을 더하고, 바닥에 독수리 문장을 넣었다.

독일 마법 정부 바깥에서는 두 후보의 지지자들이 잔

뚝 모여 시끌벅적하게 선거 운동을 벌인다. 선거 운동 분위기는 대체로 평화로웠는데, 그린델왈드가 독일 후보로 나서게 됐다는 소식이 전해지자 분위기가 험악해지고 싸움이 벌어진다.

베를린의 또 다른 장소로는 등장인물들이 마법 급행열차에서 내리는 지점인 베를린 중앙역이 있다. 뉴트와 친구들은 마법 급행열차를 타고 베를린에 도착한다. 기차의 시각적 정체성을 만들기 위해 우리는 1930년대 광고 중에서도 여행 포스터를 중점적으로 파고들었다. 기차 관련 작업을 하면서, 기차의 바에서 마시는 마법 음료, 기차에서 읽는 국제 마법 신문 같은, 승객들이 즐길 만한 새로운 상품들도 만들었다.

마법 세계 외에도 우리는 리브스덴 스튜디오에 만들어진 베를린의 머글 거리에 생명을 불어넣는 일에 집중했다. 촬영장의 3개 구역을 각각 독특한 분위기로 꾸몄는데 도로 표지판, 광고, 조명, 진열장 같은 그래픽디자인 요소들을 적극 활용했다. 독일의 간판 글씨 카탈로그를 샅샅이 뒤져서 그 시대의 특징적인 글씨체를 재창조했다. 덤블도어와 크레덴스가 싸우는 장면에서 아르데코풍의 영화관이 멋진 배경으로 등장하는데, 우리는 이 장면을 위해 진짜 영화 포스터들을 그대로 재현했다.

그린델왈드의 집인 누멘가드 성은 북적이는 베를린과는 완전히 다른 분위기다. 누멘가드 성은 알프스산맥 높은 곳에 자리한 으스스한 요새다. 얼핏 봐선 굉장히 오래돼 보이는 성이지만 실은 그린델왈드가 적들을 가둬두기 위해 직접 만든 성이다. 그린델왈드는 명성을 드높이고 힘을 과시하기 위해 이 성을 거창한 문장으로 꾸몄다.

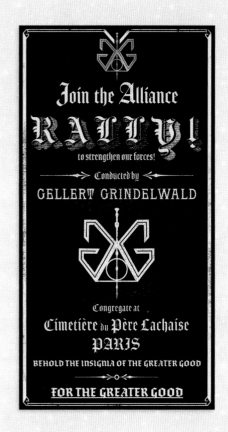

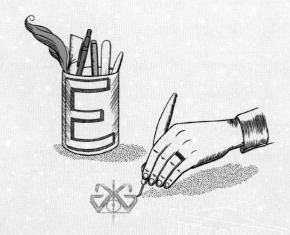

그린델왈드의 서재

《천상의 변칙 지도(The Atlas of Celestial Anomalies)》는 우리가 누멍가드 성에 있는 그린델왈드의 서재를 꾸미기 위해 만든 책 소품들 중 하나다. 서재에서 그린델왈드는 크레덴스에게 그의 정체를 알려준다. 그린델왈드가 대단한 지적 기량을 가진 데다 미래를 보는 재능이 있는 마법사인 만큼, 우리는 점성술을 포함한 다양한 마법 주제에 관한 책들로 그의 서재를 채웠다.

그린델왈드의 문장을 디자인하면서 우리는 죽음의 성물 상징을 활용하되 힘과 권력이 느껴지도록 했다. 또한 덤블도어가 했던 말 "대의를 위해(For the Greater Good/Für das Größere Wohl)"를 그린델왈드의 휘장에 넣어 보는 이로 하여금 소름이 돋게 만들었다. 그린델왈드는 이 말을 살인과 대규모 파괴를 정당화하는 구실로 사용한다.

Geschichte der Za
uberstäbe und deren
Spezifikation Geschic
te der Zauberstäbe
und deren Spezifika
tion Geschichte der
Zauberstäbe und dere
n Spezifikation Ges
chichte der Zauberstäb
und deren Spezif
ikation Geschichte de
Zauberstäbe und
eren Spezifikation

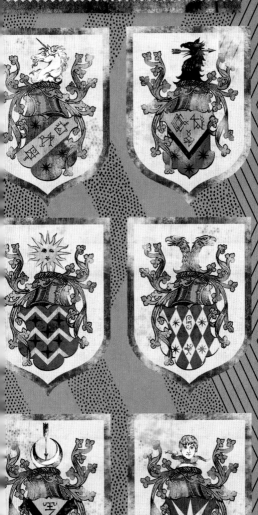

크레덴스 베어본/
아우렐리우스 덤블도어

그린델왈드는 크레덴스를 누멘가드 성에서 살게 한다. 성의 다른 곳과 마찬가지로 크레덴스의 방도 시커먼 나무 패널 벽으로 되어 있어 으스스하고 불편한 분위기다. 우리는 패널을 마법 상징과 전설적 동물들의 그림으로 장식한 다음, 낡고 오래되어 보이도록 여기저기 긁어냈다. 그린델왈드가 혈통에 관한 비밀을 들려줬을 때 크레덴스는 뭔가에 홀린 것 같은 얼굴로 그 얘기를 듣는다. 그런 크레덴스의 마음 상태가 방 벽에 반영되어 있다. 크레덴스는 자신이 누구이고 어디에서 왔는지를 놓고 고민하면서 온갖 도형과 글씨를 분필로 벽에 잔뜩 써놓았다.

다른 그래픽 소품들과 마찬가지로 우리는 아무 사전 지식이 없는 상태에서 곧장 입양 증명서를 디자인하고 만들어야 했다. 미라는 이 중요한 소품을 만드는 동안 우연히 남자 형제의 입양 서류를 보게 됐다. 고마운 마음에 미라는 입양 증명서 소품의 입양 담당 직원 이름을 그 남자 형제의 이름으로 했다!

CERTIFICATE of ADOPTION

Pursuant to the Vital Statistics Registration Act, 1906

No. of Entry:
69717

Adoption order in respect of an infant named _____ CREDENCE BAREBONE

Formerly known as === UNKNOWN === on the 21st day of October 19 05

COLUMNS:	1	2	3	4	5
NO. OF ENTRY.	DATE AND COUNTRY OF BIRTH OF INFANT.	SEX OF INFANT.	NAME AND SURNAME, ADDRESS AND OCCUPATION OF ADOPTER OR ADOPTERS.	DATE OF ENTRY.	CLERK DEPUTED BY REGISTRAR GENERAL TO ATTEST THIS ENTRY
69717	November 9th, 1904	MALE	Mrs. MaryLou Barebone New Salem Philanthropic Society (Founder) Pike Street, New York City	October 25th, 1905	(Note - The words "Clerk deputed by" to be struck out when the Certificate is given by the Registrar) Mr. P. Oxley

Certificate of entry in the Adopted Children Register maintained at the New York State Department of Health, United States of America. on behalf of the Registrar General of Vital Statistics.

I hereby certify the above to be true and correct. Witness my hand and the seal of said Office, this _____ day of _____ October _____ 19 05

P. Oxley

Mr. P. Oxley

마법 급행열차

〈**신**비한 동물들과 덤블도어의 비밀〉에는 어디든 원하는 곳으로 데려가 주는 마법 기차가 나온다. 머글들을 속이기 위해 겉은 우편 열차처럼 생겼지만 속은 전혀 그렇지 않다. 현대적이고 편리한 방법으로 여행하고 싶어 하는 안목 있는 마법사들의 마음에 들 법한 디자인이다. 우리는 1930년대 여행 포스터와 광고를 보고 영감을 받아 이 열차의 문장을 디자인했다. 이 문장은 열차 안의 벽난로에도 얕은 돋을새김으로 멋지게 들어가 있다. 영화에서 이 벽난로는 플루 네트워크의 하나로 쓰인다.

우리는 일등석에 어울리는 국제 마법 신문과 잡지도 몇 부 만들었다.

베를린의
머글 거리

◆─────◆◆◆─────◆

촬영 팀은 리브스덴 스튜디오에 광범위한 베를린 거리를 만들고 심지어 트램까지 설치했다. 하지만 〈신비한 동물사전〉 때와 마찬가지로 촬영장을 뚜렷한 특징을 가진 세 곳으로 나눠 만드는 일은 쉽지 않았다. 우리는 거리 표지판, 광고, 창문 장식 등 여러 그래픽디자인을 통해 새로운 정체성을 부여하면서 촬영장 변환에 중요한 역할을 했다. 상점 이름을 잔뜩 만들어 내야 해서 가족과 친구들의 이름도 빌려왔다. 간판 디자인은 아르데코 스타일에서 영감을 받았다. 우리는 늘 영화관이나 백화점 같은 주요 지형지물 건물부터 만들고 그 주변의 거리를 채워가는 식으로 작업했다. 그전의 〈신비한 동물사전〉 영화에서 우리가 디자인했던 상점 정면과 베를린의 상점 정면이 확연히 다르게 보이도록 해준 것은 간판에 사용한 조명이었다. 1930년대 베를린에서는 그런 간판이 혁신으로 통했고 널리 활용됐다.

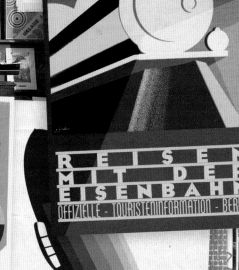

베를린 거리 촬영을 위해 우리는 그래픽을 활용해 광고, 포스터, 상점 등을 갖춘 국제도시 베를린을 만들어 냈다. 그중 오토 에두아르트 마법 가죽 제품점이 중요한 촬영지였다. 이 가죽 제품점의 내부는 중요한 촬영지였다. 이 가죽 제품점 촬영을 위해 우리는 간판, 영수증, 가방 디자인 관련 메모 등 다양한 소품을 1930년대 스타일로 만들었다.

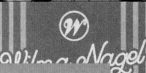

Ülstein & Bülloch

Vir haben alles
s Sie brauchen

HORST

65
RMK

350
nark

MIETEN

Otto Eduard
LEDERWAREN
Juni 1929
BERLIN.

부탄 왕국

"부탄 왕국은 히말라야 동쪽 높은 곳에 있어. 이루 말할 수 없을 만큼 아름다운 곳이지.
우리가 쓰는 중요한 마법의 일부는 그곳에서 시작됐어. 거기서 차분히 귀를 기울이면
과거가 속삭여 준다고들 하지. 최고위원장 선거가 열리는 곳이 바로 거기야."
—〈신비한 동물들과 덤블도어의 비밀〉에서 알버스 덤블도어의 대사

부탄은 히말라야 산맥 외진 곳에 자리한 나라다. 머
글 세상에서는 불교 국가로 알려져 있을 뿐이지만 마법
세계에서는 전 세계 마법사들이 찾는 중요한 성지순례
장소다. 특히 한 마을이 유명한데, 이 마을은 고대 마법
의 방이 있는 이어리 성 바로 아래에 있다. 산꼭대기에
자리한 이어리 성이 그 마을을 내려다보는 구조다. 스
튜어트 크레이그는 마법사 세계의 또 다른 환상적인 장
소를 멋지게 디자인해 우리를 다시 한번 놀라게 했다.

이 영화 제작을 함께하면서 부탄과 관련된 작업을 할
생각에 무척 들떴다. 마법사 세계의 새로운 면을 탐험할
기회로 여겨졌다. 언제나 그렇듯 새로운 장소나 시대를
디자인할 때 우리가 가장 먼저 하는 일은 바로 자료 조
사다. 고대 마법의 방의 문장을 만들기 위해 우선 히말
라야 지역의 주택 양식, 직물, 장식 패턴을 살펴보고 염
색, 인쇄 같은 다양한 기술을 확인했다. 스튜어트는 고
대 마법의 방 문장이 그려진 플래카드와 깃발, 의식용
천으로 마을 전체를 꾸미고 싶어 했다. 우리는 이런 장
식을 문과 창문에 걸고, 거리에는 기도 깃발을 나부끼
게 했다. 우리는 부탄에 잘 어울리고 장인 정신이 느껴
지는 장식을 구현하고 싶었다. 그러기 위해 수제 염색으

로 흙 색깔을 내고 친환경적 느낌을 주는 인도산 천을 사
용했다. 그리고 부탄어인 종카어를 기록할 때 쓰는 티베
트 문자를 참고해 그래픽디자인을 했다. 이런 자료들을
바탕으로 우리만의 마법 폰트를 만들었다.

영화에서는 기린이라는 마법 생물이 특별한 의식인
'기린의 선택'을 위해 이어리 성에 오게 된다. 기린은 마
법 세계에서 신성하게 여겨지는 동물이며 경애의 대상
이다. 우리는 단순한 목판화로 이야기를 풀어나가는 티
베트의 전통을 참고해 기린 이미지를 담은 인상적인 플
래카드를 만들었다. 그리고 시각효과 팀이 디자인한 기
린 이미지를 바탕으로 도해법을 적용해 작업을 진행했
다. 진청색 천에 금색 잉크를 써서 기린 이미지를 스크
린인쇄 해 마법적인 느낌을 살렸다. 또한 세트 배경 디
자이너들과 협업해, 기린의 선택 의식을 축하하는 의미
를 담은 거리 미술로 거리 주변을 꾸몄다. 세트 배경 디
자이너들은 자기만의 스타일로 즉석에서 그림을 그려
냈다. 또한 우리는 거리를 꾸밀 때 만든 금박 디자인을
필요의 방 안에 있는 전경기(기도와 명상을 하며 돌리는
바퀴 모양의 경전—옮긴이)에 적용하고 공들여 장식했다.

이 특별한 의식을 더욱 빛내기 위해 장엄한 이어리
성의 모습이 담긴 독특하고 색다른 입장권을 디자인
하기도 했다. 각 입장권은 얇은 나무판과 양피지 종이,
금박 같은 비싼 재료를 써서 직접 하나하나 만들었다.

전경기

우리는 기린의 선택 의식 관련 그림과 우리가 직접 만든 마법 상징들로 필요의 방에 있는 전경기를 꾸몄다. 우선 고대 마법의 방 촬영을 위해 전경기를 디자인하고 일러스트를 그렸다. 소품 제작 팀은 우리 디자인을 바탕으로 거대한 바퀴를 만들고 인쇄한 이미지를 붙였다. 그리고 시각효과 팀이 이 마법의 물건을 포트키로 만드는 작업을 진행했다.

HAVE YOU SEEN THIS MUGGLE?

JACOB KOWALSKI

WANTED FOR THE ATTEMPTED MURDER OF A WIZARD

IN POSSESSION OF A COUNTERFEIT WAND
THIS MINDLESS MUGGLE IS EXTREMELY
DANGEROUS AND VICIOUS

REWARD 500↑ REWARD

IF LOCATED HE SHOULD BE **IMMOBILIZED**
AND **APPREHENDED** AT ONCE.
THE ICW DEPT OF AURORS
MUST BE ADVISED IMMEDIATELY BY OWL

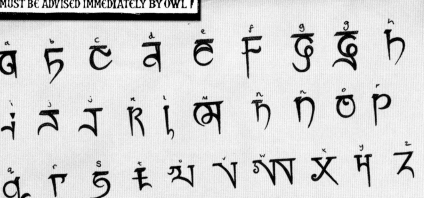

알파벳 디자인

새로운 마법 환경에 적용할 그래픽 언어를 만들기 위해서는 장식의 스타일과 컬러 팔레트부터 관련 언어로 된 간판과 소통 도구에 이르기까지 모든 요소를 고려해야 한다. 이 마법의 땅에는 특별히 쓰고 있다고 언급된 언어가 없어서 우리는 쉽게 읽히면서도 히말라야의 주택 양식이 느껴지는 가상의 알파벳을 만들었다.

'기린의 선택'은 기린이 가장 훌륭한 지도자를 선택해 그 앞에 가서 절을 하는 의식이다. 국제 마법사 연맹 최고위원장 선거에 나선 세 명의 후보자 (겔러트 그린델왈드, 리우 타오, 비센시아 산토스)는 그 의식에 참석하기 위해 부탄에 도착한다. 그린델왈드는 기린을 죽여서라도 그 의식을 자기 뜻대로 끌고 갈 작정이지만, 마법동물학자 뉴트가 그런 그를 저지하기 위해 나선다.

고대 마법의 방은 세계 최고위급 마법사들이 행사를 위해 모이는 만남의 장소다. 우리는 이곳을 대단히 권위 있고 가치 있는 곳처럼 만들어야 했다. 흙색으로 마법사 마을을 꾸미다가 진한 붉은색 안료와 금박으로 고대 마법의 방 건물을 장식하게 된 만큼, 최대한 고급스럽고 값비싼 느낌을 내고 싶었다. 우리는 미술 팀장들과 협업해, 지역의 심미적 특징을 참고하되 단순하고 우아한 건축양식을 정교한 세부 장식, 주제, 상징과 결합했다.

MAGISTERIAL CHAMBER OF ANCIENT WIZARDRY

마법사 세계의 출판물

"안녕, 난 《예언자일보》의 기자 리타 스키터야. 나에 관해서는 알지?
너희는 누굴까? 특종거리지."

—〈해리 포터와 불의 잔〉에서 리타 스키터가 트라이위저드 대회 출전 선수들에게 한 말

DAILY PROPHET
THE WIZARD WORLD'S BEGUILING
BROADSHEET OF CHOICE
✶

우리는 마법사 세계를 위한 광범위한 출판물을 만들었다. 우리가 제일 처음 만든 마법 신문은 《예언자일보(The Daily Prophet)》다. 《예언자일보》는 다이애건 앨리에서 발행되어 부엉이들을 통해 영국 각지의 마법사들에게 배달되는 묘한 매력을 가진 신문이다. 《예언자일보》의 기자들은 대체로 진실성이라곤 없는데, 가장 유명한 기자인 리타 스키터는 특종 기사만 쓸 수 있다면 무슨 짓이든 하는 사람이다. 리타 스키터가 트라이위저드 대회의 제일 어린 참가자인 해리 포터를 인터뷰하러 왔을 때, 해리는 그녀가 어떤 기자인지 간파한다.

《이러쿵저러쿵(The Quibbler)》 또한 우리가 〈해리 포터〉 영화 시리즈를 위해 만든 잡지다. 《이러쿵저러쿵》은 마법사 세계에서 또 다른 목소리를 내는 잡지이며, 제정신이 아닌 듯한 이야기들을 싣는 것으로 유명하다. 이 잡지의 편집장 제노필리우스 러브굿은 볼드모트에 맞서 용감하게 목소리를 내고 해리 포터를 지지한 유일한 언론인이다. 하지만 나중에 그는 딸 루나 러브굿을 구하기 위해 어쩔 수 없이 해리 포터를 비난하는 글을 잡지에 싣고만다. 볼드모트가 패한 후, 《이러쿵저러쿵》은 다시 괴상하고 웃기는 이야기를 싣는 잡지로 돌아간다.

《주간 마녀(Witch Weekly)》는 몰리 위즐리 같은 여자 마법사들이 주로 구독하는 여성 잡지다. 몰리는 헤르미온느가 빅토르 크룸, 해리 포터와 삼각관계라는 리타 스키터의 거짓 기사에 속아 넘어간다.《오늘날의 변환 마법(Transfiguration Today)》은 좀 더 진지한 성격의 잡지로, 최신 변환 마법에 관한 기사를 주로 싣는다. 그 외에《주간 수색꾼(Seeker Weekly)》이라는 주간지도 있는데, 론 위즐리 같은 퀴디치 열혈 팬들이 퀴디치 월드컵 준비 기간에 즐겨 읽는 잡지다.

〈신비한 동물사전〉 영화 시리즈 작업을 시작하면서 우리는《주간 마녀》,《오늘날의 변환 마법》같은 마법 출판물을 그 시대에 맞게 다시 디자인했다. 또한 미국 마법 시장에 선보일 새로운 출판물들을 만들었다.《예언자일보》에 해당하는 뉴욕 신문은《뉴욕 고스트(The New York Ghost)》다.《예언자일보》처럼《뉴욕 고스트》도 그린델왈드가 야기한 전쟁의 위험성 같은 주요 기사와 플로버웜 점액이 유아 면역력을 높인다는 것 등의 재미있는 마법 기사를 섞어 싣는다. 여러분이 원한다면 대안 주간 잡지이자 일반 마법사들의 목소리를 싣는《마법사의 목소리(Wizard's Voice)》를 읽어도 좋다. 미국적인 색깔이 뚜렷한 마법 잡지들이 꽤 많은데, 그 잡지들 대부분이 영국의 매력남 뉴트 스캐맨더에 관한 기사를 실었다. 물론 뉴트는 그런 기사를 질색하지만 말이다.

우리는 프랑스의 마법 신문《가고일의 외침(Le Cri de la Gargouille)》을 만들기 위해 뉴욕에서 파리로 자리를 옮겼다. 우리는 이 신문에 무어라 표현하기 힘든 매력을 부여하고자 번역가와 협업했다. 신문 이름 양옆의 그림은 노트르담 성당의 가고일을 본떴음을 알아주기 바란다.(162쪽에서 확인할 수 있다 –편집자)《가고일의 외침》221254호에는 에펠탑을 포트키로 사용하지 말라는 프랑스 마법 정부의 엄중한 경고가 실려 있다! 좀 더 진지한 기사도 있는데, 이 기사에서 마법사 무슈 길로리는 프랑스 마법사들에게 그린델왈드의 군대에 합류하지 말라고 호소한다.

뉴트가 본국인 영국을 떠나 점점 더 먼 나라로 향하면서, 우리도 여러 나라에서 발간되는 마법 출판물들을 새로 만들어 내야 했다. 우리가 최근에 만든 독일 신문은 《은색 박쥐(Die Silberne Fledermaus)》다. 브라질 출신 에두아르도는 브라질의 리우와 관련된 작업을 하면서 무척 즐거워했다. 다음에 또 어느 나라로 가게 될지 모르지만, 어디로 가든 뉴스에 목말라하는 마법사들이 있을 테니 우리는 이 작업을 계속하게 될 것이다.

《예언자일보》
묘한 매력을 가진 마법사 세계의 신문

《예언자일보》는 영국 마법사들에게 새로운 뉴스를 제공하는 주요 공급원이다. 부엉이들이 매일이 신문을 집집마다 배달한다. J.K. 롤링은 이 신문을 선정적인 기존 언론(대표적인 인물이 바로《예언자일보》의 특집 기자인 리타 스키터)을 조롱하는 장치로 사용한다. 영화에서 이 신문은 스토리를 전달하고, 상황을 설명하고, 시간의 흐름을 나타내고, 세상에 대한 우리의 감각을 풍부하게 해주는 역할을 한다.

'덤블도어─멍청한 자인가 아니면 위험한 자인가?', '해리 포터, 위험인물 1호' 같은 극적인 제목을 달고 나온 호들이 기억에 남는다. 우리는 움직이는 사진들 속에 마법적인 요소를 추가했다. 어떤 사진을 실을지 결정한 후에는 초록색 크로마키 종이를 삽입해 시각효과 팀이 후반 작업 때 움직이는 요소를 추가할 수 있게 했다.

대본에는 주요 제목과 사진에 관한 내용만 실려 있어서 나머지는 우리가 다 만들어야 했다. 신문을 디자인하는 것도 일이지만, 그 안에 넣을 기사를 작성하는 것도 우리 같은 머글 그래픽디자이너들에게는 꽤 힘든 일이었다. 우리가 기사를 제대로 쓴 것인지 확신이 없었지만 다가오는 마감일에 맞춰 어떻게든 해낼 수밖에 없었다.

에두아르도는《예언자일보》의 모든 부서를 책임지는 편집장 역할을 했다. 그는 범죄 보도 기사와 사회 기사, 특별 기사, 그 외에 온갖 광고와 점성술 관련 내용, '몹시 난해한' 십자말풀이 퍼즐 등으로 신문의 페이지를 채웠다. 우리는 신문 1면의 날짜를 달의 위상과 황도십이궁의 별자리 별로 표시했다. 현실 세계의 날짜로 적으면 혼란이 야기될 수 있기 때문이었다. 일기예보란에는 잔지바르, 모리셔스 같은 멀리 떨어진 지역의 날씨를 주로 실었다. 에두아르도 리마는 재미를 위해 자기 이름과 가족의 이름을 슬쩍 끼워 넣기도 했다. 그는 신문의 보안 담당 편집자 이름을 자기 어머니 이름으로 했고, 자기 이름을 약간 변형해 E. 리마스라는 기자 이름을 만들었다.

주요 기사 외에 그 옆에 실을 재미있는 기사 제목을 만들어 내기 위해 우리는 미술 팀 친구들에게 도움을 요청했다. 그 결과 '뱀파이어, 마늘빵 과다섭취로 사망'이라든가 '헤나 폭발에도 살아남은 진저 마녀' 같은 제목을 실을 수 있었다. 진저 마녀는 여러 건의 범죄 보도 기사에 등장하는데 런던 외에도 세계 곳곳에서 활약하는 것으로 나온다. 대단한 모험을 하며 사는 모양이다. 진저 마녀는 에두아르도가 재미로 만든 캐릭터인데 이 캐릭터에 많은 관심이 쏟아지면서 세계 곳곳에 추종자들도 생겨났다!

광고를 만드는 일도 재미있었다. '감시 마법사들이 만든 새로운 물약만 있으면 먹고 싶은 대로 실컷 먹을 수 있죠'라는 문구나 '당신의 빗자루가 부웅 소리를 안 낸다고요?' 같은 문구를 만들었다. 페이지를 글로 다 채울 시간이 없을 때는 마법사들만 읽을 수 있는 마법 상징들로 채우기도 했다.

영화 시리즈 초기에《예언자일보》는 장난기 많고 기발한 문투였다. 우리는 고딕풍 서체와 인용 부호로 점철된 빅토리아 시대 영국 신문에서 영감을 받고 마법적으로 살짝 비틀어《예언자일보》를 만들었다. 우리는 텍스트 덩어리를 비선형적 형태로 쪼개는 방식을 즐겨 사용했는데, 이를테면 시리우스 블랙에 관한 기사에서 마법 정부의 입장을 나타내는 문장('마법 정부는 그게 시리우스라고 말했다')이 기사의 단어들 사이로 뱀처럼 구불구불 흘러간다.

영화 시리즈가 진행되면서《예언자일보》는 점점 커지는 마법 정부의 영향력을 반영하는 방향으로 스타일이 변해간다. 〈해리 포터〉 영화 시리즈 5편 〈해리 포터와 불사조 기사단〉에서 우리는 이 신문의 스타일을 완전히 바꿨다. 스타일의 변화는 신문에 실린 기사의 내용이 확연히 달라졌음을 보여준다. 퀴디치 경기라든지 잘못 사용한 마법 지팡이 같은 가벼운 기사를 다루던 신문이었는데, 볼드모트의 영향력이 강화되면서 죽음, 실종에 관한 암울한 기사들을 주로 싣게 되었다.

러시아 구성주의자들의 선전 포스터에서 영감을 받은 굵은 폰트와 뭉툭한 레이아웃을 이용해 신문 이름을 새로운 형태로 만들었다. 우리는 이 작

> "시리즈가 진행되면서 미라와 에두아르도의 정교한 그래픽은 그 자체로 영화의 중요한 요소로 자리 잡았다. 나는 해리 포터 세계에 관한 매력적이고 재미있는 글이 잔뜩 실린《예언자일보》,《이러쿵저러쿵》,〈퀴디치 월드컵 프로그램〉을 몇 시간씩 들여다보곤 했다."
>
> ─데이비드 배런(제작자)

업을 위해 맞춤 활자체를 탄생시켰다. 영화 시리즈에서 신문 이름이 계속 등장하기 때문에 팬들에게는 아마 익숙할 것이다. 'Daily Prophet'의 'P'를 금색으로 처리해 돋보이게 하고 레이아웃도 바꿨다. 기사들의 위치를 명확히 구분해서 넣고 주요 기사 제목이 페이지를 수평으로 가로지르게 했다.

이렇게 작업한 신문 초판을 전통적인 방식으로 인쇄한 후 알맞게 자르고 접었다. 완성된 신문을 받으면 다시 분해해서 미술 팀 작업장 바닥에 쭉 늘어놓았다. 그리고 우리가 만든 특제 숙성 약을 측면에 발랐다. 도둑 지도처럼 오래되어 보이게 만들려고 한 게 아니라, 영화의 색감에 맞춰 색을 약간 어둡게 만들기 위해서였다. 각 페이지를 완전히 말리는 데 보통 하룻밤 정도 걸렸다. 다 마른 페이지를 조심스럽게 다림질하고 접은 뒤 하나로 모았다. 손이 많이 가는 작업이었지만 신문을 만들면서 가장 어려웠던 건 '끝내주는 제목 붙이기'였던 만큼 이 정도는 아무것도 아니었다.

'Daily Prophet'의 'P'에 금박을 입히는 작업만 제외하고 거의 완성된 신문을 소품 제작 팀으로 보냈다. 우리는 신문 1면을 30장 정도 만들고 신문 안쪽 페이지를 12장 정도 만들었다. 새로운 호를 만들 때마다 대략 50부를 인쇄했다. 아침에 출근할 때마다 우리가 늘어놓은 신문들을 밟지 않고 조심스럽게 넘어가느라, 그리고 숙성 약의 냄새를 견디느라 애써준 미술 팀원들에게 이 자리를 빌려 사과드린다!

데이비드 예이츠 감독은 〈해리 포터와 불사조 기사단〉에서 《예언자일보》의 몽타주를 활용해 극적이고 경

제적인 방법으로 주요 사건을 전달했다. 데이비드는 중요한 장면에 등장하는 신문 기사의 제목이 쉽게 읽혀야 한다면서 레이아웃을 약간 바꿔달라고 요청했다. 그 요청 덕분에 우리는 영화의 디자인 작업을 할 때는 관객 눈에 잘 보이도록 하는 게 중요하다는 사실을 되새길 수 있었다.

〈해리 포터와 불사조 기사단〉 촬영 중에 J.K. 롤링이 미술팀 작업장에 들른 적이 있다. 롤링은 영화에서 벽에 걸어둘 몽타주에 들어갈 신문 1면들을 세심히 들여다보더니 물었다. "이 신문의 기사는 누가 썼어요?"

에두아르도는 잠시 망설이다가 대답했다. "우리가 썼습니다." 에두아르도는 형편없는 기사라는 말을 들을까 봐 겁냈지만 J.K. 롤링은 웃기는 기사와 진지한 기사가 균형을 이루고 있다면서 멋지게 잘 썼다고 말했다. 원작자의 인정을 받으니 기분이 정말 좋았다.

《예언자일보》를 처음 만들었을 때 우리는 그 뒤로도 이렇게 다양한 마법 출판물을 만들게 될 줄 몰랐다. 《예언자일보》는 처음 제작한 신문인 만큼 우리에겐 언제나 묘한 매력의 신문으로 남아 있을 것이다.

다른 나라의 마법 신문들

《뉴욕 고스트》는 미국의 《예언자일보》 같은 신문이다. 우리는 〈신비한 동물사전〉 촬영에 사용하기 위해 《뉴욕 고스트》를 만들었다. 이 신문은 그린델왈드의 행방을 찾는 다른 신문들과 함께 몽타주로 등장한다. 데이비드 예이츠 감독이 유럽 전체에 걸쳐 수색이 확대되고 있는 상황을 신문을 통해 보여주고 싶어 했으므로 에두아르도는 독일 마법 신문과 프랑스 마법 신문의 페이지를 만들었다. 1920년대 《예언자일보》도 등장해야 해서 에두아르도는 신문 이름의 형태와 레이아웃이 그 시대에 어울리게끔 새로 상상력을 가미해 만들었다.

우리는 〈신비한 동물들과 그린델왈드의 범죄〉 촬영을 위해 프랑스 마법 신문 《가고일의 외침》을 만들었다. 파리에서 발행된 신문이니만큼 신문 이름 옆에 노트르담 성당의 멋진 가고일을 배치하고 마법 신문답게 금박도 입혔다.

이러쿵저러쿵

《이러쿵저러쿵》은 루나 러브굿의 아버지 제노필리우스 러브굿이 편집하고 발행한 잡지다. 그러니 제노필리우스의 별나고 특이한 성격이 디자인과 내용에 반영되도록 할 필요가 있었다. 이 잡지의 소표제는 '마법사 세계의 또 다른 목소리'다. 원래 마법 생명체에 관한 각종 음모론과 황당무계한 이야기를 싣는 잡지인데, 《예언자일보》와 마찬가지로 영화 시리즈가 진행되면서 점점 내용이 어두워지고 정치색을 띠게 된다. 해리, 론, 헤르미온느가 러브굿의 집을 방문한 장면에서, 인쇄기 주변에 《이러쿵저러쿵》잡지 지난 호들이 놓여 있는 걸 볼 수 있다. 우리는 《이러쿵저러쿵》표지를 일곱 가지로 디자인했고 5,000부를 인쇄했다. 제노필리우스는 그중 한 호를 판매하면서 심령 안경(랙스퍼트를 볼 수 있게 해주는 안경)을 독자들에게 사은품으로 증정했다. 〈해리 포터〉영화 시리즈 6편 〈해리 포터와 혼혈 왕자〉에서 루나가 이 마법의 3D 안경을 착용하고 나온다. 우리는 1960년대 팝아트에서 영감을 받아 이 호의 표지를 눈에 확 띄고 재미있어 보이게 만들었다. 이 호에 실린 〈룬문자 없는 나의 일주일〉이라는 기사를 쓴 마법사의 이름은 에두아포라 머거스(에두아르도 리마와 미라포라 미나를 섞어 만든 이름—옮긴이)다!

마법사 잡지들

〈신비한 동물사전〉촬영을 위해 골드스틴 자매의 집과 뉴트 스캐맨더의 집에 두기 위한 용도로《미국의 마술사(The American Charmer)》,《마녀의 친구(The Witch's Friend)》같은 다양한 미국 마법 잡지를 만들었다. 1920년대 여성 잡지에서 영감을 받고 마법적으로 약간 비틀어서 만든 것이다. 잡지 표지에는 '마녀의 못된 장난! 사악하고 위험한 이야기' 같은 제목을 달았다.

〈신비한 동물들과 그린델왈드의 범죄〉촬영을 위해서는 미국 마법사 세계의 유명인을 주로 다루는 잡지들을 만들었다. 뉴트가 출간한 책이 많은 찬사를 받았을 때 잡지 《스펠바운드(Spellbound)》의 한 기자는 뉴트가 리타 레스트레인지와 약혼했다는 기사를 싣는다. 그러자 다른 잡지들은 사실 확인도 하지 않고 그 기사를 고스란히 받아서 자기네 잡지에 줄줄이 실었다. 사실 리타와 약혼한 사람은 뉴트의 형 테세우스지만, 안타깝게도 티나는 그 기사를 곧이곧대로 믿어버린다. 그렇게 뒤죽박죽된 바람에 티나와 뉴트는 서로에게 끌리면서도 이 영화가 끝날 때까지 관계를 별로 진전시키지 못한다. 마법사 세계의 언론도 노마지 언론만큼이나 믿을 만하지 않다는 걸 알 수 있다.

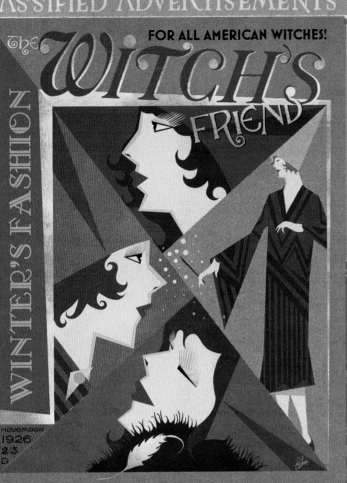

스크린
너머

리브스덴 스튜디오에서
하우스 오브 미나리마까지

VOLUME III

HOUSE OF MINALIMA

minalima

PARIS · 2015

HARRY POTTER: THE EXHIBITION

Today's Most Talked About Travel Bargains

PORTKEY

RECY IS PARAMOUNT

ACTIVATED . . . . .
TIVATED . . . . .

URITE POR ITEMS

Newspaper	Football
Rubber	Blackened Kettle
Rust	Bent Coathanger

(pport item applied upon request)

DAILY PROPHET

A CELEBRATION OF HARRY POTTER 2017

minalima

MINALIMA

LOVEHAPPENSHERE

N LONDON 013

VOLTAIRE

Eduardo Lima
Lead Graphic Designer
Art Department

4186

VERMILION

WB
WARNER BROS.
STUDIOS LEAVESDEN

Miraphora Mina
Lead Graphic Designer
Art

Property of Warner Bros. Studios Leavesden

Apparated in Diagon Alley! 2014 ??

방문객 명소에
마법을 걸어볼까

---✦---

"물론 네 머릿속에서 벌어지는 일이지. 그렇다고 그게 현실이 아닌 건 아니야."

—〈해리 포터와 죽음의 성물 2부〉에서 알버스 덤블도어의 대사

〈해리 포터〉 영화 시리즈 촬영이 2010년에 모두 마무리되자 우리는《예언자일보》부터 덤블도어의 펜시브에 사용한 기억을 저장하는 유리병에 이르기까지 그동안 만든 소중한 소품들을 조심스럽게 챙겼다. 혹시 나중에 또 촬영하게 되면 필요할 수도 있으니 안전하게 보관하자는 생각이었지만 사실상 리브스덴 스튜디오, 해리 포터와의 인연은 그렇게 끝난 것 같았다. 그런데 얼마 지나지 않아 워너브라더스 측에서 연락을 해왔다. 리브스덴 스튜디오에서의 마법 같은 영화 제작과 관련해, 우리가 만든 소품들을 방문객들을 상대로 전시하고 싶다는 것이다. 촬영 팀 대다수가 돌아와 촬영장을 영화 제작 당시와 똑같이 다시 만들기 시작했다. 2012년 3월 31일 문을 연 워너브라더스 스튜디오 투어는 특수효과, 의상, 촬영장, 소품 등 영화 제작 현장 전반을 보고 싶어 하는 해리 포터 열성 팬들을 맞이했다. 애초에 이 투어의 목적은 호그와트 마법학교의 대연회장 같은 주요 촬영장을 다시 제작하고 가구와 소품까지 모두 갖춰 보여줌으로써 방문객들이 작품에 다시 몰입하게 만드는 것이었다. 스튜디오 투어의 성공 덕분에 우리는 영화 제작을 위해 만든 소품들로 재미있는 일을 추진해 볼 수 있겠다는 생각을 하게 됐다. 자신감을 얻은 우리는 〈해리 포터〉 영화 시리즈를 위해 디자인한 그래픽 아트를 기반으로 다

양한 한정판 인쇄물을 만들었다.

테마 어트랙션과 관련해 우리는 플로리다 유니버설 스튜디오 리조트에 있는 유니버설 스튜디오 테마 파크인 위저딩 월드 오브 해리 포터와 다시 한번 협업할 기회를 얻게 됐다. 호그와트 마법학교와 호그스미드 마을은 어드벤처 파크에 속하고, 다이애건 앨리는 유니버설 스튜디오에 속해 있다. 여러분은 호그와트 급행열차를 타고 양쪽을 오갈 수 있다.

다이애건 앨리의 경우, 디자인 팀의 목표는 해리가 처음으로 리키 콜드런 주점 뒷마당의 벽돌 벽을 통과해 마법 거리에 발을 들여놓았을 때 느낀 짜릿함을 방문객이 경험할 수 있게 하자는 것이었다. 우리는 모든 상점 간판과 내부 그래픽, 진열장의 상품 등 거리의 그래픽을 디자인했다. 우리는 상점들이 전체적인 거리 경관에 어울리면서도 자기만의 스타일을 갖길 바랐다. 그러기 위해 그린고츠 은행의 석재 포르티코에 붙어 있는 고전적인 금색 글씨 간판이라든지 "불꽃놀이를 전시해 놓은 것 같은"(《해리 포터와 혼혈 왕자》에서 J.K. 롤링의 묘사를 빌리면) 위즐리 형제의 위대하고 위험한 장난감 가게의 화려한 진열장 같은 영화의 중요한 시각적 요소들을 참고했다. 또한 《음유시인 비들 이야기》에 실린 짤막한 이야기에서 영감을 받아 엘프 직업 소개소(Elf Employment Agency)와 깡충깡충 냄비 술집(Hopping Pot pub) 같은 이름도 만들었다. 새로 생긴 마법 여행사 글로부스 문디(Globus Mundi)의 포스터, 공지문, 간판도 디자인했다. 이 거리의 심미적 특징에 어울리게 하려면 거리 표지판도 낡고 오래된 느낌이어야 했다. 하지만 플로리다주 건물 규제에 따라 허리케인에 강한 소재로 만들어야 해서 쉽지 않았다. 우리는 흐릿한 색깔의 페인트, 탈색시킨 글씨, 빈티지 느낌이 나는 목재 등을 활용해 원하는 효과를 얻을 수 있었다. 이곳의 상점 간판들은 우리가 영화 촬영장에 설치하고 J.K. 롤링의 허락을 받은 간판들과 마찬가지로 하나하나 세심하게 만들어졌다.

해그리드의 마법 생명체 모터바이크 어드벤처(Hagrid's Magical Creatures Motorbike Adventure)는 아일랜드 오브 어드벤처 파크의 호그스미드 구역에 새로 만들어진 롤러코스터다. 우리는 이 어드벤처를 위해 마법 생명체

들의 모습이 담긴 포스터를 만들었다. 일단 《괴물들에 관한 괴물 책》처럼 오래된 책에서 그대로 가져온 것 같은 느낌으로 만들고 싶었다. 《괴물들에 관한 괴물 책》은 〈해리 포터와 아즈카반의 죄수〉에서 해그리드의 마법 생명체 돌보기 수업에 등장하는 교과서다.

마지막으로 우리는 그동안의 경험을 바탕으로 이 테마 파크를 위한 마법 지도를 만들었다. 이 지도에는 호그스미드와 다이애건 앨리의 특별한 장소들이 표시돼 있는데 그곳에 가면 머글들도 마법 주문을 사용할 수 있다. 그전에 올리밴더의 마법 지팡이 가게에서 인터렉티브 마법 지팡이를 구매해야 한다. 우리는 그 특별한 장소에 놋쇠 메달 장식을 붙이고 특제 숙성 약을 발라서 그 자리에 오랫동안 부착되어 있던 것처럼 보이게 했다.

DUMBLEDORE'S OFFICE

DUMBLEDORE'S HEADMASTER ROBES

PORTRAITS

The office features 48 portraits of sleeping Hogwarts Headmasters, which were painted from still photographs of the actors.

DUMBLEDORE'S BOOKSHELVES

Hundreds of books cover the shelves of Dumbledore's study, which are actually British phonebooks covered in leather.

DUMBLEDORE'S HEADMASTER ROBES

setting up the graphics cabinet

GRAPHICS

Our favourite set...

MARAUDING

BOX O'ROCKETS

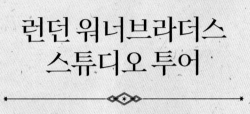

런던 워너브라더스
스튜디오 투어

◆

워너브라더스 스튜디오 투어는 대니얼 래드클리프, 에마 왓슨, 루퍼트 그린트가 소개하는 〈해리 포터〉 시리즈 관련 짧은 영상으로 시작된다. 소개가 끝나면 영화 스크린이 사라지고 호그와트 마법학교의 대연회장으로 향하는 문이 드러난다. 스크린에 펼쳐진 마법을 스크린 뒤의 현실과 연결하는 멋진 방법이다.

대연회장을 지나면 화사한 분홍색으로 꾸며진 덜로리스 엄브리지의 마법 정부 사무실과 과거 지하 감옥이었던, 호그와트 지하 깊숙한 곳에 자리한 마법약 교실이 나온다. 엄브리지의 사무실에는 책을 비롯해 우리가 만든 소품들이 잔뜩 놓였고, 마법약 교실 벽에는 먼지 덮인 수제 병들이 즐비하게 자리하고 있다. 우리는 방문객들에게 세트의 위치와 정보를 전달하기 위해 도둑 지도와 비슷한 느낌의 길 찾기용 지도도 만들었다.

또한 그래픽디자인 팀의 작업물을 보여주는 진열장도 디자인했다. 이 진열장에는 위즐리 형제의 위대하고 위험한 장난감 가게를 위해 디자인한 포장 상자와 도둑 지도 원본 소품도 전시돼 있다. 3차원 계단 모형과 마찬가지로, 이런 원본 소품도 자세히 들여다보면 전에는 미처 보지 못했던 세세한 부분을 발견할 수 있을 것이다.

투어 후반부에는 다이애건 앨리를 따라 걸어가면서 플러리시 앤 블러츠 서점, 올리밴더의 지팡이 가게 같은 주요 상점들을 볼 수 있는데, 이런 상점의 간판과 진열장 장식은 우리가 직접 디자인한 것이다. 상점에 들어가 보고 싶겠지만, 촬영장을 그대로 옮겨놨을 뿐 진짜 상점이 아니라는 점을 기억하자.

fine display!

Diagon Alley

FUR FRIENDLY
FLEA POWDER
KEEP YOUR PETS CLEAN, HAPPY AND HEALTHY!

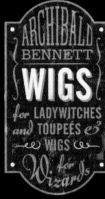

ARCHIBALD BENNETT
WIGS
for LADYWITCHES and TOUPEÉS & WIGS for Wizards

BLACK CARP Co
TAXI SERVICES
PURE BLACK PERSIAN CARPETS
NO PLACE TOO FAR!

Fledermaus and Tanner
Bats & Skins

Concordia and Plunkett
MUSICAL INSTRUMENTS
BAGPIPES • HARPS • LUTES • CELLOS

SOCIETY for the REFORMATION of HAGS

TOBACCONIST
PUMPKIN PASTIES
DOXYCIDE

UN-TAME YOUR
TARAN...
STEP-BY-STEP
TRAINING
1st FLOOR

BOWMAN E. WRIGHT
BLACKSMITH
DIAGON ALLEY

AUROR OFFICE
BY APPOINTMENT ONLY

BREWS & STEWS
FISHY DINNERS

SPINDLE...

HOBB and WHISTLE

School Robes
Available Here

Markus

"The White Wyvern"

STOWE & PACKERS

SCREED and SONS

POTIONS for all Afflictions

HELLEBORE
NOXIOUS INTOXICANT
BUY IN BATCHES
HOMEBREW 2nd Floor

ETERNELLE'S ELIXIR OF REFRESHMENT AT CARKITT MARKET

OBSCURUS BOOKS
BUTTERBEER
BOOKBINDER AND EDGE GILDER
CROXFORD PRESS

Perfect Fit
Guaranteed Wear

Winter Cloaks

GOOD FOR PETS

& Shave
BEARD TRIM
½
Moustache Sculpting
SCALP TREATMENTS

WISEACRE'S WIZARDING EQUIPMENT

DRESS RO...

Fa... HAT...

No-S... SLIPPE...

CUSTO... To Ord...

Waterpo...

COLLARS and CUFFS

GLADRAGS WIZARDWEAR
HOGSMEADE LONDON PARIS

SHYVERWRETCH'S

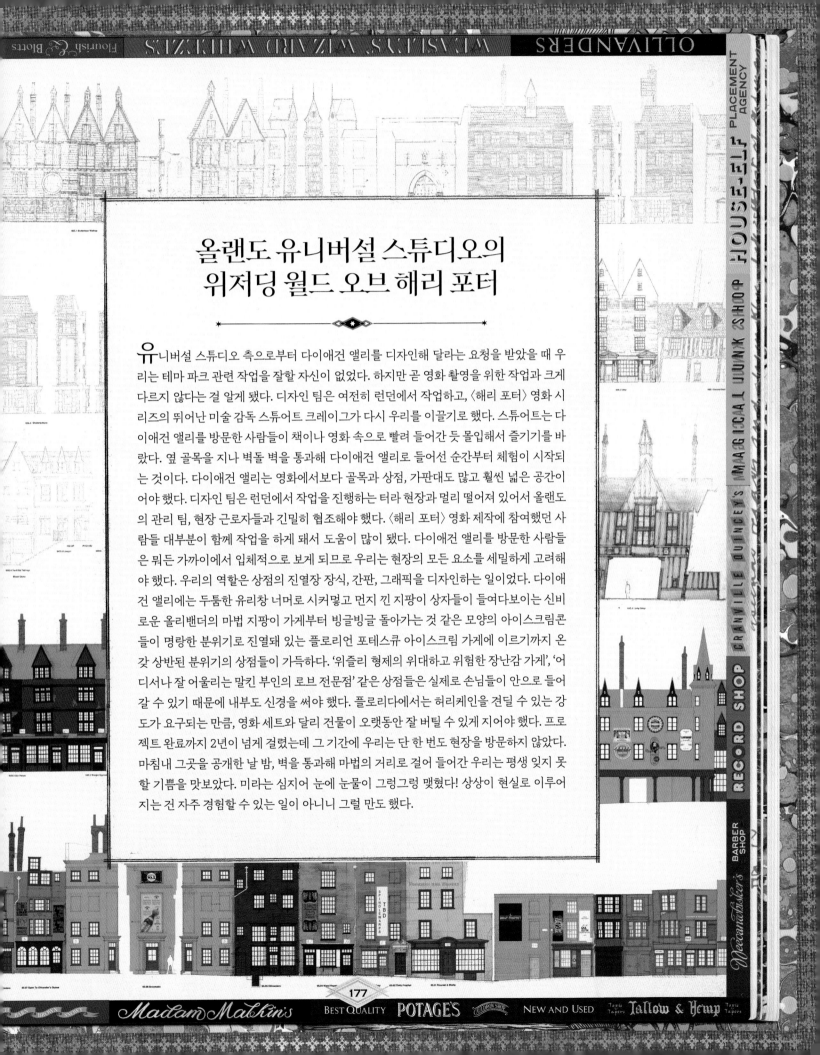

올랜도 유니버설 스튜디오의 위저딩 월드 오브 해리 포터

유니버설 스튜디오 측으로부터 다이애건 앨리를 디자인해 달라는 요청을 받았을 때 우리는 테마 파크 관련 작업을 잘할 자신이 없었다. 하지만 곧 영화 촬영을 위한 작업과 크게 다르지 않다는 걸 알게 됐다. 디자인 팀은 여전히 런던에서 작업하고, 〈해리 포터〉 영화 시리즈의 뛰어난 미술 감독 스튜어트 크레이그가 다시 우리를 이끌기로 했다. 스튜어트는 다이애건 앨리를 방문한 사람들이 책이나 영화 속으로 빨려 들어간 듯 몰입해서 즐기기를 바랐다. 옆 골목을 지나 벽돌 벽을 통과해 다이애건 앨리로 들어선 순간부터 체험이 시작되는 것이다. 다이애건 앨리는 영화에서보다 골목과 상점, 가판대도 많고 훨씬 넓은 공간이어야 했다. 디자인 팀은 런던에서 작업을 진행하는 터라 현장과 멀리 떨어져 있어서 올랜도의 관리 팀, 현장 근로자들과 긴밀히 협조해야 했다. 〈해리 포터〉 영화 제작에 참여했던 사람들 대부분이 함께 작업을 하게 돼서 도움이 많이 됐다. 다이애건 앨리를 방문한 사람들은 뭐든 가까이에서 입체적으로 보게 되므로 우리는 현장의 모든 요소를 세밀하게 고려해야 했다. 우리의 역할은 상점의 진열장 장식, 간판, 그래픽을 디자인하는 일이었다. 다이애건 앨리에는 두툼한 유리창 너머로 시커멓고 먼지 낀 지팡이 상자들이 들여다보이는 신비로운 올리밴더의 마법 지팡이 가게부터 빙글빙글 돌아가는 것 같은 모양의 아이스크림콘들이 명랑한 분위기로 진열돼 있는 플로리언 포테스큐 아이스크림 가게에 이르기까지 온갖 상반된 분위기의 상점들이 가득하다. '위즐리 형제의 위대하고 위험한 장난감 가게', '어디서나 잘 어울리는 말킨 부인의 로브 전문점' 같은 상점들은 실제로 손님들이 안으로 들어갈 수 있기 때문에 내부도 신경을 써야 했다. 플로리다에서는 허리케인을 견딜 수 있는 강도가 요구되는 만큼, 영화 세트와 달리 건물이 오랫동안 잘 버틸 수 있게 지어야 했다. 프로젝트 완료까지 2년이 넘게 걸렸는데 그 기간에 우리는 단 한 번도 현장을 방문하지 않았다. 마침내 그곳을 공개한 날 밤, 벽을 통과해 마법의 거리로 걸어 들어간 우리는 평생 잊지 못할 기쁨을 맛보았다. 미라는 심지어 눈에 눈물이 그렁그렁 맺혔다! 상상이 현실로 이루어지는 건 자주 경험할 수 있는 일이 아니니 그럴 만도 했다.

BIRCH
자작나무

자작나무는 활기를 머금고 있어 저장된 에너지, 회복과 관련이 깊다. 자작나무 지팡이를 쓰는 사람은 생기로 가득한데, 저장된 에너지가 끝도 없어서 주변 사람들에게도 활력이 전해진다. 이런 사람은 자신이 어떤 일이든 단박에 핵심을 꿰뚫어 볼 줄 안다는 점을 명심해야 한다.

ROWAN
마가목

마가목은 보호하는 힘을 지니고 있어서 귀하게 여겨진다. 마가목 지팡이를 쓰는 사람은 치유하는 힘으로 가득하고 언제나 기쁜 마음으로 타인을 돕는다. 이런 사람이 꿈을 이루려면 강력한 상상력과 풍부한 지략을 잘 활용해야 한다.

ASH
물푸레나무

물푸레나무는 에너지를 끌어당기는 것으로 알려져 있는데, 물푸레로 만든 도구는 마법 물건이든 비마법 물건이든 생산성이 높다. 물푸레나무 지팡이를 쓰는 사람은 친절하고 관대하며 세상의 아름다움과 타인 내면에 깃든 아름다움을 볼 줄 안다. 이런 사람은 낭만이 이끄는 대다가 위험에 처하지 않도록 조심해야 한다.

ALDER
오리나무

오리나무는 플루트와 피리 제작, 교량 건설에 적합하다. 오리나무 지팡이를 쓰는 사람은 모험을 좋아하는 여행가이며, 내면의 목소리를 믿고 자신감이 넘치는 의사 결정자다. 이런 사람은 일과 놀이 사이에 균형을 유지하기 위해 노력해야 한다.

WILLOW
버드나무

버드나무는 특히 자연재해로부터 보호해 주는 힘을 갖고 있다. 버드나무 지팡이를 쓰는 사람은 강하면서도 융통성이 있다. 예상치 못한 일을 겪더라도 빠르게 회복된다. 이런 사람은 과제를 해결할 때마다 점점 강해지므로 자신감 있게 새로운 과제에 임해야 한다.

HAWTHORN
산사나무

산사나무는 아름다운 꽃과 큰 가시를 지니고 있어 훌륭한 장벽이 되 강하면서도 유연한 목재다. 산사나무 지팡이를 쓰는 사람은 가족 유대감이 강하고 자신이 돌보는 사람들을 열심히 보호하려 한다. 사람은 인간관계를 통해 미래와 과거로 이어진다는 점을 명심해야

위저딩 월드 지도

유니버설 올랜도 리조트의 위저딩 월드 오브 해리 포터를 방문한 머글은 인터랙티브 지팡이를 구매하면 꿈에 그리던 마법의 힘을 사용할 수 있다. 올리밴더의 지팡이 가게에서 지팡이를 선택하거나 올리밴더의 조언을 듣고 마법 지팡이가 여러분을 선택하도록 하면 된다! 마법 지팡이가 담긴 상자에는 지도가 들어 있다. 우리는 영화 촬영용 지도를 만들 때처럼 세심하게 신경 써서 이 지도를 디자인 했다. 지도에는 마법의 장소들이 표시되어 있다. 총 25개의 마법의 장소와 2개의 불가사의한 장소가 표시돼 있으니 찾아보기 바란다.

이런 장소에는 거리에 놋쇠 메달을 부착해 표시해 두었다. 런던의 여러 산업디자인 중에서도 빅토리아 시대의 맨홀 뚜껑에서 영감을 받아 이 메달을 디자인했는데, 그 자리에서 수십 년 동안 있었던 것처럼 보여야 했다. 메달에는 마법 주문이 양각으로 새겨져 있다. 마법 지팡이를 어떤 식으로 움직여야 하는지를 알려주는 화살표도 있으니, '윙가르디움 레비오사'나 '알로호모라' 같은 주문으로 마법을 쓰는 상상을 늘 해봤다면 여기 와서 직접 해보기 바란다!

ARTIST IMPRESSION OF BEAST — BASED ON ACCOUNTS AND FOUND ARTIFACTS

. Deadly Poisonous Sting

MANTICORE

(Greece)

. Human Face

. Adult Female

CORNISH PIXIE

(Cornwall, England)

. Adult Male

. Fire-dwelling

SALAMANDER

. Peppercorns

FIRE CRAB

Igniting Behind ... *Jewelled Shell*

UNICORN
(Northern Europe)

Adult Female ... *Infant Male*

해그리드 놀이 기구

◆

해그리드의 마법 생명체 모터바이크 어드벤처 롤러코스터 디자이너들은 방문객들이 줄을 서는 것도 이 놀이 기구를 즐기는 과정의 하나로 생각하길 바랐다. 영화 〈해리 포터와 아즈카반의 죄수〉에서 해그리드가 3학년 학생들에게 마법 생명체 돌보기 수업을 하는 장면을 활용하기로 했고, 우리에겐 벽에 붙일 포스터를 디자인해 달라는 요청이 들어왔다. 우리는 이 포스터들이 마법 생명체에 관한 책의 일러스트처럼 보이게 하고 싶었다. 그 책은 《괴물들에 관한 괴물 책》일 수도 있고 뉴트 스캐맨더의 《신비한 동물 사전》엘 수도 있었다. 포스터 종이는 색이 바랜 느낌으로 누렇게 만들었다. 우리가 포스터에 그린 마법 생명체는 콘월 픽시, 만티코어, 불게, 샐러맨더, 유니콘, 니플러다. 니플러 그림에는 땅굴 속에 있는 큰 수컷과 어린 암컷이 담겨 있다. 뉴트의 개구쟁이 니플러 테디를 닮은 수컷은 반짝이는 금붙이를 품에 꼭 안고 있는 모습이다.

우리는 위의 책에 언급된 용 알의 상세한 그림도 디자인했다. 이 그림은 방문객들이 놀이 기구를 타기 전 줄을 서면서 구경할 수 있는 해그리드의 용 알 부화장에 붙어 있다. 방문객들은 용 알 부화장을 지나가면서 또 다른 미나리마 콘셉트 소품을 볼 수 있는데, 바로 트라이위저드 대회에서 해리 포터가 받은 황금 알이다.

글로부스 문디

마법 여행사 글로부스 문디는 2018년에 다이애건 앨리에서 문을 열었다. 우리는 마법 여행이라는 주제에서 영감을 받아 그래픽을 만들었다. 글로부스 문디의 천장에는 날개 달린 지구본이 매달려 있고 벽에는 다양한 표준시간대를 보여주는 시계들이 붙어 있다. 이 소품들은 이곳이 1876년에 설립된 여행사임을 보여줌으로써 방문객들이 즐겁게 몰입할 수 있게 해준다.

여러분이 포트키로 이동해야 하거나 마법 양탄자를 대여해야 하는 마법사라고 상상해 보자. 글로부스 문디 여행사는 마법 역사를 공부하고 관광, 쇼핑을 즐기러 런던에 가려는 여러분을 도와줄 수 있다. 어쩌면 여러분은 마법 주문을 걸어 다음번에는 프랑스 파리로 탈출하려 하지 않을까? 색다른 경험을 하고 싶다면 여행사 벽에 붙어 있는 포스터들을 보자. 노르웨이 리지백 용을 구경하러 스칸디나비아에 갈 수도 있고, 에럼펀트의 땅 우간다에서 육로 모험을 즐길 수도 있다.

그래픽디자이너들은 영화촬영 작업 때와 마찬가지로 주제에 맞는 독창적인 콘셉트를 떠올린 후 아이디어를 발전시켜 최종 결과물을 만들어 냈다. 여권, 수하물 꼬리표, 광고 포스터는 우리가 글로부스 문디를 위해 디자인한 물건들이다.

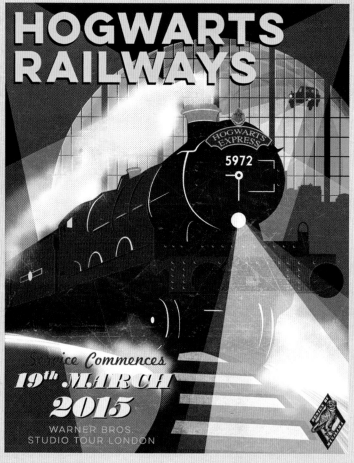

위저딩 월드에서의 특별한 순간을 기념하며

마법사 세계의 마법을 직접 경험하고 싶어 했던 해리 포터 팬들에게 2014년 유니버설 올랜도 리조트 다이애건 앨리 개장은 무척 의미 있는 행사였다. 새로이 확장된 다이애건 앨리의 구역이 증기기관차를 통해 위저드 월드 오브 해리 포터의 호그스미드 마을과 연결된 것도 엄청 기쁜 일이었다. 이 행사를 기념해 우리는 다이애건 앨리의 마법을 경험하고 호그와트 급행열차로 여행하며 짜릿함과 흥분을 느끼게 된 분들을 위해 한정판 인쇄물을 선보였다.

또한 2019년 4월 6일 그린고츠 마법사 은행의 확장 같은 워너브라더스 스튜디오 투어 런던의 특별 이벤트를 축하하기 위해 여러 장의 포스터를 디자인했다. 이제 방문객들은 다이애건 앨리에 위치한 그린고츠 은행의 대리석 홀에 들어와 실감나는 체험을 하면서, 우크라이나 아이언밸리 용이 은행을 파괴하는 걸 보며 아드레날린이 솟구쳤던 순간을 다시 만끽할 수 있다.

책과 지도 등등

"그게 헤르미온느가 하는 일이잖아." 론이 어깨를 으쓱하며 말했다.
"의문이 생기면 일단 도서관에 간다."

—론 위즐리, 《해리 포터와 비밀의 방》

11년 전, 우리는 〈해리 포터〉 영화와 관련된 특별한 책을 디자인해 달라는 요청을 받았다. 소품이 아닌 진짜 책을 디자인해 본 적도 없으면서 우리는 무작정 수락했다. 그렇게 해서 만들게 된 책이 바로 《해리 포터 필름 위저드리(Harry Potter Film Wizardry)》였다. 브라이언 시블리(Brian Sibley)가 쓴 이 책은 〈해리 포터〉 영화를 스크린 뒤에서 살펴보는 내용인데, 호그와트 마법학교 레이아웃 청사진, 죽음을 먹는 자들에 대해 경고하는 마법정부 포스터 같은 처음 공개되는 사진과 미술품도 볼 수 있었다. 다행히 책은 꽤 성공을 거뒀다. 우리는 〈신비한 동물사전〉과 관련해서도 비슷한 책을 디자인하게 됐다. 그렇게 해서 나온 책이 마크 솔즈베리(Mark Salisbury)의 《뉴트의 마법 가방(The Case of Beasts)》이었다. 《해리 포터 필름 위저드리》와 마찬가지로 《뉴트의 마법 가방》은 영화에 관한 정보로 채워져 있으며, 나만의 마법 지팡이 사용 허가증 만들기 세트와 실물 크기의 뉴트 스캐맨더 현상 수배 포스터가 들어 있다. 시그네 버그스트롬(Signe Bergstrom)의 《신비한 마법의 기록(The Archive of Magic)》은 〈신비한 동물사전〉 영화 시리즈 2편 〈신비한 동물들과 그린델왈드의 범죄〉에 관한 내용을 담고 있다. 이 책에는 우리가 아르카누스 서커스를 위해 디자인한 탈부착 가능한 포스터들, 적갈색으로 처리한 에펠탑 엽서가 실려 있다. 이 엽서는 티나가 부엉이 우편으로 퀴니에게 보낸 것이다.(실제 영화에서는 몽마르트르의 청동 조각상 엽서로 바뀌었다—옮긴이)

하퍼콜린스 출판사 측에서 동화 시리즈의 디자인을 해달라는 제안이 들어왔다. 우린 둘 다 책을 무척 좋아하니 제안을 받은 것만으로도 영광이었다. 〈미녀와 야수〉 같은 고전 동화는 늘 우리 마음에 자리하고 있으니까.

스콜라스틱 출판사의 요청으로 J.K. 롤링의 〈신비한 동물사전〉 영화 시나리오 책(오리지널 흑백 일러스트가 담긴 아름다운 하드커버 책)을 디자인한 후, 우리는 J.K. 롤링의 유명 소설 《해리 포터와 마법사의 돌》의 무삭제 원본을 담은 미나리마 에디션을 디자인하고 일러스트를 그려달라는 요청을 받았다. 우리를 무수한 마법적 모험으로 이끌었던 최초의 이야기로 돌아가게 되니 가슴이 설렜다. 우리는 기발한 종이 공예 요소 등 동화 시리즈에서 사용했던 여러 가지 기법을 활용하기로 했다. 1권 《해리 포터와 마법사의 돌》 미나리마 에디션이 성공을 거두자 2권 《해리 포터와 비밀의 방》 작업에 돌입했다.

책 외에도 우리는 마법사의 블루레이 DVD 컬렉션 같은, 수집가를 위한 다양한 한정판 상품을 만들었다. 포장 상자에는 수집용으로 특별히 디자인한 호그와트 마법학교 지도를 담았다. 상상의 지도를 꿈꿀 때면 우리의 행복감은 극에 달한다! 2018년 〈신비한 동물들과 그린델왈드의 범죄〉 개봉 기념으로 영화에 나온 장소들이 표시된 마법 도시 파리의 지도를 만들기도 했다.

9월 1일은 해리 포터 달력에 특별한 날로 표시돼 있다. 호그와트 마법학교에서 새 학년이 시작되는 날이라서다. 우리는 한정판 인쇄물로 이 특별한 날을 기념했다. 이 인쇄물은 우리가 특별 행사를 축하하기 위해 만든 다양한 인쇄물 중 하나다.

2020년에는 〈해리 포터〉 영화 시리즈 1편 〈해리 포터와 마법사의 돌〉의 주요 장면 다섯 가지를 골라 우리만의 독특한 그래픽 스타일로 재창조해, 마법의 순간을 표현하는 인쇄물 시리즈를 만들어 발매했다. 해리 포터가 호그와트 마법학교의 입학 통지서를 받는 장면, 퀴디치 경기에서 승리를 거두는 장면 등이다. 이 인쇄물 시리즈가 엄청난 성공을 거두면서 우리는 영화 2편 〈해리

포터와 비밀의 방〉을 테마로 하는 두 번째 인쇄물 시리즈를 만들었다. 이 시리즈에는 도비가 메이슨 부인의 머리에 케이크를 떨어뜨릴 때 해리가 그 옆에서 난감한 표정으로 서 있는 장면이 포함돼 있다. 영화 3편을 주제로 하는 세 번째 인쇄물 시리즈에는 악명 높은 나이트 버스, 〈해리 포터와 아즈카반의 죄수〉 관련 주요 이미지를 담고 있다. 우리는 곧 영화 4편 〈해리 포터와 불의 잔〉의 마법 순간들에 관한 네 번째 시리즈를 발매할 예정이다.

타임 터너를 이용해 시간을 되돌릴 수 있다면 당시의 우리에게 이런 말을 해주고 싶다. 너희는 얼마 후면 머글 세계를 위해 버터맥주 라벨을 디자인하고, 책도 일러스트 에디션으로 다시 내게 될 거야. 아마 들어도 못 믿지 않을까!

영화의 동반자
그리고 대본집

〈해리 포터〉 영화 시리즈와 함께할 책을 디자인하게 됐을 때 우리는 영화만큼이나 흥미롭고 창의적인 책을 만들어 보자고 마음먹었다. 출연진과 제작진이 영화 제작 과정에서 경험한 바를 담아낸 《해리 포터 필름 위저드리》를 통해, 독자들은 다른 어떤 책보다도 출연진과 제작진에게 가까워진 느낌을 받게 된다. 우리는 팬들을 위한 재미난 물건들을 책에 담았는데, 바로 다이애건 앨리의 접이식 지도, 퀴디치 경기 상세 안내서, 도둑 지도와 호그와트 입학 통지서 같은 봉투에서 꺼낼 수 있는 주요 소품들이다.

하퍼콜린스 출판사는 〈신비한 동물사전〉 영화 시리즈와 관련해 이런 종류의 책을 디자인해 달라고 요청했다. 우리는 책을 영화만큼이나 마법적인 물건으로 만들고자 노력했다. 《뉴트의 마법 가방》 표지를 뉴트의 가방과 비슷하게 보이도록 디자인하고 걸쇠 부분에 자석을 설치해 여닫히게 했다. 티나의 미합중국 마법 의회 신분증, 티나와 뉴트를 찾는 현상 수배 포스터도 세세한 부분까지 그대로 가져와 책에 담았다. 시그네 버그스트롬의 《신비한 마법의 기록》의 디자인에는 〈신비한 동물들과 그린델왈드의 범죄〉의 시대적 배경인 1920년대 스타일이 반영돼 있다. 이 책에는 촬영장 사진, 마법 서커스인 아르카누스 서커스 광고 포스터, 파리의 연금술사 니콜라 플라멜을 위한 반짝이는 금박 명함 등이 들어 있다.

필름 위저드리 시리즈로 나온 책들 외에도 우리는 J.K. 롤링이 대본을 쓴 〈신비한 동물사전〉과 〈신비한 동물들과 그린델왈드의 범죄〉 대본집 하드커버 에디션을 디자인했다. 수집 가치가 높은 이 대본집에는 우리가 텍스트에서 영감을 받아 그린 일러스트가 들어갔고, 브라운 북 그룹의 리틀 출판사가 출간했다.

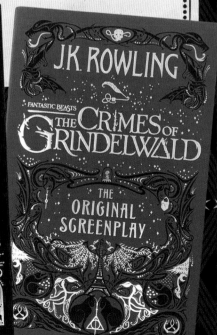

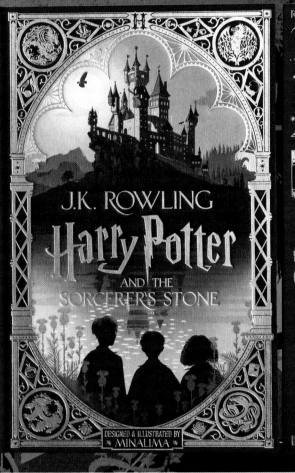

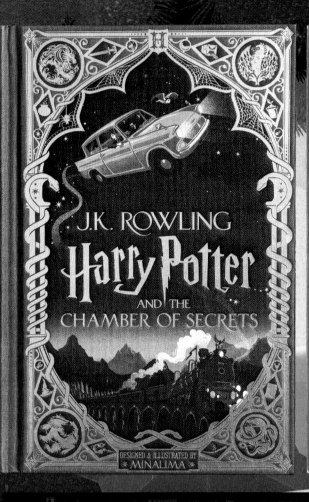

해리 포터
미나리마 에디션

많은 사람들에게 사랑받는 J.K. 롤링의 책을 디자인하는 일을 하다 보면 엄청난 책임감을 느끼게 된다. 〈해리 포터〉 영화 시리즈가 성공하기까지 했으니 압박감은 한층 더 커질 수밖에 없다. 다행히 우리는 〈피터 팬〉 같은 어린이 고전 동화에 일러스트를 넣은 경험이 있어서 각각의 이야기에 새로운 느낌을 불어넣는 게 얼마나 중요한지 잘 알고 있었다.

우리는 영화 작업 시 대본을 다룰 때와 같은 방식으로 책 작업에 임한다. 우선 책의 내용을 처음부터 끝까지 완독하고, 이야기의 반전이나 시각적으로 흥미로운 장면 같은 핵심적인 부분을 표시해 가며 책 지도를 만든다. 그리고 이런 부분들을 가장 잘 표현해 줄 수 있는 일러스트 종류를 결정한다. 미나리마 에디션에는 무삭제 원본 텍스트와 150장이 넘는 풀 컬러 일러스트가 담겨 있으며, 권마다 8개의 특별한 입체 그림이 들어 있다.

1권 《해리 포터와 마법사의 돌: 미나리마 에디션》을 작업하면서 우리는 영화에는 나오지 않는 마법 물건을 만들고 싶었다. 독자들은 덤블도어의 회중시계 뚜껑을 열고 직접 시계 손잡이와 다이얼을 돌리면서 조작할 수 있다. 그리고 리키 콜드런 뒤쪽 벽을 열면 플러리시 앤 블러츠 서점, 아일롭스 부엉이 상점 같은 휘황찬란한 마법 가게들을 볼 수 있다.

2권 《해리 포터와 비밀의 방: 미나리마 에디션》은 2021년 10월에 출간됐다. 우리는 바닥을 후다닥 달려가는 거미 떼부터 날아다니는 자동차 포드 앵글리아까지 이야기의 마법적인 순간들을 책에 담아냈다. 영화에서 했던 것처럼 미나리마의 깜짝 선물 2개도 슬쩍 숨겨놓았다. 책을 펼치면 일단 귀마개를 하고 스프라우트 교수와 함께 화분에서 아기 맨드레이크를 끄집어내 보자. 해리와 함께 플루 네트워크로 이동을 할 수도 있다. 다만, 도착이 편하지 않을 수 있으니 조심해야 한다! 영화 편집 작업과는 달리 이런 책들의 경우 작업하면서 전반적인 디자인을 완벽하게 통제해야 한다. 이 책들이 독자들과 특별한 관계를 맺게 될 것임을 알기에 우리는 자유롭게 작업하면서도 한편으로는 도전 의식에 불타오르곤 한다.

PRIVET DRIVE

KING'S CROSS

THE BURROW

DIAGON ALLEY

SHELL COTTAGE

HOGSMEADE

HAGRID'S HUT

BLACK LAKE

RAVENCLAW

GRYFFINDOR

호그와트 마법학교 지도는 해리 포터 위저드 컬렉션
한정판 박스 세트에서 제일 핵심적인 부분이었다.
우리는 워낙 지도 만들기를 좋아하는 사람들이라 도둑
지도 스타일로 호그와트 마법학교의 지도를 만들어
볼 수 있어서 무척 즐거웠다. 해그리드의 오두막,
호그스미드 기차역 같은 주요 장소들을 마법 세계의 당시
건축양식으로 되살려 보았다.

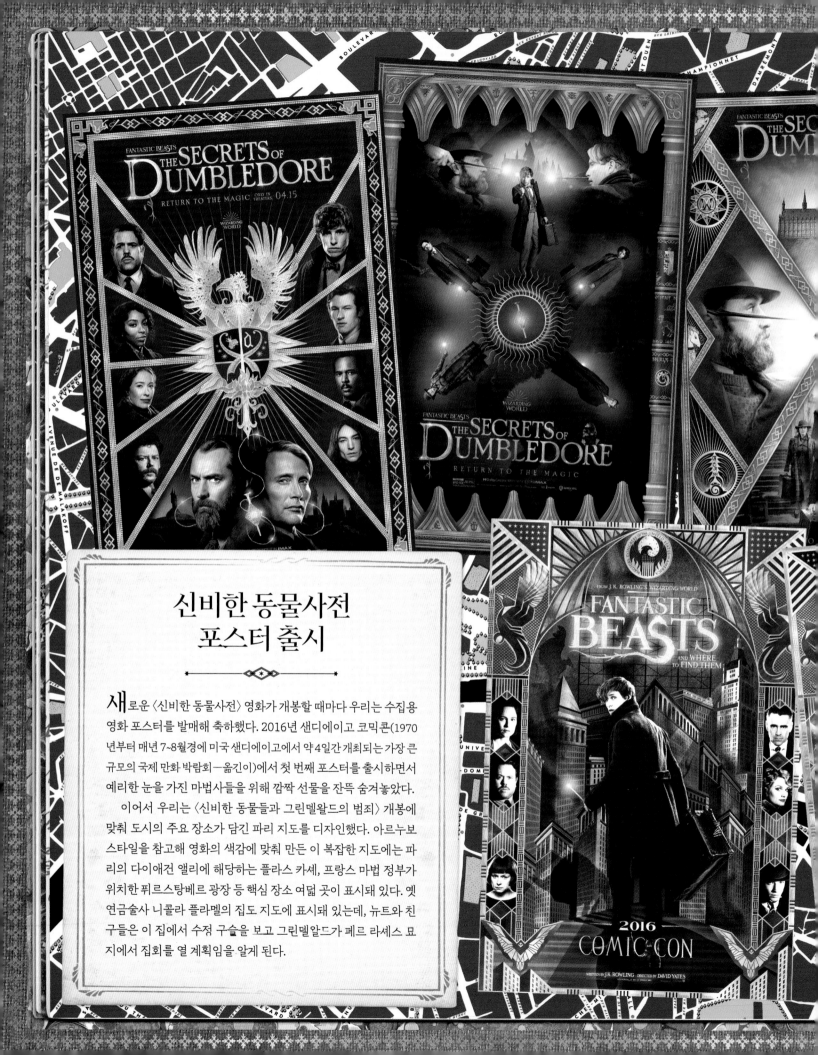

신비한 동물사전 포스터 출시

새로운 〈신비한 동물사전〉 영화가 개봉할 때마다 우리는 수집용 영화 포스터를 발매해 축하했다. 2016년 샌디에이고 코믹콘(1970년부터 매년 7~8월경에 미국 샌디에이고에서 약 4일간 개최되는 가장 큰 규모의 국제 만화 박람회―옮긴이)에서 첫 번째 포스터를 출시하면서 예리한 눈을 가진 마법사들을 위해 깜짝 선물을 잔뜩 숨겨놓았다.

이어서 우리는 〈신비한 동물들과 그린델왈드의 범죄〉 개봉에 맞춰 도시의 주요 장소가 담긴 파리 지도를 디자인했다. 아르누보 스타일을 참고해 영화의 색감에 맞춰 만든 이 복잡한 지도에는 파리의 다이애건 앨리에 해당하는 플라스 카셰, 프랑스 마법 정부가 위치한 퓌르스탕베르 광장 등 핵심 장소 여덟 곳이 표시돼 있다. 옛 연금술사 니콜라 플라멜의 집도 지도에 표시돼 있는데, 뉴트와 친구들은 이 집에서 수정 구슬을 보고 그린델왈드가 페르 라셰스 묘지에서 집회를 열 계획임을 알게 된다.

마법 세계의 확장

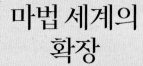

우리는 2018년 위저딩 월드 로고 출시를 기념하기 위해 〈해리 포터〉, 〈신비한 동물사전〉 영화 시리즈의 마법 그래픽 이미지들을 모아 특별한 인쇄물을 만들었다. 죽음의 성물 상징, 타임 터너, 그 외 집에서 키우는 마법 생명체들을 포함해 위저딩 월드의 중요한 요소들을 깜짝 선물로 디자인에 집어넣었다.

또한 2020년 코로나 봉쇄 시기에 열린 최초의 디지털 행사인 '다시 호그와트로(Back to Hogwarts)'를 축하하기 위해 워너 브라더스의 한정판 에디션 인쇄물도 디자인했다.

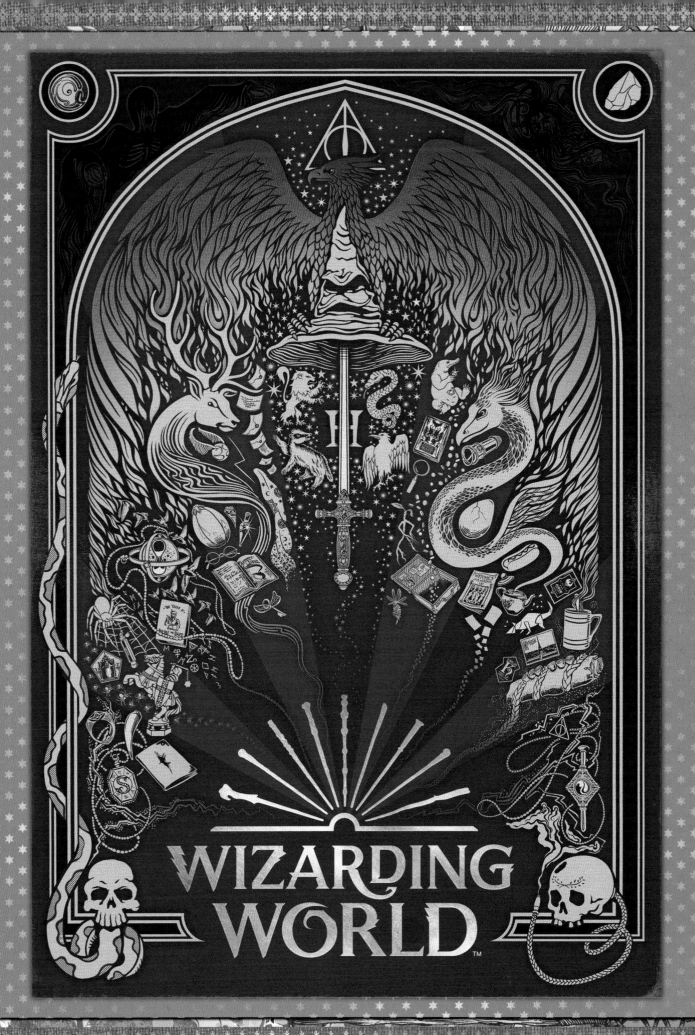

WIZARDING
WORLD™

"버터맥주를 마시러 오세요!"

버터맥주는 다이애건 앨리의 리키 콜드런, 호그스미드 마을의 호그스 헤드와 스리 브룸스틱스 같은 마법 주점에서 파는 인기 음료다. 이 음료는 오래된 전통 제조법으로 만들어진다. 해리 포터와 친구들도 추운 날 거품이 보글보글 이는 이 버터스카치 캔디 맛 맥주를 마시면 마음속까지 따뜻해진다는 사실을 알게 되었다.

마법 세계의 상징적인 상품을 다시 작업하게 돼서 무척 기뻤다. 2020년 우리는 버터맥주의 이미지를 머글 세계에 맞춰 새로 만들어 달라는 의뢰를 받았다. 우리는 이 맥주에 관한 상세한 역사를 만들기로 했다. 그 역사는 중세 말까지 거슬러 올라간다. 버터맥주는 1550년 리키 콜드런의 독창적인 제조법으로 만들어진, 마법 세계의 오랜 전통이 깃든 술이다. 우리는 호그와트 마법학교 4개 기숙사의 대표적인 색깔들을 넣고, '버터(Butter)'+'맥주(Beer)'의 앞 글자 2개를 따서 'BB'로 로고도 만들었다. 달콤함과 풍성함을 떠올리도록, 중세에 인기가 많았던 '꿀벌' 모양을 본떠 만든 로고다. 우리는 2021년 뉴욕의 해리 포터 상점에서 새로운 버터맥주 라벨을 선보였다. 우리가 지어낸 역사에 따르면, 미나리마는 1926년 미국 마법 역사상 중요한 행사, 즉 1892년 미합중국 마법 의회가 워싱턴에서 뉴욕으로 이전한 일을 기념하기 위해 이 라벨을 디자인했다. 이 라벨은 아르데코 건축양식을 통해 마법의 힘을 보여주면서 뉴욕시를 축하하는 의미를 담고 있다.

BUTTER BEER

BIÈR AU BEURRE

〈해리 포터와 마법사의 돌〉을 위해
디자인한 최초의 라벨

〈신비한 동물들과 그린델왈드의 범죄〉에 등장한,
1920년대 프랑스 버전으로 새로 만든
버터맥주(Bier au Beurre) 상표 디자인

'COME
OR TH

AVAILABLE B
AUGHT IN TH

PRODUCE OF THE

〈신비한 동물들과 덤블도어의 비밀〉에서
히말라야 지역 마법 세계에 어울리도록
목판화 스타일로 재창조한 버터맥주 상표 디자인

미나리마
되기

✳

"우리의 목표가 같고 마음이 열려 있다면 관습과 언어의 차이는 아무것도 아닙니다."

—알버스 덤블도어, 《해리 포터와 불의 잔》

지금은 당연한 소리로 들리지만, 영화 촬영과 관련해 그래픽 소품을 만드는 동안에는 관객들과의 소통에 대해 생각할 겨를이 별로 없었다. 리브스덴 스튜디오 투어를 보고 나서야 영화 팬들에 대해, 그중에서도 특히 〈해리 포터〉 영화를 향한 팬들의 호기심에 대해 생각해 보게 됐다. 그러다 2012년 해리 포터 팬 대회인 리키콘 (Leaky-Con)에도 자연스럽게 참석하게 됐다. 돌이켜 생각해 보면 이는 우리와 우리 사업에 중요한 의미가 있는 행사였다. 이 행사를 통해 우리는 팬들과 이야기를 나누면서 팬들이 우리 디자인의 어떤 점에 흥미를 갖는지 직접 확인해 볼 수 있었다.

팬들이 관심을 보일지 알아보기 위해 우리는 영화에 사용된 그래픽디자인이 담긴 아트 프린트 몇 장을 신중하게 다시 만들어 행사에 가져갔다. '해리 포터: 위험인물 1호'라는 제목이 실린 《예언자일보》 1면과 퀴디치 월드컵 광고 포스터였다. 그때까지 우리는 늘 무대 뒤에서 일하는 것에 만족하며 지냈던 터라, 실수라도 하지 않을까 걱정하면서 조심스럽게 무대에 올라갔다. 그런데 얘기를 시작하자마자 우리는 팬들이 그래픽 소품과 그 제작 과정에 관심이 많다는 걸 알게 됐다. 도둑 지도 같은 소품이 사람들의 삶에 (지속적으로) 큰 영향을 미친다는 사실을 알게 되자 한층 더 겸허해질 수밖에 없었다.

팬들의 열광적인 반응 덕분에 우리는 용기를 내 미라의 집 정원 창고에서 고품질 아트 프린트를 제작해 판매하는 온라인 상점을 만들었다. 그런데 작업한 인쇄물을 공들여 웹사이트에 전부 올리고 나서야 팬들이 작품을 실물로 직접 보고 싶어 한다는 걸 알게 됐다. 2013년 우리는 런던의 코닝스비 갤러리에서 소품을 전시했다. 그리고 영화 〈신비한 동물사전〉 관련 작업을 하는 와중에 코닝스비에서 두 번째 전시회를 열었다. 우리는 소품을 생생하게 전시할 방법을 고안하기 시작했다. 그중 하나가 바로 호그와트 입학 통지서가 벽난로에서 쏟아져 나오는 장면을 구현하는 것이었다. 방문객들은 이 전시물을 무척 마음에 들어 하는 듯했다. 적절한 공간을 찾아 전시회 장소로 꾸미서 방문객이 몰입해서 체험할 수 있게 하고 싶다는 생각이 들었다.

그릭 스트리트 26번지 집의 기우뚱한 계단을 걸어 올라가면서 우리는 마치 그리몰드가 12번지 저택에 들어가는 것 같은 기분을 느꼈다. 우리는 그 집을 단기 임대해 1층부터 4층까지를 매력적인 전시 공간 겸 상점으로 꾸몄다. 《예언자일보》로 벽을 도배하고, 고풍스러운 진열장에는 영화 촬영 시 썼던 소품들을 채웠다. 갤러리 바닥에 대형 도둑 지도를 깔았는데 방문객들에게 인기가 무척 많았다. 열성적인 직원들은 방문객들의 질문에 능숙하게 답을 해주었다. 임대 기간이 끝나자 팬들은 여기를 전시 공간으로 계속 유지해 달라는 청원을 올렸고 우리는 결국 임대를 연장해 이곳에서 한동안 계속 하우스 오브 미나리마를 운영했다.

마법 세계와 머글 세계의 다양한 행사를 반영해 진열장을 계속 다르게 꾸며주었다. 크리스마스 때는 직원들이 론과 헤르미온느가 해리와 함께 호그와트에 머물렀던 크리스마스를 기념하기 위해 이 집을 직접 만든 장식으로 꾸미고 굴뚝에 긴 양말 3개를 걸기도 했다.

2018년에는 영화 〈신비한 동물들과 그린델왈드의 범죄〉 개봉을 기념해 파리에서 전시회를 열었다. 그리고 하우스 오브 미나리마에서 방문객들에게 아르카누스 서커스 포스터, 레스트레인지 가문의 가계도 같은 영화 소품을 선보이는 행사를 개최했다. 2019년에는 일본 오사카에 미나리마 팝업 스토어를 열었다. 개점식에 참석하고 오사카와 도쿄에서 간담회를 한 후 영화의 그

래픽디자인에서 영감을 받아 만든 손 편지와 정교한 예술품을 선물로 받았다. 그 후 한국의 파주에도 미나리마 팝업 스토어를 열었다.

2020년 9월 1일, 그릭 스트리트에 있던 하우스 오브 미나리마를 워더 스트리트 157번지로 이전했다. 그릭 스트리트의 집보다 공간이 넓어서 스튜디오와 갤러리, 상점을 한 건물에 들여놓고 싶었던 우리의 바람이 이루어졌다. 세계적인 코로나19 바이러스 대유행으로 힘든 한 해였지만 팬들의 사랑과 지지 덕분에 우리는 계속 새로운 디자인 작업을 할 수 있었다. 첫 번째 팬 대회에 참석해 팬들과 대화를 나누지 않았다면 미나리마가 지금처럼 발전하지는 못했을 것 같다. 그 행사 덕분에 사업에 대한 접근 방식을 달리할 수 있었다. 지금도 우리는 끊임없이 아이디어를 개선하면서 방문객의 요구에 부응하려 노력하고 있다. 최근에 뉴욕 해리 포터 상점에서 숍인숍을 열었는데, 이 상점은 세계적으로 계속 늘어나는 손님들에게 마법을 전해주고자 우리가 세운 멋진 계획의 일부다.

HARRY POTTER™

JANUARY
24-26, 2014

HOGWARTS™
SCHOOL
OF
WITCHCRAFT
AND
WIZARDRY

DESIGN BY MINALIMA

THE WIZARDING WORLD OF HARRY POTTER™

AT UNIVERSAL ORLANDO RESORT, FLORIDA

해리 포터 기념 행사

❖

해리 포터 기념 행사(A Celebration of Harry Potter)는 워너브라더스가 2014년부터 2018년까지 개최한 연례행사다. 우리는 다섯 번의 행사에 모두 참석했고 덕분에 팬들이 그래픽디자인 소품에 점점 큰 관심을 보여주고 있음을 파악했다. 그리고 자신감을 얻어 보다 폭넓게 우리 작품을 논의하고 전시할 수 있었다.

미나리마의 마법을 전시하며

'해리 포터 영화 그래픽 아트(The Graphic Art of the Harry Potter Films)'는 우리가 코닝스비 갤러리에서 선보인 전시회다. 이 전시회는 관람객들이 우리 작품을 좀 더 몰입해서 즐길 수 있도록 하기 위한 여정의 시작이었다. 전시회를 마친 후 우리는 팬들과 더 적극적으로 소통하면서, 더 많은 분들에게 작품을 보여드릴 기회를 만들려고 애썼다. 2016년에는 〈해리 포터〉 영화와 관련한 그동안의 작업을 기념하고 〈신비한 동물사전〉 영화 개봉을 축하하기 위해 파리에서 전시회를 열었다. 하우스 오브 미나리마가 세계적으로 더 많이 알려지면서 2018년 오사카에서 열린 '한큐 브리티시 페어(Hankyu British Fair)'와 2019년 쾰른에서 열린 'CCXP' 같은 팬 행사에도 참석했다.

런던의
하우스 오브 미나리마

새로 둥지를 틀게 된 워더 스트리트 157번지의 문지방을 넘어가자마자 창의적이고 마법적인 기운이 벽에 스며 있는 듯한 느낌을 받았다. 조사해 보니 그 건물은 유명 바이올린 제작자인 무슈 조르주 샤노 3세의 가게였다. 소호는 19세기 말부터 영국 내에서 바이올린 제작의 중심지였고, 워더 스트리트 157번지는 소호에서 가장 유명한 작업실 중 하나였다. 샤노는 대대로 바이올린을 제작해 온 프랑스 가문의 후손으로 1850년대에 영국으로 건너왔다. 그는 에든버러 공작의 바이올린 제작자로 선정되면서 성공에 정점을 찍었다. 작가 에드워드 헤런앨런의 말에 따르면 샤노는 성격이 유별났다고 한다. 참고로 에드워드는 샤노에게 바이올린 만드는 법을 배운 적이 있다. 샤노는 검은 앞치마를 두르고 긴 소매 웨이스트코트를 입었으며 긴 백발에는 초록색과 검은색 벨벳 모자를 썼다. 그의 작업실은 온갖 기구들이 담긴 먼지투성이 상자들이 가득하고 가업의 비밀이 담긴 흑단 보관장이 자리하고 있어 보물 창고나 다름없었다.

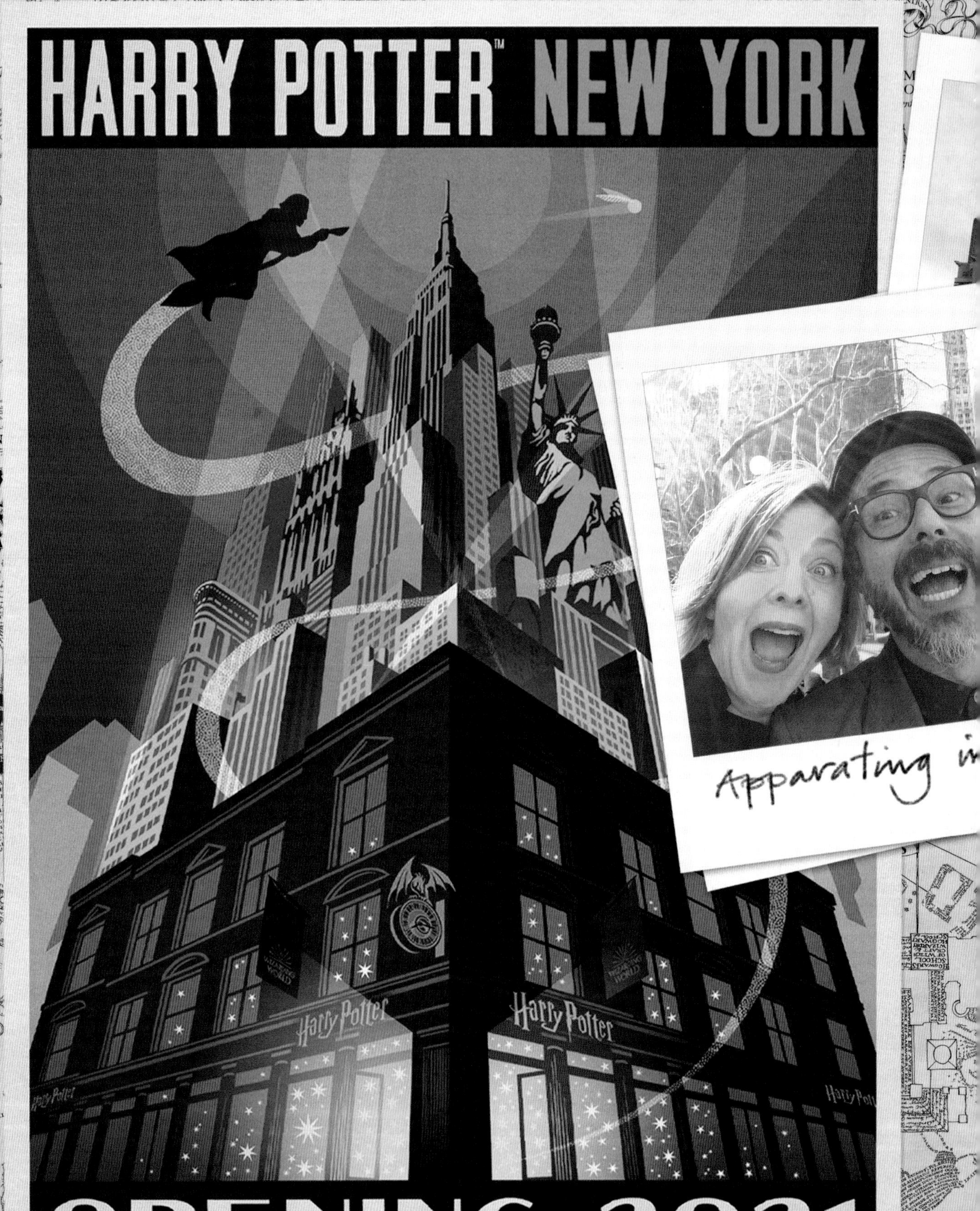

HARRY POTTER™ NEW YORK
Harry Potter
Harry Potter
OPENING 2021
Apparating in

뉴욕 해리 포터 플래그십 스토어의 하우스 오브 미나리마

✦ ━━━◆✦◆━━━ ✦

뉴욕시 브로드웨이 935번지의 해리 포터 상점에 미국 최초로 하우스 오브 미나리마가 문을 열었다. 런던의 갤러리 및 상점에서와 마찬가지로 우리는 이 하우스 오브 미나리마에서도 〈해리 포터〉 영화 시리즈와 〈신비한 동물사전〉 영화 시리즈를 위해 디자인한 그래픽 작품들을 전시하고 있다. 우리는 하우스 오브 미나리마를 플래그십 스토어의 나머지 구역과는 차별화된 공간으로 만들고 싶었다. 한마디로 포털을 통해 마법 세계로 걸어 들어간 듯한 느낌을 주고 싶었다. 마법 지팡이를 흔들어 뉴욕 한복판에 런던의 하우스 오브 미나리마를 만들어 낸 것처럼 말이다. 비록 축소판이긴 하지만! 팬들이 이곳을 방문했을 때 집처럼 편안한 기분을 느낄 수 있도록, 사인이 들어간 유리 간판과 벽난로에서 쏟아져 나오는 호그와트 입학 통지서 같은 주요 디자인 요소는 그대로 유지했다. 우리는 이곳을 여느 소매점처럼 여기지 않는다. 우리에게 이곳은 특별한 아이디어와 디자인을 통한 스토리텔링의 힘을 보여주고 기념하기 위한 공간이다.

2018년 일본에서 처음으로 연 팝업 스토어가 열광적인 환영을 받았다! 오사카에서 우리는 작은 공간을 인수해 전시 공간을 만들었다.

〈해리 포터〉 시리즈 한국어판 출판사인 문학수첩과 협업해 2021년 한국의 '책의 도시' 파주에서 팝업 스토어를 열었다.

MinaLima edition in korean (2020)

HOUSE OF MINALIMA

PAJU POP-UP SHOP

1F
503-1 HOEDONG-GIL
PAJU
GYEONGGI-DO

MAKERS AND CREATORS SINCE 2001

하우스오브

미나리마

503-1
HOUSE OF MINALIMA

HOUSE OF MINALIMA SINCE

minalima

minalima

SHOP * GALLERY * STUDIO

503-1

SINCE 2001

NEW SHOP OPEN

PRINTS   GIFTS   BOOKS

GIFTS   BOOKS

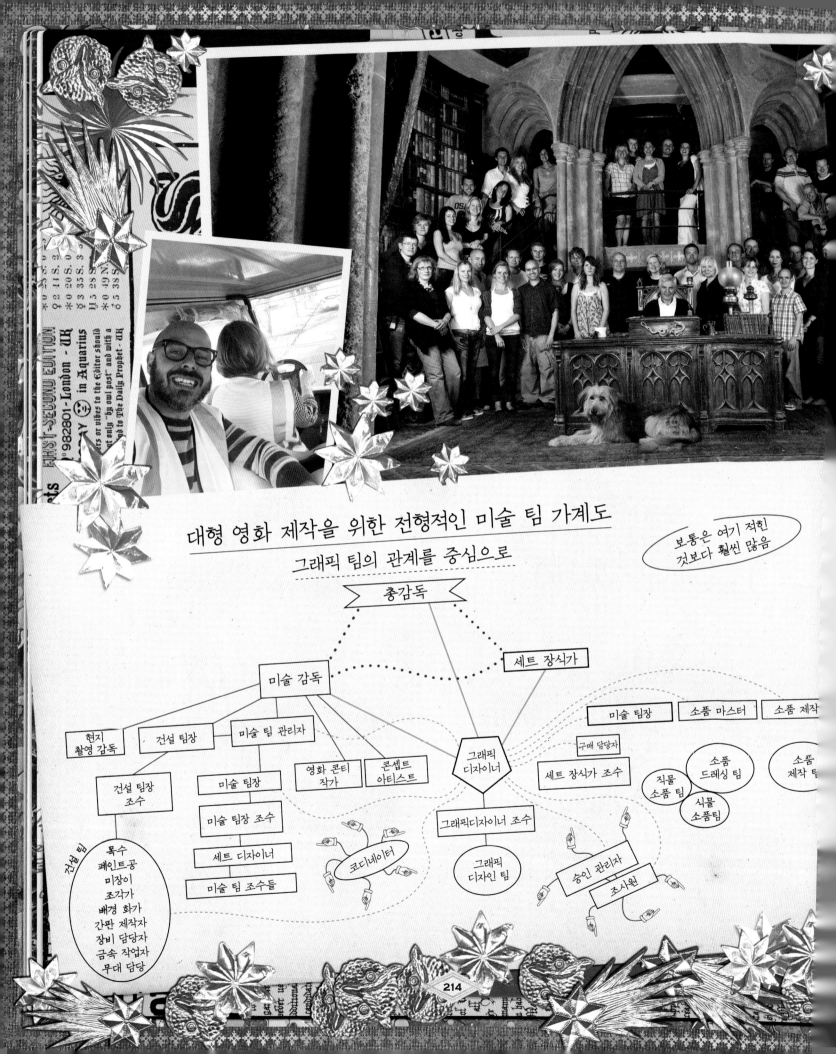

대형 영화 제작을 위한 전형적인 미술 팀 가계도
그래픽 팀의 관계를 중심으로

보통은 여기 적힌 것보다 훨씬 많음

총감독

미술 감독

세트 장식가

현지 촬영 감독

건설 팀장

미술 팀 관리자

미술 팀장

소품 마스터

소품 제작

그래픽 디자이너

구매 담당자

세트 장식가 조수

건설 팀장 조수

영화 콘티 작가

콘셉트 아티스트

직물 소품 팀

소품 드레싱 팀

소품 제작 팀

미술 팀장

식물 소품팀

미술 팀장 조수

그래픽디자이너 조수

세트 디자이너

코디네이터

그래픽 디자인 팀

승인 관리자

조사원

미술 팀 조수들

건설 팀

목수
페인트공
미장이
조각가
배경 화가
간판 제작자
장비 담당자
금속 작업자
무대 담당

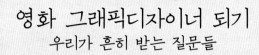

영화 그래픽디자이너 되기
우리가 흔히 받는 질문들

그래픽 소품 디자인 일은 어디서 시작해야 할까?

디자인 과정은 일반적으로 시각적 연구에서부터 시작된다. 기록 보관소, 박물관, 시장을 방문하거나 오랫동안 개인적으로 차곡차곡 모아온 광범위한 전문 분야의 책들을 참고해야 한다. 특정한 소품을 만들기 위한 아이디어를 내려면 '핵심'적인 영감이 필요한데 그런 영감은 찾는다고 해서 바로 딱 찾아지지 않는다! 디자인 자체가 이야기를 들려주는 역할을 할 수 있으므로, 철제품 조각이나 오래된 천 샘플도 영감의 원천이 될 수 있다.

소품을 통해 상황이나 인물을 구체화하고 개성을 표현하려면 디자이너의 생각은 잠시 접어두고 등장인물이 어떤 생각을 하고 어떻게 행동하는지 상상해 보는 게 중요하다. 우린 이런 방법을 '메소드 그래픽'이라고 부른다! 이런 과정은 판타지 영화든 역사 영화든 동일하다.

스케치를 세트장에 구현하기까지의 과정은?

그동안의 연구와 조사를 바탕으로 아이디어를 스케치한다. 연필과 컴퓨터를 번갈아 쓰면서 디자인을 발전시켜 나간다. 핵심 소품(도둑 지도 같은 소품) 관련 콘셉트는 최종 단계까지 미술 감독과 공유하면서 개발한다. 완성된 소품이 이야기의 분위기에 맞지 않는다는 느낌이 들면 이 과정을 처음부터 다시 시작한다! 디자인을 한 후에 소품을 완성하는 것도 우리 책임이다. 내부에서 소품을 제작하거나 전문 공예가에게 맡겨 진행하되, 전문 공예가에게 맡길 경우 우리가 그 과정을 감독해야 한다. 숙성 기법을 사용하면 단순한 디자인 소품을 이야기의 살아 있는 일부로 만들 수 있다.

디자인 관련해서 직접 말이나 글로 지시를 받는지?

대부분은 그렇지 않다. 그래픽디자이너는 책임지고 콘셉트를 떠올리고 영화 제작자와 공유한다. 신문, 학술지, 상표, 간판, 광고의 세세한 내용은 대본에 적혀 있지 않기 때문에 글도 잘 쓸 수 있어야 한다. 대부분의 그래픽디자이너들은 그런 일이 힘들긴 해도 작업의 일부라는 점에 동의할 것이다.

영화 제작에 참여한 첫 주에 무슨 일을 했는지?

1. 대본 읽기.
2. 대본을 분석해 2개의 목록 작성하기:
    - 주요 소품(배우들의 손에 들려 있는 소품이나 대본에 언급된 소품).
    - 배경 소품(간판, 서류, 상표, 표면 장식 등 그래픽 작업을 필요로 하는 촬영장의 모든 소품).
3. 촬영 일정에 따라 목록상의 소품이 언제 필요한지 확인하기. (주의! 촬영 일정은 이야기 순서에 맞춰 진행되지 않음!)
4. 팀원들이 주제에 집중해서 작업할 수 있도록 참고할 만한 다양한 재료를 그래픽 스튜디오에 갖춰두기.
5. 팀(총감독/미술 감독/세트 장식가/소품 마스터)을 만나 이야기에 필요한 재료, 초기 생각을 공유하기.

이 일을 하려면 어떤 기술이나 훈련이 필요할까?

디자인 소프트웨어를 능숙하게 다룰 줄 알고 제작 기술도 있어야 하지만, 이 일을 잘할 수 있으려면 무엇보다 다음과 같은 자질이 필요하다.
    - 글씨체, 패턴, 질감 등 세밀한 부분에 대한 감성.
    - 주변 세상이 어떻게, 왜 그렇게 보이는지에 관한 호기심.
    - 디자인으로 이야기를 하려고 하는 열정.
    - (어떤 형태든) 광범위한 참고 자료를 모아두려는 욕구.

So happy to see that

YOU GUYS ARE AMAZING!
NOBODY WOULD HAVE BEEN
ABLE TO DESIGN AND MAKE
THE GRAPHIC PROPS BETTER!
THANK YOU FOR TURNING THE

The attention to detail, the typography,
the images are/is amazing!!

TO: Miraphora and Eduardo
Thank you for your amazing, funny,
and wonderful contributions to the
Harry Potter

What you do,
is my dream. And all
the work you've created
is truly magical.

Adoro o trabalho de vocês!!
Obrigado por tornar o nosso
mundo mais mágico!! ♡♡

IHR HABT DAS HARRY POTTER
UNIVERSUM ZUM LEBEN GEBRACHT,
DANKE SEHR!

When I saw that acceptance letter,
took me back when I was 10. - time
when I first read the book. Now I'm
20, going 21. still... with miss H.P.

Gorgeous, intricate and
intimate a...

You (and your team) are a
delight and one of the
reasons I still feel so warm
in the HP world. All my
love to you!

I am in awe at every one of
the designs on display. As a huge
Potter fan, I just want to say
thankyou from the bottom of my
heart

¡Vuestro trabajo es impresionante!
Sin vosotros el mundo de Harry Potter
no sería lo mismo.
¡Muchas gracias!

Je vous remercie infiniment
pour avoir créer l'univers graphique
de Harry Potter! ♡

ESTE LIBRO FUE LA RAZÓN
POR LA CUAL ESTUDIÉ DISEÑO
GRÁFICO EN LA UNIVERSIDAD.
MINALIMA HA SIDO UNA GRAN
INSPIRACIÓN PARA MI ♡

Just brilliant!
Such a lovely way to see
all the art that went into
making the films!

Thanks x

I have this book and I
absolutely treasure it.
Thank you for all the
magic you have brought to
the Wizarding World xxx

Liels paldies

MinaLima par dižo,
neaizstājamo dizainu izveidošanu
grāmatām, mākslai un filmām. Jūs esat
iedvesma un palīdzējāt man atklāt savu
aizraušanos ar dizainu.

You must have so many
beautiful memories to
cherish. ♡ You look
like you enjoy your w
so much and that
amazing! Your
shows
cre

I WAITED IN LINE TO MEET
minalima
AND THEY GAVE ME THIS PIN

致敬店家在本棒了
超绝店货也非常热爱。
致敬力卡。

I love seeing all the artwork!!

Absolutely stunning work. A real
snapshot of our childhoods.

Because of you guys I became a
designer

lives on through your beautiful
artwork! You are the best ♡

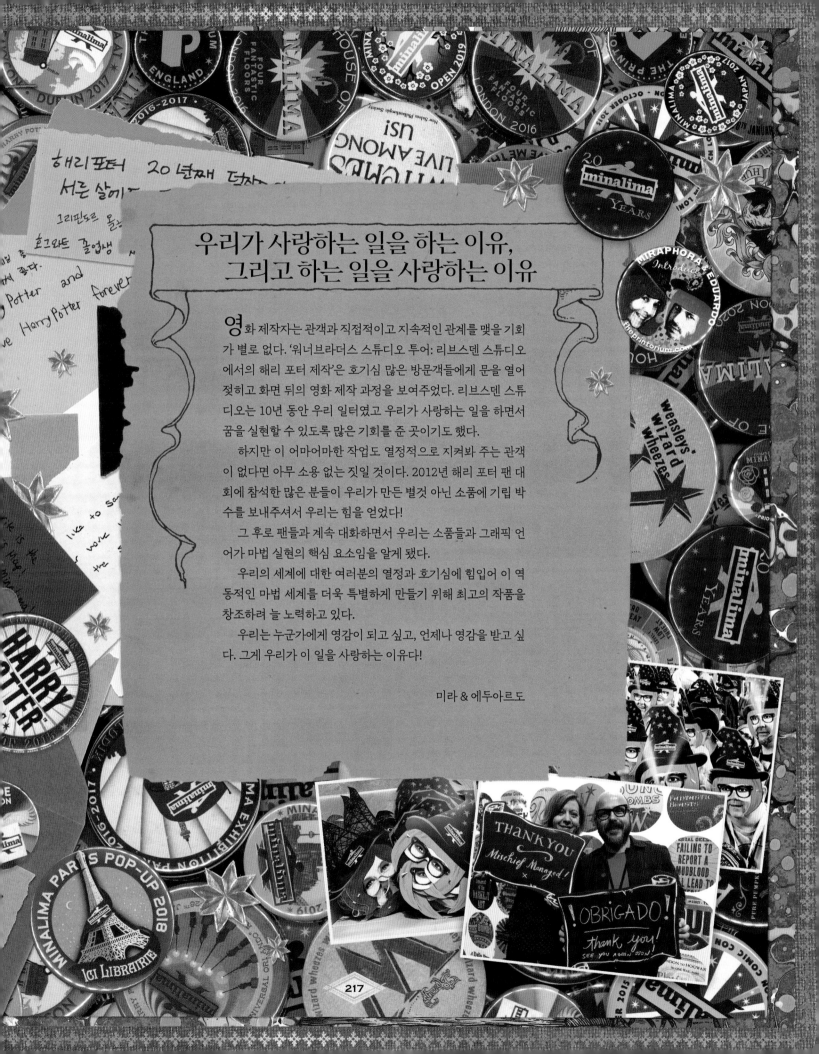

우리가 사랑하는 일을 하는 이유, 그리고 하는 일을 사랑하는 이유

영화 제작자는 관객과 직접적이고 지속적인 관계를 맺을 기회가 별로 없다. '워너브라더스 스튜디오 투어: 리브스덴 스튜디오에서의 해리 포터 제작'은 호기심 많은 방문객들에게 문을 열어젖히고 화면 뒤의 영화 제작 과정을 보여주었다. 리브스덴 스튜디오는 10년 동안 우리 일터였고 우리가 사랑하는 일을 하면서 꿈을 실현할 수 있도록 많은 기회를 준 곳이기도 했다.

하지만 이 어마어마한 작업도 열정적으로 지켜봐 주는 관객이 없다면 아무 소용 없는 짓일 것이다. 2012년 해리 포터 팬 대회에 참석한 많은 분들이 우리가 만든 별것 아닌 소품에 기립 박수를 보내주셔서 우리는 힘을 얻었다!

그 후로 팬들과 계속 대화하면서 우리는 소품들과 그래픽 언어가 마법 실현의 핵심 요소임을 알게 됐다.

우리의 세계에 대한 여러분의 열정과 호기심에 힘입어 이 역동적인 마법 세계를 더욱 특별하게 만들기 위해 최고의 작품을 창조하려 늘 노력하고 있다.

우리는 누군가에게 영감이 되고 싶고, 언제나 영감을 받고 싶다. 그게 우리가 이 일을 사랑하는 이유다!

미라 & 에두아르도

호기심 많은 분들을 위한 자료

(위에서 아래, 왼쪽에서 오른쪽)

앞 면지: 1973년 5살 미라. 1979년 5살 에두아르도.

12-13: 미라의 초상화. 1982년의 미라. 1974년의 미라. 1976년 미라와 할머니. 미라가 그린 그림. 도둑 지도를 손에 든 미라. 2019년 부모님과 함께한 미라.

14-15: 에두아르도의 초상화. 1977년에 찍은 에두아르도의 사진 2장. 1980년의 에두아르도. 미나리마 그릭 스트리트에서 어머니와 함께한 에두아르도. 남편 마우리시오와 함께한 에두아르도.

◆—— Volume I ——◆

16: 스튜디오 미나리마의 책상.

18-19: 호그와트 급행열차 수하물 꼬리표, 〈해리 포터와 마법사의 돌〉(2001). 그래픽 작업 설명서, 〈해리 포터와 불사조 기사단〉(2007). 맥고나걸 교수의 서명, 〈해리 포터와 마법사의 돌〉(2001). 마법약 수업 교실 벽의 그래픽, 〈해리 포터와 마법사의 돌〉(2001). 그래픽 작업 설명서, 〈해리 포터와 마법사의 돌〉(2001). 위즐리 형제의 베팅 전표, 〈해리 포터와 불의 잔〉(2005). 덤블도어의 군대 소품, 〈해리 포터와 불사조 기사단〉(2007). 헤르미온느의 숙제 메모, 〈해리 포터와 마법사의 돌〉(2001). 사진: 전시회를 준비하는 미라와 에두아르도.

20: 호그와트 급행열차 표, 《호그와트의 역사(Hogwarts: A History)》 표지 이미지, 둘 다 출처는 〈해리 포터와 마법사의 돌〉(2001).

22-23: 해리의 호그와트 입학 통지서, 〈해리 포터와 마법사의 돌〉(2001). 영화 스틸 사진: 〈해리 포터와 마법사의 돌〉(2001). 입학 통지서를 쓰고 있는 미라.

24-25: 호그와트 공책, 〈해리 포터〉 영화 시리즈 및 〈신비한 동물사전〉 영화 시리즈. 영화 스틸 사진: 〈해리 포터와 마법사의 돌〉(2001). 헤르미온느의 폴리주스 마법약 필기, 〈해리 포터와 비밀의 방〉(2002).

26-27: 《신비한 동물 사전》 책 표지. 책 출간 기념회 초대장, 〈신비한 동물들과 그린델왈드의 범죄〉(2018). 《신비한 동물 사전》 책 표지, 〈신비한 동물들과 덤블도어의 비밀〉(2022). 《신비한 동물 사전》 책 표지, 〈해리 포터와 마법사의 돌〉(2001). 마법 생명체 스케치, 〈신비한 동물사전〉(2016).

28-29: 셀리나 샙워시(Selina Sapworthy)의 《위노그랜드의 경이로운 수생 식물(Winogrand's Wondrous Water Plants)》, 〈해리 포터와 불의 잔〉(2005). 에머릭 스위치(Emeric Switch)의 《입문자를 위한 변환 마법(A Beginner's Guide to Transfiguration)》, 〈해리 포터와 마법사의 돌〉(2001). 니콜라 플라멜(Nicholas Flamel)의 연금술 책, 〈해리 포터와 마법사의 돌〉(2001). 《즐거움도 주고 돈벌이도 되는 용 기르기(Dragon Breeding for Pleasure and Profit)》, 〈해리 포터와 마법사의 돌〉(2001). 《최강의 마법약(Moste Potente Potions)》, 〈해리 포터와 비밀의 방〉(2002). 필리다 스포어(Phyllida Spore)의 《가정에서 하는 약초 치료(Healing at Home with Herbs)》, 〈해리 포터와 비밀의 방〉(2002). 에

머릭 스위치의 《입문자를 위한 변환 마법》 또 다른 표지, 〈해리 포터와 마법사의 돌〉(2001). H. 폴링토니어스(H. Pollingtonious)의 《치유사의 조력자(The Healer's Help Mate)》, 〈해리 포터와 혼혈 왕자〉(2009). 유리 블리센(Yuri Blishen)의 《고급 룬문자 번역(Advanced Rune Translation)》, 〈해리 포터와 혼혈 왕자〉(2009). L. 웨이크필드(L. Wakefield)의 《수비학과 문법(Numerology and Grammatica)》, 〈해리 포터와 죽음의 성물 1부〉(2010). 맥스웰 바넷(Maxwell Barnett)의 《고급 오클루먼시 안내서(Guide to Advanced Occlumency)》, 〈해리 포터와 불사조 기사단〉(2007). 헤드리언 휘틀(Hadrian Whittle)의 《지중해의 수생 식물(Water Plants of the Mediterranean)》, 〈해리 포터와 불의 잔〉(2005).

30-31: 《마법 상형문자와 기호(Magical Hieroglyphs and Logograms)》, 〈해리 포터와 불사조 기사단〉(2007). 바틸다 백숏(Bathilda Bagshot)의 《호그와트의 역사(Hogwarts: A History)》. 《트라이위저드의 비극(Triwizard Tragedies)》, 〈해리 포터와 불의 잔〉(2005). 피니어스 본(Phineus Bourne)의 《최강의 마법약(Moste Potente Potions)》, 〈해리 포터와 비밀의 방〉(2002). 바틸다 백숏의 《이교도 마법의 몰락(The Decline of Pagan Magic)》, 〈해리 포터와 죽음의 성물 1부〉(2010). 필리다 스포어(Phyllida Spore)의 《1,000가지 마법 약초와 버섯(1000 Magical Herbs and Fungi)》, 〈해리 포터와 마법사의 돌〉(2001). 카산드라 바블라츠키(Cassandra Vablatsky)의 《미래의 안개 걷어내기(Unfogging the Future)》, 〈해리 포터와 아즈카반의 죄수〉(2004). 바틸다 백숏의 《마법의 역사(A History of Magic)》, 〈해리 포터와 마법사의 돌〉(2001). 《룬문자 사전(Rune Dictionary)》, 〈해리 포터와 아즈카반의 죄수〉(2004). 내부 페이지와 스케치, 사진: 에드아르두스 리마(Edwardus Lima)의 《괴물들에 관한 괴물책(The Monster Book of Monsters)》, 〈해리 포터와 아즈카반의 죄수〉(2004). 《세계의 육식 나무들(Flesh–Eating Trees of the World)》, 〈해리 포터와 혼혈 왕자〉(2009). 리비 레비노(Livvy Levino)의 《만드라고라종 회복약(Restorative Draughts of the Mandragora Species)》.

32-33: 길더로이 록하트의 책들: 《마법 같은 나(Magical Me)》, 《설인과 보낸 365일(Year with the Yeti)》, 《트롤과의 일상 탈출(Travels with Trolls)》, 《가정 유해 생물 안내서(Guide to Household Pests)》. 길더로이 록하트 편지지 세트. 어둠의 마법 방어법 수업 관련 길더로이 록하트의 쪽지 시험지. 가장 매력적인 미소 상. 던스터블 결투 챔피언십 자격증. 길더로이 록하트 전집: 《굴과 굴러다니기(Gadding with Ghouls)》, 《밴시와의 휴식 시간(Break with a Banshee)》, 《여행 3부작(The Travel Trilogy)》. 전부 〈해리 포터와 비밀의 방〉(2002).

34-35: 《어둠의 마법 방어법: 초보자를 위한 기본서(Dark Arts Defence: Basics for Beginners)》, 〈해리 포터와 불사조 기사단〉(2007). 《어둠의 마법 방어법: 초보자를 위한 기본서》 내부 페이지, 〈해리 포터와 불사조 기사단〉(2007). 아울 불럭(Owl Bullock)의 《가장 어두운 마법의 비밀(Secrets of the Darkest Art)》, 〈해리 포터와 죽음의 성물 1부〉(2010). 아시니어스 지거(Arsenius Jigger)의 《어둠의 마법 핵심 방어법(The Essential Defence against the Dark Arts)》, 〈해리 포터와 아즈카반의 죄수〉(2004). 퀜틴 트림블(Quentin Trimble)의 《어둠의 힘: 자기 방어를 위한 안내서(The Dark Forces: A Guide to Self–Protection)》, 〈해리 포터와 마법사의 돌〉(2001). 갈라티아 메리소트(Galatea Merrythought)의 《고급 어둠의 마법 방어법(Advanced Defence against the Dark Arts)》, 〈신비한 동물들과 그린델왈드의 범죄〉(2018). 갈라티아 메리소트의 《어둠의 마법 방어법(Defence against the Dark Arts)》, 〈신비한 동물들과 그린델왈드의 범죄〉(2018).

36-37: 사진: 〈해리 포터와 혼혈 왕자〉(2009)에 나오는 《고급 마법약 제조(The Advanced Potion Making)》 책들. 리바티우스 보리지(Libatius Borage)의 《고급 마법약 제조》(제4판). 리바티우스 보리지의 《고급 마법약 제조》(제2판). 스네이프의 《고급 마법약 제조》 교과서 내부 페이지. 전부 〈해리 포터와 혼혈 왕자〉(2009).

38-39: 《음유 시인 비들 이야기》의 내부 페이지, 〈해리 포터와 죽음의 성물 1부〉(2010). 《음유 시인 비들 이야기》. 《음유 시인 비들 이야기》의 내부 페이지 작업을 위한 스케치. 사진: 런던의 와이번 바인더리 작업장.

40-41: 열려 있을 때와 접혀 있을 때의 하울러. 영화 스틸 사진: 〈해리 포터와 비밀의 방〉(2002). 하울러 초기 스케치. 봉투 속 편지와 글씨.

42-43: 영화 스틸 사진: 폴리주스 마법약을 만드는 헤르미온느, 〈해리 포터와 비밀의 방〉(2002). 뼈가쑥쑥 마법약의 콘셉트 그림과 소품 사진, 〈해리 포터와 비밀의 방〉(2002). 〈해리 포터〉 영화 시리즈에 사용된 마법약 라벨. 호그와트 마법약 교실 사진. 슬러그혼의 모래시계를

Volume II

혈 왕자〉(2009). 마볼로 곤트의 반지 콘셉트 스케치, 〈해리 포터와 죽음의 성물 1부〉(2010). 후플푸프의 잔 콘셉트 아트와 초기 스케치, 〈해리 포터와 죽음의 성물 1부〉(2010).

88-89: 프랑스 마법 정부의 에펠탑 포스터, 〈신비한 동물들과 그린델왈드의 범죄〉(2018). 〈해리 포터〉 영화 시리즈와 〈신비한 동물사전〉 영화 시리즈에 등장한 여러 마법 정부의 공식 스탬프.

90-91: 〈해리 포터〉 영화 시리즈와 〈신비한 동물사전〉 영화 시리즈를 거치며 점차 발전한 마법 정부 문장. 여러 부서를 오가며 날아다니는 서류, 〈해리 포터와 불사조 기사단〉(2007). 마팔다 홉커크가 해리 포터에게 보낸 편지, 〈해리 포터와 불사조 기사단〉(2007). 에두아르도와 미라의 마법 정부 신분증, 〈해리 포터와 죽음의 성물 1부〉(2010). 마법 정부 예언의 방에 붙인 라벨들, 〈해리 포터와 불사조 기사단〉(2007). 사진: 마법 정부 내부, 〈해리 포터와 불사조 기사단〉(2007). 뉴트의 신분증, 〈신비한 동물들과 그린델왈드의 범죄〉(2018). 마법 정부 방문객 배지, 〈해리 포터와 죽음의 성물 1부〉(2010). 마법 정부의 부서 조사 통지서, 〈신비한 동물들과 그린델왈드의 범죄〉(2018). 마법 정부의 일상 소품과 스탬프, 〈신비한 동물들과 그린델왈드의 범죄〉(2018). 마법 정부 밀랍 봉인.

92-93: 마법 정부 사건 서류철에 담긴 서류, 〈신비한 동물들과 그린델왈드의 범죄〉(2018), 〈해리 포터와 죽음의 성물 1부〉(2010). 루핀, 위즐리, 리마, 고(故) 덤블도어의 머글 태생 등록 서류, 〈해리 포터와 죽음의 성물 1부〉(2010). 마법 정부 법정의 문장, 〈해리 포터와 불사조 기사단〉(2007).

94-95: 마법 정부의 공고문, 〈해리 포터와 혼혈 왕자〉(2009). 현상 수배 포스터들, 〈해리 포터와 아즈카반의 죄수〉(2004), 〈해리 포터와 혼혈 왕자〉(2009), 〈해리 포터와 죽음의 성물 1부〉(2010). 벨라트릭스 레스트레인지의 아즈카반 죄수 번호, 〈해리 포터와 불사조 기사단〉(2007). 영화 스틸 사진: 시리우스 블랙의 현상 수배 포스터, 〈해리 포터와 아즈카반의 죄수〉(2004).

96-97: 덜로리스 엄브리지의 지팡이 관련 콘셉트 아트. 교육 법령들. 엄브리지의 저주 걸린 깃펜 콘셉트 아트. 전부 〈해리 포터와 불사조 기사단〉(2007).

98-99: 표준 마법사 시험(O.W.L.) 문제지, 〈해리 포터와 불사조 기사단〉(2007). 마법 정부가 발행한 소책자 《머드블러드의 위험성(Mudbloods and the Dangers They Pose)》의 내부 페이지, 〈해리 포터와 죽음의 성물 1부〉(2010). 엄브리지의 고양이 편지지, 〈해리 포터와 불사조 기사단〉(2007). 배럿 페이(Barrett Fay)의 《머글 공격 대비서(When Muggles Attack)》, 〈해리 포터와 죽음의 성물 1부〉(2010). 시니스트라 로(Sinistra Lowe)의 《머글의 음모(Muggle Conspiracy)》, 〈해리 포터와 죽음의 성물 1부〉(2010). 배럿 페이의 《머드블러드를 찾아내는 방법(Mudbloods and How to Spot them)》, 〈해리 포터와 죽음의 성물 1부〉(2010). 마법 정부 부령 184호 포스터. 마법 정부가 발행한 소책자 《머드블러드의 위험성》, 〈해리 포터와 죽음의 성물 1부〉(2010).

100-101: 미합중국 마법 의회(MACUSA)의 마법 노출 위험 표시기 콘셉트 아트. 미합중국 마법 의회 지팡이 사용 허가 신청서. 마법 노출 위험 표시기 콘셉트 디자인. 사진: 미합중국 마법 의회 내부. 공격 마법 표시 지도의 콘셉트 디자인. 공격 마법 표시 지도의 작업 스케치와 대체 버전. 미합중국 마법 의회의 금속 신분증 홀더. 미합중국 마법 의회 문장과 작업 스케치. 티나 골드스틴의 미합중국 마법 의회 신분증. 전부 〈신비한 동물사전〉(2016).

102-103: 미합중국 마법 의회 내부의 일상 소품과 서류, 〈신비한 동물사전〉(2016). 티나 골드스틴의 오러 신분증, 〈신비한 동물들과 그린델왈드의 범죄〉(2018).

104-105: 프랑스 마법 정부의 포스터. 프랑스 마법 정부 관련 서류와 일상 소품. 사진: 프랑스 마법 정부 내부 촬영장. 프랑스 마법 정부 문장의 초기 스케치와 최종 디자인. 공책과 신분증. 사진: 최종 소품 책들을 확인하는 에두아르도. 전부 〈신비한 동물들과 그린델왈드의 범죄〉(2018).

106-107: 독일 마법 정부 관련 일상 소품과 서류. 독일 마법 정부 문장의 작업 스케치와 최종 디자인. 뉴트의 에르크슈타크 감옥 방문을 위해 준비한 서류. 그린델왈드 선거 운동 깃발 제작을 위한 콘셉트 아트. 사진: 그린델왈드 선거 운동 깃발을 들고 있는 에두아르도. 그린델왈드 현상 수배 포스터. 영화 스틸 사진: 그린델왈드와 지지자들. 전부 〈신비한 동물들과 덤블도어의 비밀〉(2022).

108-109: 배경 사진: 파르케 라게에 위치한 브라질 마법 정부. 브라질 후보의 선거 운동 깃발을 위한 콘셉트 아트와 소품 사진. 브라질 마법 정부 문장 제작을 위한 콘셉트 아트와 메모. 선거 운동용 깃발 스케치. 브라질 마법 정부 관련 일상 소품. 전부 〈신비한 동물들과 덤블도어의 비밀〉(2022).

110-111: 사진: 리우 타오 후보의 선거 운동 깃발을 들고 있는 에두아르도. 중국 마법 정부 휘장 디자인. 리우 타오 후보의 선거 운동 깃발 콘셉트 아트. 깃발 제작 스케치. 중국 마법 정부 서류철. 사진: 선거 운동을 위한 집회. 전부 〈신비한 동물들과 덤블도어의 비밀〉(2022).

112-113: 뉴트를 위해 준비한 보우트러클과 니플러 스케치. 뉴트의 《뉴욕 여행 안내서(New York Travel Guide)》. 뉴욕 부두의 간판. 전부 〈신비한 동물사전〉(2016).

114-115: 뉴욕 타임스스퀘어와 브로드웨이의 극장 포스터들. 브로드웨이 포스터들. 브로드웨이/타임스스퀘어 입면도와 간판. 영화 스틸 사진: 실외 야간 장면. 전부 〈신비한 동물사전〉(2016).

116-117: 뉴욕 노마지 거리의 입면도. 사진: 노마지 거리 세트장. 뉴욕 간판에 사용한 빈티지풍 글씨체. 전부 〈신비한 동물사전〉(2016).

118-119: 뉴 세일럼 자선 단체(NSPS)의 선전 포스터와 소책자. 뉴 세일럼 자선 단체의 교회 세트장을 위해 만든 목판화. 알파벳 죄악 모음 십자수 샘플. 배경 스틸 사진: 뉴 세일럼 자선 단체를 위해 설교하는 메리 루 베어본. 뉴 세일럼 자선 단체 깃발의 콘셉트 아트. 전부 〈신비한 동물사전〉(2016).

120-121: 채드윅 부트(Chadwick Boot)의 《채드윅의 마법 주문(Chadwick's Charms)》(1~7권), 에밀리 래퍼트(Emily Rapport)의 《래퍼트 법의 복잡한 내용들(The Intricacies of Rapport Law)》, 프란치스쿠스 필드웨이크(Franciscus Fieldwake)의 《정신 보호 주문: 레질리먼시 대응을 위한 실용적 지침서(Protection Charm Your Mind: A Practical Guide to Counter Legilimensy)》, 세오필러스 애벗(Theophilus Abbot)의 《스카우러와 미합중국 마법 의회 설립(Scourers and the Creation of Macusa)》, 사이먼 덴타타(Simon Dentata)의 《부엉이 공군: 제대로 된 유럽 전쟁 이야기(The Owl Airforce: True Life Tales of War in Europe)》, 애비게일 R. 캔커스(Abigail R. Cankus)의 《망토 자락 펄럭이며(The Flap of the Cape)》, 미국 레질리먼스 협회(The American Society of Legilimens)의 《레질리먼스와 함께 살기: 정신을 지혜롭게 선택하라!(Living with Legilimens: Choose your Minds Wisely!)》, 리스베스 신틸라(Lisbeth Scintilla)의 《카산드라와 고양이 구스타부스(Cassandra and her Cat Gustavus)》, 카를로스 에두아르도스(Carlos Eduardos)의 《세일럼의 상처(The Scars of Salem)》, 《프랭스와 휴먼 빈(노마지처럼 요리하기)(Franks and Human Beans(Cook Like a No-Maj))》, 유리 본 빌시(Yuri Bon Bilsch)의 《래퍼트 법 시

의 주문 걸기(Spell Casting in the Age of Rapport's Law)》, 《99가지 고급 지팡이 동작 (Ninety Nine Advanced Wand Motions)》 등 골드스틴 자매의 아파트에 있는 책들. 골드스틴 자매의 아파트에 사용한 라벨과 포장. 전부 〈신비한 동물사전〉(2016).

122-123: 블라인드 피그 주점에 붙어 있는 현상 수배 포스터들. 블라인드 피그 입구 포스터의 작업 스케치와 최종 아트워크. 블라인드 피그를 위해 만든 라벨 디자인과 트럼프 카드. 사진: 블라인드 피그 포스터 앞의 에두아르도. 돼지코로 그려진 이전 포스터 디자인. 전부 〈신비한 동물사전〉(2016).

124-125: 리바티우스 보리지의 《병 속에서 축제를 즐겨라(Have a Fiesta in a Bottle)》, 비올레타 스티치(Violetta Stitch)의 《과격한 마법 주문(Extreme Incantations)》, 마우리시우스 카르네이루스(Mauricios Carneirus)의 《죽음의 징조: 최악의 상황이 닥쳐온다는 것을 알았을 때 해야 할 일(Death Omen: What To Do When You Know the Worst Is Coming)》, 사미라 하니푸스(Sameera Hanifus)의 《마법의 성과들(Achievements in Charming)》(제1권), 프로펠러스 W. 젠틀루스(Propellers W. Gentlus)의 《묘한 마법의 딜레마와 그 해결법(Weird Wizarding Dilemmas and Their Solutions)》, 율랄리 힉스의 《고급 마법 주문(Advanced Charm Casting)》, 카우아 네메루스(Cauã Nemerus)의 《저주받은 사람들을 위한 저주 마법(Jixes for the Jinxed)》을 포함한 율랄리 힉스 소유 책들. 사진: 오래된 책처럼 만들기. 사진: 《여기서 일어나서는 안 될 일(It Can't Happen Here)》 표지, 세릴루스 카루스(Cerillus Carrus)의 《마법 장비 제조에 관한 법적 지침서(Legal Guidelines for the Manufacture of Magical Apparatus)》, 《어느 마법사의 소네트 (Sonnets of a Sorcerer)》. 책 표지 디자인의 작업 스케치들. 전부 〈신비한 동물들과 덤블도어의 비밀〉(2022).

126-127: 티나가 퀴니에게 보낸 엽서. 파리 지팡이 가게의 지팡이 상자 디자인. 전부 〈신비한 동물들과 그린델왈드의 범죄〉(2018).

128-129: 마법 세계 파리 상점들의 정면 풍경과 간판. 사진: 상점의 외부와 내부. 마법 세계 파리의 상점 라벨들, 포장, 통화. 전부 〈신비한 동물들과 그린델왈드의 범죄〉(2018).

130-131: 사진: 세트장에 있는 파리의 간판들. 머글 세계 파리의 광고들. 머글 세계 파리의 거리 풍경과 상점 간판 디자인. 파리 카페의 벽화. 전부 〈신비한 동물들과 그린델왈드의 범죄〉(2018).

132-133: 아르카누스 서커스의 말레딕터스와 조우우 깃발 콘셉트 아트. 〈신비한 동물들과 그린델왈드의 범죄〉(2018).

134-135: 아르카누스 서커스의 콘셉트 아트. 초대형 오니 갓발을 비롯한 여러 깃발들, 〈신비한 동물들과 그린델왈드의 범죄〉(2018). 쿠키 영상을 위해 디자인한 아르카누스 서커스 깃발, 〈신비한 동물 사전〉(2016). 영화 스틸 사진: 아르카누스 서커스. 사진: 아르카누스 서커스 천막 촬영을 위해 색칠한 아트워크 앞에 선 에두아르도. 아르카누스 서커스 광고 포스터 디자인. 전부 〈신비한 동물들과 그린델왈드의 범죄〉(2018).

136-137: 레스트레인지 가문 가계도 나무의 콘셉트 아트. 사진: 《타이코 도도너스의 예언 (The Predictions of Tycho Dodonus)》 소품 책 표지와 내부 페이지. 사진: 레스트레인지 가문 가계도 나무에 금박을 입히는 미라. 사진: 레스트레인지 가문 가계도 나무의 클로즈업 숏. 레스트레인지 가문 가계도 나무의 초기 스케치와 작업물. 페르 라셰즈 공동묘지 지도. 레스트레인지 가문의 문장. 전부 〈신비한 동물들과 그린델왈드의 범죄〉(2018).

138-139: 마법 기차의 표. 그린델왈드 측 선거 운동 전단지. 전부 〈신비한 동물들과 덤블도어의 비밀〉(2022).

140-141: M.P.N. 카르네이루스의 《천상의 변칙 지도(The Atlas of Celestial Anomalies)》 소품 책. 그린델왈드의 문장 작업을 위한 초기 스케치. 천체도와 좌우명이 적힌 종이를 비롯해 그린델왈드의 서재에 두었던 소품들. 사진: 좌우명이 적혀 있는 그린델왈드의 해골 파이프. 그린델왈드의 좌우명 스케치. 《지팡이의 역사(Geschichte der Zauberstäbe und deren Spezifikation)》 책. 그린델왈드의 서재에 들어갈 가상의 문장 작업을 위한 아트워크. 그린델왈드의 문장 작업에서 대체된 디자인. 사진: 그린델왈드의 서재 내부, 그린델왈드의 책상 앞에 앉아 있는 에두아르도. 전부 〈신비한 동물들과 그린델왈드의 범죄〉(2018).

142-143: 사진: 누멘가드 성에 있는 크레덴스의 방 벽 장식과 그림. 크레덴스의 방 벽에 그려져 있는 동물 스케치. 크레덴스의 방에 있는 계보 관련 메모와 일상 소품. 사진: 숙성 약을 바르는 미라, 크레덴스의 입양 증명서에 밀랍 스탬프를 찍는 미라. 크레덴스의 입양 증명서 소품. 전부 〈신비한 동물들과 덤블도어의 비밀〉(2022).

144-145: 마법 기차 잡지와 메뉴 디자인. 마법 기차 상징의 초기 스케치. 황동 부조 벽 장식. 사진: 마법 기차에 탄 번티와 뉴트. 객차 내 바에서 쓸 다양한 마법 음료 라벨들. 사진: 베를린의 머글 여행사, 진열장 클로즈업 숏. 여행사의 여행 포스터와 광고 전단지. 전부 〈신비한 동물들과 덤블도어의 비밀〉(2022).

146-147: 세트장의 베를린 거리 사진들: 렉스룩세(REXLUXE) 영화관, L 래름(L. Lärmm) 그라모폰 상점, 광고판, 슈납 글뤼클리히(Schnapp Glücklich) 카메라 상점.

148-149: 마법 상징과 문장. 기린의 선택 행사장 입장권, 전부 〈신비한 동물들과 덤블도어의 비밀〉(2022).

150-151: 전경기 제작을 위한 콘셉트 아트, 〈신비한 동물들과 덤블도어의 비밀〉(2022).

152-153: 부탄에 붙은 제이콥 코왈스키의 (움직이는 사진이 들어갈) 현상 수배 포스터. 기린의 선택 행사장에 걸 벽걸이 장식과 깃발의 초기 스케치. 고대 마법의 방에서 사용할 가상의 알파벳. 사진: 기린의 선택 의식과 관련해 부탄 마을 세트장 곳곳에 걸어둘 크고 작은 깃발과 벽걸이 장식 디자인. 기린의 모습 최종 일러스트, 〈신비한 동물들과 덤블도어의 비밀〉(2022).

154-155: 배경: 부탄 세트장 곳곳에서 사용된 건축 장식과 주제. 고대 마법의 방 문장과 건물 장식 스케치. 사진: 건축 장식의 세세한 부분들. 공들여 장식한 이어리 성문. 전부 〈신비한 동물들과 덤블도어의 비밀〉(2022).

156-157: 《예언자일보》의 브랜드 쇄신을 위해 새로 디자인한 로고, 〈해리 포터와 불사조 기사단〉(2007). 에두아르도가 나오는 《예언자일보》의 광고.

158-159: 사진: 《예언자일보》 치마와 셔츠를 입은 미라와 에두아르도. 사진: 《예언자일보》에 숙성 약 바르기. 〈해리 포터〉 영화 시리즈에 등장한 《예언자일보》의 광고들. 〈신비한 동물사전〉(2016)을 위해 디자인한 《예언자일보》 1면. 〈해리 포터와 아즈카반의 죄수〉(2004)를 위해 디자인한 《예언자일보》 1면. 사진: 《예언자일보》의 신문 이름이 적힌 부분에 금박 입히기. 〈해리 포터와 불사조 기사단〉(2007)과 〈해리 포터와 죽음의 성물 1부〉(2010)를 위해 디자인한 《예언자일보》 1면.

160-161: 〈해리 포터〉 영화 시리즈를 위해 디자인한 《예언자일보》의 영화 스틸 사진. 상단: 〈해리 포터와 아즈카반의 죄수〉(2004), 〈해리 포터와 불의 잔〉(2005), 〈해리 포터와 혼혈 왕

164-165: 〈해리 포터〉 영화 시리즈에 등장한 《이러쿵저러쿵》 잡지들: 표지에 그려진 퍼지, 〈해리 포터와 불사조 기사단〉(2007). 심령 안경이 그려진 표지와 내부 페이지, 〈해리 포터와 혼혈 왕자〉(2009). 그 외에는 〈해리 포터와 죽음의 성물 1부〉(2010).

166-167: 〈신비한 동물사전〉 영화 시리즈에 등장한 마법 잡지들: 《주간 마녀(Witch Weekly)》, 〈신비한 동물들과 그린델왈드의 범죄〉(2018), 《위저드 인콰이어러(Wizard Enquirer)》, 〈신비한 동물들과 그린델왈드의 범죄〉(2018), 《스펠바운드(Spellbound)》, 〈신비한 동물들과 그린델왈드의 범죄〉(2018), 《미국 마술사(The American Charmer)》, 〈신비한 동물사전〉(2016), 《마법사의 완벽한 잡지(Warlock's Complete Magazine)》, 〈신비한 동물들과 그린델왈드의 범죄〉(2018), 《유 헥스 에이!(U Hex A!)》, 〈신비한 동물사전〉(2016), 《마녀의 친구(Witch's Friend)》(1~4), 〈신비한 동물사전〉(2016).

◆— Volume III —◆

168: 스튜디오 미나리마의 책상 위.

170-171: 《해리 포터》 미나리마 에디션의 초기 스케치. 하우스 오브 미나리마 개점 초대장. 사진: 뉴욕에서 미라와 에두아르도. 에두아르도의 낙서. 마법 세계 지도와 일러스트 작업을 위한 펜화. 아트 프린트: 퀼른의 해리 포터 특별 전시회(2014). 《해리 포터》 5편 촬영 당시 에두아르도의 스튜디오 출입증. 팬 대회 당시 미나리마 진열대의 스케치. 행사를 위해 만든 미나리마 수집용 배지. 올랜도 유니버설 스튜디오에 있는 다이애건 앨리 간판 디자인. 아트 프린트: 파리의 해리 포터 특별 전시회(2015). 사진: 올랜도 다이애건 앨리에서 미라와 에두아르도. 여러 영화 제작 현장에서 받은 스튜디오 출입증.

172-173: 호그와트 급행열차 그림. 워너브라더스 스튜디오 투어. 글로부스 문디(Globus Mundi) 여행사 티켓. 올랜도 유니버설 스튜디오의 위저딩 월드.

174-175: 워너브라더스 스튜디오 투어의 주요 해리 포터 촬영장 세트에 관한 안내판. 사진: 워너브라더스 스튜디오 투어에서 볼 수 있는 미나리마 그래픽디자인 진열장과 다이애건 앨리 촬영장 세트.

176-177: 올랜도 유니버설 스튜디오의 위저딩 월드에 있는 다이애건 앨리 간판 디자인과 사진들.

178-179: 마법 지팡이 정보가 담긴 플래카드, 일본 유니버설 스튜디오. 올랜도 유니버설 스튜디오 위저딩 월드의 지도. 사진 1: 올랜도 유니버설 스튜디오 위저딩 월드의 다이애건 앨리에서 미라와 에두아르도. 사진 2: 주문을 외울 때 지팡이의 움직임에 관한 콘셉트 아트워크. 지팡이의 움직임에 관한 콘셉트 아트 세부.

180-181: 올랜도 유니버설 스튜디오 위저딩 월드의 해그리드 놀이 기구에 적용한 마법 동물 인쇄물. 마법 동물 그림 스케치.

182-183: 마법 여행사에 걸려 있는 간판, 여행 포스터, 올랜도 유니버설 스튜디오 위저딩 월드의 글로부스 문디 마법 여행사를 위해 만든 티켓.

184-185: 유니버설 스튜디오 할리우드 위저딩 월드의 대규모 개점식. 유니버설 스튜디오 재팬의 위저딩 월드. 워너브라더스 스튜디오 투어 런던의 호그와트 철도. 사진: 2014년 다이애건 앨리 인쇄물에 사인하고 있는 에두아르도와 미라. 눈 내린 호그와트, 워너브라더스, 워너브라더스 스튜디오 투어 런던. 호그스미드 마을의 크리스마스, 올랜도. 그린고츠 은행, 워너브라더스 스튜디오 투어 런던. 금지된 숲, 워너브라더스 스튜디오 투어 런던. 다이애건 앨리, 워너브라더스 스튜디오 투어 런던.

186-187: J.K. 롤링의 〈신비한 동물사전 원작 시나리오(Fantastic Beasts and Where to Find Them: The Original Screenplay)〉(브라운 북 그룹의 리틀 출판사, 2016)에 실린 뉴트의 책 일러스트. 미나리마의 마법의 순간(MinaLima's Magic Moment) 인쇄물의 일러스트(2019).

자〉(2009), 〈해리 포터와 혼혈 왕자〉(2009), 〈해리 포터와 혼혈 왕자〉(2009), 〈해리 포터와 불사조 기사단〉(2007), 하단: 〈해리 포터와 불사조 기사단〉(2007), 〈해리 포터와 마법사의 돌〉(2001), 〈해리 포터와 불사조 기사단〉(2007), 〈해리 포터와 죽음의 성물 1부〉(2010), 〈해리 포터와 혼혈 왕자〉(2009), 〈해리 포터와 혼혈 왕자〉(2009), 《예언자일보》 1면과 내부 페이지: 〈해리 포터와 아즈카반의 죄수〉(2004), 〈해리 포터와 불의 잔〉(2005), 〈해리 포터와 불사조 기사단〉(2007), 〈해리 포터와 혼혈 왕자〉(2009), 〈해리 포터와 불의 잔〉(2005), 〈해리 포터와 불의 잔〉(2005), 〈해리 포터와 혼혈 왕자〉(2009), 〈해리 포터와 불사조 기사단〉(2007), 〈해리 포터와 불사조 기사단〉(2007), 〈해리 포터와 불사조 기사단〉(2007).

162-163: 〈신비한 동물사전〉 영화 시리즈를 위해 디자인한 다른 나라의 마법 신문들: 《뉴욕 고스트(The New York Ghost)》, 〈신비한 동물사전〉(2016), 《가고일의 외침(Le Cri de la Gargouille)》, 〈신비한 동물들과 그린델왈드의 범죄〉(2018), 《은색 박쥐(Die Silberne Fledermaus)》, 〈신비한 동물들과 덤블도어의 비밀〉(2022). 사진: 마법 기차의 신문 걸이, 〈신비한 동물들과 덤블도어의 비밀〉(2022). 마법 신문들을 위한 레이아웃 스케치. 사진: 〈신비한 동물사전〉(2016) 촬영을 위해 《뉴욕 고스트》 신문에 금박을 입히는 에두아르도. 사진: 마법 기차에서 《예언자일보》를 읽고 있는 테세우스 스캐맨더, 〈신비한 동물들과 덤블도어의 비밀〉(2022).

188-189: 《그래픽 아트 팀 안내서(A Guide to the Graphics Art Department)》 한정판 (인사이트 에디션즈, 2012). 브라이언 시블리(Brian Sibley)의 《해리 포터 필름 위저드리 (Harry Potter Film Wizardry)》(인사이트 에디션즈, 2010). 마크 솔즈베리(Mark Salisbury) 의 《뉴트의 마법 가방(The Case of Beasts)》(하퍼콜린스, 2016). 시그네 버그스트롬(Signe Bergstrom)의 《신비한 마법의 기록(The Archive of Magic)》(하퍼콜린스, 2018). 넬 덴턴 (Nell Denton)의 《미나리마의 마법(The Magic of MinaLima)》(하퍼콜린스, 2022). 《신비한 동물사전》 대본집 일러스트를 위한 초기 스케치. 사진: 《신비한 마법의 기록》 책을 받고 기 뻐하는 에두아르도. 사진: 《신비한 동물사전》 대본집과 함께한 미라. J.K. 롤링의 《신비한 동 물사전 원작 시나리오》(브라운 북 그룹의 리틀 출판사, 2016). J.K. 롤링의 《신비한 동물들과 그린델왈드의 범죄 원작 시나리오(Crimes of Grindelwald: The Original Screenplay)》(브 라운 북 그룹의 리틀 출판사, 2018).

190-191: J.K. 롤링의 《해리 포터와 마법사의 돌: 미나리마 에디션》(스콜라스틱 출판사, 2020). J.K. 롤링의 《해리 포터와 비밀의 방: 미나리마 에디션》(스콜라스틱 출판사, 2021). 초 기 스케치와 두 책의 내부.

192-193: 호그와트 마법학교 지도와 펜으로 그린 스케치.

194-195: 영화 《신비한 동물들과 덤블도어의 비밀》(2022)의 홍보 포스터. 영화 《신비한 동물 사전》(2016)의 수집용 포스터. 《신비한 동물들과 그린델왈드의 범죄》(2018)의 수집용 포스 터. 《신비한 동물들과 그린델왈드의 범죄》(2018) 개봉을 기념하기 위해 제작한 1920년대 파 리 지도. 파리 지도 작업을 위한 스케치.

196-197: 신비한 동물 전시회를 위해 만든 '자연의 경이로움(Wonder of Nature)' 인쇄물, 런던 자연사박물관(2021). 9와 3/4 승강장 공개 기념으로 만든 인쇄물(2019). 최초의 디지 털 행사 '다시 호그와트로(Back to Hogwarts)'를 기념하기 위해 만든 수집용 아트 프린트 (2020). 초기 스케치들. 새로운 위저딩 월드 로고 출시 기념으로 만든 인쇄물(2018).

198-199: 버터맥주 로고의 초기 스케치. 버터맥주 병 라벨 디자인. 특별판 미합중국 마법 의 회(MACUSA) 버터맥주 라벨. 사진: 버터맥주 포장. 뉴욕 해리 포터 상점의 버터맥주 벽화 디 자인을 위해 그린 버터맥주 제작 과정 그림. 버터맥주 소품 라벨, 《해리 포터와 마법사의 돌》 (2001). 1920년대 프랑스의 버터맥주 라벨과 포스터(배경), 《신비한 동물들과 그린델왈드의 범죄》(2018). 부탄의 버터맥주 라벨, 《신비한 동물들과 덤블도어의 비밀》(2022).

200: 그릭 스트리트의 하우스 오브 미나리마 개점을 축하하기 위해 만든 인쇄물(2016).

202-203: 올랜도 유니버설 스튜디오의 위저딩 월드를 위해 만든 수집용 아트 프린트 콘셉 트(2014). 사진: 해리 포터 기념 행사(A Celebration of Harry Potter) 행사장 바깥에 서 있 는 에두아르도. 기뻐하며 폴짝 뛰는 에두아르도. 《예언자일보》로 만든 바닥에 누워 쉬고 있 는 미라와 에두아르도. 아트 프린트: 올랜도 유니버설 스튜디오 위저딩 월드의 해리 포터 기 념 행사(2018).

204-205: 리키콘 시카고에서 공개된 미나리마의 '프린토리움(The Printorium)' 전시회 홍보 포스터(2012). 최초의 미나리마 아트워크 전시회를 위해 제작한 해리 포터 영화 그래픽 아트 전시회 팸플릿(2015). 배경: 미나리마 전시회에 진열됐던 작품 액자들. 파리 아르두릭 갤러리 (Ardulik Gallery)의 신비한 동물사전 그래픽 아트 전시 홍보 포스터(2016). 해리 포터 영화 그래픽 아트 전시회에서 찍은 사진들(2015).

206-207: 사진: 워더 스트리트 157번지의 하우스 오브 미나리마, 그리고 1870년대 이 건물 의 모습(소호 박물관의 바버라 합우드 제공). 런던의 새로운 하우스 오브 미나리마 개점을 위 한 인쇄물(2020). 사진: 런던의 하우스 오브 미나리마 상점 및 갤러리 디자인.

208-209: 뉴욕의 해리 포터 상점 개점을 축하하기 위한 인쇄물(2021). 사진: 뉴욕에 간 미 라와 에두아르도. 뉴욕의 해리 포터 상점 안에 있는 숍인숍에 진열된 초기 스케치와 사진.

210-211: 일본 오사카의 하우스 오브 미나리마에 진열된 초기 스케치와 개점을 축하하기 위 한 인쇄물(2019). 사진: 오사카의 하우스 오브 미나리마를 방문한 미라와 에두아르도. 사진: 일본판 《해리 포터와 비밀의 방: 미나리마 에디션》(2021). 한국 파주의 하우스 오브 미나리마 개점을 축하하기 위한 인쇄물(2021). 사진: 한국판 《해리 포터와 마법사의 돌: 미나리마 에디 션》을 보고 있는 에두아르도와 미라(2021). 사진: 파주의 하우스 오브 미나리마 외관.

212-213: '열일' 중인 미라와 에두아르도의 사진.

214-215: 사진: 리브스덴 필름 스튜디오에서 일하고 있는 에두아르도와 미 라. 사진: 《해리 포터와 죽음의 성물》 작업을 함께한 미술 팀(2011). 일 반적인 미술 팀 관계 지도. 사진: 컴퓨터 작업을 하고, 촬영장에 소 품을 배치하고, 불사조를 스케치하는 미라(2015).

216-217: 전 세계 미나리마 친구들이 보내온 편지들. 사진: 변 장용 가면, 미라와 에두아르도의 감사 인사.

219: 사진: 블랙 가문 태피스트리 앞에서 미라와 에두아르도.

220-221: 해리 포터 기념 행사장(2016)에 있는 미나와 리마의 의자. 티나 골드스틴의 미합중국 마법 의회 신분증에 들어갈 내용 을 쓰고 있는 미라, 소환수를 마지막으로 손질하고 있는 에두아르도.

222-223: 사진: 《예언자일보》의 이례적인 표제를 즐겁게 들여다보는 미라와 에두아르 도. 사진: 워너브라더스의 해리 포터 기념 행사 엑스포에서 강연 중인 에두아르도와 미 라(2015).

판권 옆 면지: 사진: 영화 《신비한 동물사전》 제작 당시 스튜어트 크레이그 미술 감독과 함께 일하고 있는 에두아르도(2015).

마지막 면지: 사진: 영국 런던에서 미라와 에두아르도(2022).

감사의 말

우리의 21년간의 여정은 어마어마한 작업을 도와준 마법사들의 협력과 사랑, 헌신이 없었으면 불가능했을 것이다.

감사의 마음을 담아 이 책을 펴낸다.

특히…

이 책의 출간을 진두지휘해 준 홀리 켈러와 파피 안드루스케비시우스에게 감사드린다. 또한 우리가 이 이야기를 할 수 있도록 도와준 넬 덴턴에게도 감사의 뜻을 전한다.

이하 미나리마 작업에 힘을 보태주신 분들:

곤잘로 아쿠스타	케이드 페더스톤	조엘 프라우드풋
오거스타 애커먼	플로라 프리커	조지아 레이
닉 앨런	소피 굿윈	알레한드로 로드리게스
세실리아 애타휘치	새미라 하니프	라이아 사카리스
톰 볼	카티아 우에르타스-마르티네즈	니콜라스 손더스
로지 배럿	미나 이구	라파엘라 셴
루시 베전트	탁 이시카와	샘 스메들리
알렉산드라 벨몬테	조시 킬리	로빈 스태플리
제임스 블리셴	베스 켄드릭	마르고 스타츠키비치
라라 블리셴	조 랠리	피트 스튜어드
자비에 볼두	엘리너 램	찰리 태퍼
대니얼 브룩스	그레이스 랜스베리	에밀리 태크라
리타 바이스테드	셸리 로이드-샘슨	채리스 시어볼드
마우리시오 카르네이로	테오도로스 마크리기아니스	이나 투레손
시릴 차로	릴리 마테오	프랭키 웨이크필드
메건 차운	에이미 메리	로런 웨이크필드
마틸다 크래스턴	에디 뉴퀴스트	젬 워드
케이트 크롬웰	데미언 오도너휴	로라 화이트
리 컷모어	루이스 오설리번	크리스 위긴스
레티시아 데 톨레도	새러 옥바마이클	클레어 윌리엄스
앨리스 디바인	홀리 오펀	루카 윌리엄스
필리포스 디미트리우	리나 파글리아라니	프로펠라 우드워드 젠틀
켈리 에클룬드	길마 파헤이라	올리버 라이트
제이미 엘-반나	새라 진 페리	팽닝 장
헤일리 엘노	스티븐 피멘타	

루스 위닉, 실리아 바넷, 루드밀라 페롤라, 버지니아 플로레스, 알렉산드라 하우드, 마이클과 재클린 미나에게도 감사드린다.

우리와 함께 특별한 마법 세계를 창조한 영화 제작 동료들, 워너브라더스 친구들, 블레어 파트너십에 감사드린다.

오랫동안 독창적인 파트너십을 유지해 준 하퍼콜린스 출판사의 마르타 스쿨러, 린 예만스에게도 감사드린다.

스튜어트 크레이그와 스테퍼니 맥밀런에게 늘 감사하고 있다.

THANK YOU KINDLY WITH GRATITUDE

미나리마의 마법

초판 1쇄 인쇄 2022년 11월 18일
초판 1쇄 발행 2023년 6월 30일

지은이 | 미나리마, 넬 덴턴
옮긴이 | 공보경
발행인 | 강봉자, 김은경

펴낸곳 | (주)문학수첩
주소 | 경기도 파주시 회동길 503-1(문발동 633-4) 출판문화단지
전화 | 031-955-9088(마케팅부), 9532(편집부)
팩스 | 031-955-9066
등록 | 1991년 11월 27일 제16-482호

홈페이지 | www.moonhak.co.kr
블로그 | blog.naver.com/moonhak91
이메일 | moonhak@moonhak.co.kr

ISBN 978-89-8392-233-5 03840

* 파본은 구매처에서 바꾸어 드립니다.

"현실 세계는 텍스트와 그래픽 이미지
등 온갖 메시지들로 넘쳐나는데……
대부분은 예쁘지 않다. 미나리마는 마
법 세계를…… 매력적이고 아름다운
요소로 가득 채웠다."

— 스튜어트 크레이그(미술 감독)